Twist Me
L'Enlèvement

Anna Zaires

♠ Mozaika Publications ♠

Publié par Mozaika Publications, imprimé par Mozaika LLC.
www.mozaikallc.com

Couverture : Najla Qamber Designs
www.najlaqamberdesigns.com

Sous la direction de Valérie Dubar
Traduction : Julie Simonet

e-ISBN: 978-1-63142-052-8
ISBN: 978-1-63142-053-5

PROLOGUE

Du sang.

Du sang partout. La flaque d'un rouge sombre s'étend et s'accroît. J'en ai sur les pieds, sur la peau, dans les cheveux… Je sens son odeur, j'en suis couverte, j'en ai le goût dans la bouche. Je me noie dans le sang, j'en perds le souffle.

Non ! Assez !

Je voudrais hurler, mais impossible de respirer. Je voudrais bouger, mais je suis ligotée et la corde me rentre dans la chair quand j'essaie de me libérer.

Et je l'entends hurler. Des cris de souffrance et d'angoisse qui n'ont plus rien d'humain, des cris déchirants, dévastateurs qui mettent mon esprit à vif et le martyrisent comme sa chair est martyrisée.

Il lève une dernière fois le couteau et la flaque de sang s'étend à l'infini, un flot qui m'entraîne dans son sillage…

Je me réveille en hurlant son nom, mes draps sont trempés de sueur froide.

Pendant un moment, je ne sais plus où je suis… et puis je m'en souviens.

Je ne serai plus jamais à sa merci.

CHAPITRE UN

Dix-huit mois plus tôt

J'ai dix-sept ans quand je le rencontre pour la première fois.

J'ai dix-sept ans et je suis folle de Jake.

— Nora, allons-y, ce n'est pas intéressant, me dit Leah. Nous regardons le match, assises sur les gradins. Un match de football américain. Je n'y connais rien, mais je fais comme si ça me plaisait parce que ça me permet de le voir. De le voir tous les jours s'entraîner sur ce terrain.

Évidemment, je ne suis pas la seule à regarder Jake. C'est l'attaquant de l'équipe et le garçon le plus sexy qui soit, en tout cas, le plus sexy du quartier d'Oak Lawn, à Chicago, dans l'Illinois.

— Si, c’est intéressant, lui dis-je. Le football, c’est super !

Leah roule des yeux.

— Ben voyons ! Alors, va lui parler ! Tu n’as pas ta langue dans ta poche, pourquoi ne pas faire en sorte qu’il te remarque ?

Je hausse les épaules. Jake et moi ne fréquentons pas les mêmes gens. Il est toujours entouré de majorettes qui lui font les yeux doux et je l’ai observé assez longtemps pour savoir qu’il préfère les blondes de grande taille aux petites brunes.

Et d’ailleurs pour le moment ça m’amuse de m’en tenir là et d’être simplement attirée par lui. Et je sais ce que je ressens. Du désir. Qui vient de mon système hormonal, tout simplement. Je ne sais pas si la personnalité de Jake me plairait, mais il est clair que j’aime le regarder torse nu. À chaque fois qu’il passe près de moi, je sens mon cœur battre la chamade tant il m’excite. Je brûle de l’intérieur et j’ai envie de me tortiller sur mon siège.

Et je rêve de lui la nuit. Des rêves sexy, des rêves sensuels, je rêve qu’il me tient la main, qu’il me touche le visage, qu’il m’embrasse. Nos corps se touchent, se frottent l’un contre l’autre. Nous enlevons nos vêtements.

J’essaie d’imaginer comment ça serait de faire l’amour avec Jake.

L’an dernier, quand je sortais avec Rob, on a failli aller jusqu’au bout, mais je me suis aperçue qu’il avait couché avec une autre fille à une fête après avoir trop bu. Il s'est répandu en excuses quand je lui ai demandé ce qu'il en était, mais je ne pouvais plus lui faire confiance et nous avons rompu. Et maintenant, je suis bien plus prudente avant de sortir avec quelqu'un, tout en sachant que tous les garçons ne sont pas comme Rob.

Mais Jake est peut-être comme lui. Il a tellement de succès, ce doit être un coureur. Quoi qu'il en soit, la première fois que je ferai l'amour je voudrais vraiment que ce soit avec Jake.

— On devrait sortir ce soir, dit Leah. Entre filles. On pourrait aller à Chicago pour fêter ton anniversaire.

— Mon anniversaire n'est que dans une semaine. Je le lui rappelle tout en sachant qu'elle a marqué la date sur son calendrier.

— Et alors ? On peut anticiper.

Je lui souris. Elle a toujours tellement envie de s'amuser.

— Je n'en suis pas sûre. Et s'ils nous mettent de nouveau à la porte ? Ces fausses cartes d'identité ne sont vraiment pas super…

— On ira ailleurs. On n'a pas besoin de retourner à Aristote.

Aristote était de très loin la boîte de nuit la plus cool de la ville. Mais Leah avait raison, il y en avait d'autres.

— D'accord, lui dis-je. Allons-y ! On va anticiper.

* * *

Leah vient me chercher à 21 heures.

Elle s'est habillée pour sortir en boîte, un jean noir moulant, un débardeur noir en lurex, des cuissardes à talon haut. Sa chevelure blonde éclaircie par un balayage est parfaitement lisse et lui tombe en cascade dans le dos.

Par contre, je porte encore mes baskets. J'ai caché mes escarpins dans le sac à dos que je laisserai dans la voiture de Leah. Un gros pull dissimule le petit haut sexy que j'ai mis. Je ne suis pas maquillée et j'ai une queue de cheval.

C'est pour n'éveiller aucun soupçon que je quitte la maison comme ça. Je dis à mes parents que je vais passer la soirée avec Leah chez une autre copine. Ma mère me sourit et me dit de bien m'amuser.

Maintenant que j'ai presque dix-huit ans, j'ai la permission de minuit. Enfin, c'est tout comme, il n'y a rien de précis. Du moment que je rentre chez moi avant que mes parents commencent à s'inquiéter ou que je leur dis où je suis, tout va bien.

Une fois dans la voiture de Leah je commence à me préparer.

J'enlève le gros pull, faisant apparaître le débardeur moulant que je porte dessous. J'ai mis un soutien-gorge à balconnet pour donner plus de volume à mes formes plutôt modestes. Les bretelles du soutien-gorge ont été conçues de telle manière qu'elles sont vraiment mignonnes, si bien que ce n'est pas gênant de les voir dépasser. Je n'ai pas de jolies bottes comme Leah, mais j'ai réussi à prendre en cachette ma plus jolie paire d'escarpins. Ils me grandissent d'environ dix centimètres. Comme chaque centimètre compte pour moi, j'enfile les escarpins.

Ensuite, je sors ma trousse de maquillage et j'abaisse le pare-soleil pour me voir dans la glace.

J'y retrouve ces traits que je connais bien : de grands yeux marron et des sourcils noirs bien dessinés dominent mon petit visage. Un jour, Rob m'a dit que j'avais un look exotique et ce n'est pas faux. Bien que je n'aie du sang latino que du côté de ma grand-mère, j'ai toujours l'air d'être un peu bronzée, et mes cils sont d'une longueur inhabituelle. Tes faux cils dit Leah, mais ils sont parfaitement à moi.

Je me trouve pas mal, même si j'aimerais être plus grande. Ce sont mes origines mexicaines qui sont responsables de ma petite taille. Ma grand-mère était toute petite et moi aussi, bien que mes parents soient tous les deux de taille moyenne. Ce qui me serait égal si Jake ne préférait pas les filles de grande taille. Je ne pense même pas qu'il puisse me voir quand on passe dans le couloir, je ne suis pas dans son champ de vision.

En soupirant, je mets du gloss et de l'ombre à paupières. Avec le maquillage, je n'en rajoute pas, je suis mieux en restant naturelle.

Leah augmente le volume de la radio et les dernières chansons pop envahissent la voiture. Je souris et je me mets à chanter avec Rihanna. Leah se joint à moi et bientôt nous entonnons à pleins poumons les paroles de S & M.

En un clin d'œil, nous arrivons à la boîte de nuit.

Nous y entrons avec l'air du propriétaire. Leah adresse un grand sourire au videur et nous sortons nos cartes d'identité.

On nous laisse rentrer sans problèmes.

Nous ne sommes jamais allées dans cette boîte, elle est dans un quartier assez ancien, un peu décrépi du centre-ville de Chicago.

— Comment as-tu trouvé cette boîte ? ai-je demandé à Leah en criant, il faut élever la voix à cause de la musique.

— C'est Ralph qui m'en a parlé, répond-elle, et je roule des yeux.

Ralph est l'ancien petit ami de Leah. Ils ont rompu quand il a commencé à se conduire d'une façon bizarre, mais quoi qu'il en soit ils continuent de se voir. J'ai l'impression qu'il se drogue. Je n'en suis pas sûre et Leah ne veut pas m'en dire davantage, elle a tort de faire preuve de loyauté envers lui. C'est le roi de l'embrouille et le fait que nous soyons venues ici sur ses recommandations n'est pas vraiment rassurant.

Mais peu importe. C'est vrai que le quartier n'est pas super, mais la musique est cool et la diversité des danseurs aussi.

Nous sommes venues faire la fête et c'est exactement ce que nous faisons dans l'heure qui suit. Grâce à Leah, deux garçons nous offrent un verre. Nous n'en buvons qu'un. Leah, parce que c'est elle qui conduit, et moi parce que l'alcool ne me réussit pas. Nous avons beau être jeunes, nous ne faisons pas n'importe quoi.

Après avoir bu, nous allons danser. Les deux garçons qui nous ont invitées dansent avec nous, mais petit à petit nous nous éloignons d'eux. Ils ne sont pas si mignons que ça. Leah trouve un groupe de garçons plus âgés que nous et super sexy et nous nous faufilons vers eux. Elle engage la conversation avec l'un d'eux et je souris en la regardant faire. Elle est vraiment douée pour flirter.

Entretemps, ma vessie m'avertit qu'il faut que j'aille aux toilettes. Alors je les laisse et j'y vais.

En revenant, je demande un verre d'eau au barman. J'ai soif à force de danser.

Il me le donne et je le bois d'un trait. Quand j'ai fini, je pose le verre et je lève les yeux.

Ils en croisent deux autres, deux yeux bleus perçants.

Il est assis à l'extrémité du bar, à trois mètres environ. Et il me regarde fixement.

Je le fixe des yeux à mon tour. Je ne peux pas m'en empêcher. C'est probablement le plus bel homme que j'aie jamais vu.

Ses cheveux sont bruns et légèrement bouclés. Son visage est dur et viril, chacun de ses traits parfaitement symétriques. Des sourcils droits et sombres surplombent ces yeux étonnamment pâles. Une bouche qui pourrait être celle d'un ange déchu.

En imaginant cette bouche toucher ma peau, mes lèvres, je me mets à brûler. Si j'avais tendance à rougir, je serais rouge comme une tomate.

Il se lève et se dirige vers moi sans me quitter des yeux. Il marche sans hâte. Tranquillement. Il est parfaitement sûr de lui. Et pourquoi en serait-il autrement ? Il est très beau, et il le sait.

À son approche, je me rends compte que c'est un homme imposant. Grand et costaud. Je ne sais pas quel âge il a, mais je devine qu'il est plus proche de trente ans que de vingt. C'est un homme, pas un garçon.

Il se tient près de moi et j'en oublierais presque de respirer.

— Comment t'appelles-tu ? demande-t-il d'une voix douce. Sa voix domine la musique, ses notes graves sont audibles malgré le bruit qu'il y a tout autour.

— Nora, dis-je à voix basse en levant les yeux vers lui. Il me fascine complètement et je suis sûre qu'il s'en rend compte.

Il sourit. Ses lèvres sensuelles s'entrouvrent et révèlent des dents régulières et très blanches.

— Nora. Ce nom me plait.

Il ne se nomme pas alors je prends mon courage à deux mains et lui demande :

— Comment vous appelez-vous ?

— Tu peux m'appeler Julian, dit-il et je regarde le mouvement de ses lèvres. Je n'ai jamais eu une telle fascination pour la bouche d'un homme.

— Quel âge as-tu, Nora ? demande-t-il ensuite.

Je cligne des yeux.

— Vingt-et-un ans.

Il s'assombrit.

— Dis-moi la vérité.

— Presque dix-huit ans, ai-je admis à regret. J'espère qu'il ne va pas le dire au barman et me faire jeter dehors.

Il hoche la tête comme si je venais de confirmer ses soupçons. Et puis il lève la main et me touche le visage. Doucement, légèrement. Son pouce se frotte contre ma lèvre inférieure comme s'il se demandait ce qu'on ressent en le faisant.

Je suis saisie d'un tel choc que je reste là, sans bouger. Personne ne m'a jamais fait une chose pareille, me toucher d'une manière si désinvolte, si possessive. J'ai chaud et froid en même temps, et la peur me serpente le long du dos. Il n'y a pas la moindre hésitation dans ses gestes. Il ne demande pas la permission, il n'attend pas de voir si je vais lui permettre de me toucher.

Il se contente de me toucher. Comme s'il avait le droit de le faire. Comme si je lui appartenais.

Je respire en tremblant et je recule d'un pas.

— Il faut que je parte, ai-je murmuré et de nouveau il hoche la tête en me regardant avec une expression insondable sur son beau visage.

Je comprends qu'il me laisse partir et je lui en suis misérablement reconnaissante, parce qu'au plus profond de moi-même quelque chose me dit qu'il aurait aisément pu aller plus loin et qu'il n'obéit pas aux règles habituelles.

Et je me dis que c'est sans doute l'être le plus dangereux que j'aie jamais rencontré.

Je me retourne et je me fraye un chemin dans la foule. Mes mains tremblent et mon cœur bat à tout rompre.

Il faut que je parte alors j'attrape la main de Leah et je l'oblige à me ramener à la maison.

En sortant de la boîte de nuit, je me retourne et je le vois de nouveau. Il n'a pas cessé de me fixer des yeux.

Il y a une sombre promesse dans ce regard, quelque chose qui me donne le frisson.

CHAPITRE DEUX

Les trois semaines suivantes passent à une vitesse fulgurante. Je fête mes dix-huit ans, je prépare le bac, je passe du temps avec Leah et Jennie, mon autre amie, je vais à des matchs de football pour voir jouer Jake et je me prépare pour la cérémonie de la remise des diplômes.

J'essaie de ne plus repenser à l'incident de la boîte de nuit. Parce que quand j'y pense j'ai l'impression d'être lâche. Pourquoi m'être enfuie ? Julian m'a à peine touchée.

Je ne m'explique pas cette étrange réaction. J'étais tout excitée et en même temps j'avais ridiculement peur.

Et maintenant, mes nuits sont très agitées. Au lieu de rêver de Jake, je me réveille souvent, j'ai trop chaud, je suis mal à l'aise, et j'ai des élancements entre les jambes. Mes rêves sont envahis d'images érotiques, des images sombres, des trucs auxquels je n'ai jamais pensé jusqu'ici. Souvent, j'y vois Julian me faire quelque chose et souvent je suis impuissante, figée sur place.

Quelquefois, j'ai l'impression de devenir folle.

Pour me débarrasser de cette idée inquiétante, je me concentre sur ce que je vais mettre.

Aujourd'hui, on va assister à la remise des diplômes et je suis vraiment fébrile. Leah, Jennie et moi nous avons prévu quelque chose de super après la cérémonie. Jake fait une fête chez lui pour célébrer les résultats du bac, ce sera l'occasion ou jamais de pouvoir enfin lui parler.

Sous ma toge bleue de cérémonie, je porte une robe noire. Elle est toute simple, mais elle me va bien et elle met en valeur mes petites rondeurs. Et je porte mes talons de dix centimètres. C'est un peu déplacé pour la cérémonie, mais j'ai besoin de me grandir.

Mes parents me conduisent au lycée. Cet été, j'espère économiser assez d'argent pour pouvoir avoir ma propre voiture quand j'irai à l'université. J'irai dans un IUT de Chicago parce que ça sera moins cher et je continuerai d'habiter chez mes parents.

Ce qui ne me dérange pas. Mes parents sont gentils et nous nous entendons bien. Ils me laissent vraiment libre, sans doute parce qu'ils pensent que je me conduis bien et que je ne fais jamais de bêtise. Et dans l'ensemble, ils ont raison. À part la fausse carte d'identité et des virées en boîte de temps en temps, je mène une vie assez calme. Je ne bois pas trop, je ne fume pas, je ne me drogue jamais même si une fois j'ai essayé de fumer un joint à une fête.

Nous arrivons et je tombe sur Leah. Nous faisons la queue pour la cérémonie en attendant patiemment notre tour. C'est une parfaite journée du début du mois de juin, ni trop chaude ni trop fraîche.

On appelle Leah en premier. Elle a de la chance, son nom de famille commence par un « A ». Le mien c'est Leston, alors je dois attendre encore une demi-heure. Heureusement, nous ne sommes qu'une centaine à avoir passé le bac. C'est l'un des avantages d'habiter une petite ville.

On m'appelle et je reçois mon diplôme. En regardant la foule, je souris et je fais signe à mes parents. Je suis contente qu'ils aient l'air aussi fier de moi.

Je serre la main du proviseur et je me retourne pour aller m'asseoir.

Et à ce moment-là, je le vois pour la deuxième fois.

Mon sang se fige dans mes veines.

Il est assis au fond de la salle, et il me regarde. Même à cette distance je sens le regard qu'il pose sur moi.

Malgré tout, je parviens à descendre de l'estrade sans tomber. Mes jambes flageolent et ma respiration s'est accélérée. Je m'assieds à côté de mes parents en espérant qu'ils ne remarqueront pas dans quel état je suis.

Qu'est-ce que Julian fait là ? Qu'est-ce qu'il me veut ? Je respire profondément et je me dis qu'il faut me calmer. Il est sûrement venu voir quelqu'un d'autre.

Peut-être que son frère ou sa sœur viennent de passer le bac. Ou quelqu'un d'autre de sa famille.

Mais je sais que je me raconte des histoires.

Je me souviens de sa manière possessive de poser la main sur moi, et je sais qu'il n'en a pas fini avec moi.

Il veut que je lui appartienne.

À cette pensée, un frisson me descend le long du dos.

* * *

Je ne le revois pas après la cérémonie et je suis soulagée. Leah nous emmène en voiture chez Jake. Tout le long du chemin, elle bavarde avec Jennie, elles sont contentes d'avoir tourné la page du lycée et de commencer la prochaine partie de notre vie.

Normalement, je devrais prendre part à la conversation, mais je suis trop mal à l'aise pour le faire après avoir aperçu Julian et je garde le silence. Sans trop savoir pourquoi je n'ai pas parlé à Leah de cette rencontre à la boîte de nuit. Je lui ai seulement dit que j'avais mal à la tête et que je voulais rentrer à la maison.

Je ne sais pas pourquoi je ne peux pas parler de Julian à Leah. Je n'ai aucun scrupule quand il s'agit de tout lui dire sur Jake. C'est peut-être parce que c'est trop difficile pour moi de décrire les émotions que Julian provoque en moi. Elle ne comprendrait pas pourquoi il me fait peur.

Et moi non plus je ne le comprends pas.

Quand nous arrivons chez Jake la fête bat son plein. J'ai toujours l'intention de parler à Jake, mais je suis bouleversée après avoir vu Julian tout à l'heure. Je décide que j'ai besoin de boire un verre pour me redonner courage.

Je laisse les filles et je me dirige vers le bol de punch pour m'en servir un verre. Après l'avoir reniflé, je suis certaine qu'il contient vraiment de l'alcool et je bois le verre en entier. Et j'en ressens presque immédiatement les effets. Comme je m'en suis aperçue il y a quelques années je ne supporte vraiment pas l'alcool. Je ne peux pas boire plus d'un verre.

Je vois Jake se diriger vers la cuisine et je décide de le suivre.

— Tu veux un coup de main ? lui ai-je demandé.

Il sourit, ses yeux marron se plissent aux extrémités.

— Oh oui, ça serait sympa. Ses cheveux blondis par le soleil sont un peu trop longs et retombent sur son front ce qui lui va particulièrement bien.

Il me fait fondre. Il est si beau. Pas d'une beauté inquiétante comme Julian, mais d'une beauté agréable et douce. Jake est grand et musclé, mais pour un attaquant il n'est pas excessivement costaud. Cependant, il n'est pas assez costaud pour jouer au football américain à l'université, ou du moins c'est ce que m'a dit un jour Jennie.

Je l'aide à nettoyer, à épousseter des miettes sur le plan de travail et à essuyer le punch qui a été renversé sur le sol. Pendant tout ce temps, je suis tellement excitée que mon cœur bat plus vite.

— Tu t'appelles Nora, c'est ça ? dit Jake en me regardant.

Il sait comment je m'appelle !

Je lui adresse un grand sourire.

— Oui !

— C'est vraiment gentil de ta part de venir m'aider, Nora, dit-il d'une voix sincère. J'aime bien donner des fêtes, mais le lendemain c'est la galère de tout nettoyer. Alors j'essaie de le faire au fur et à mesure avant que ça devienne trop sale.

Je lui souris encore davantage.

— Avec plaisir !

Il a parfaitement raison. J'aime beaucoup le fait qu'il soit si gentil et si attentionné, qu'il soit tellement plus qu'un gros dur.

Nous commençons à bavarder. Il me parle de ses projets pour l'an prochain. Contrairement à moi, il part à l'université. Je lui dis que j'ai l'intention de rester sur place pendant deux ans pour que ça coûte moins cher. Après j'aimerais aller dans une véritable université.

Il hoche la tête d'un air approbateur et dit que c'est une bonne idée. Il y avait pensé aussi, mais il a eu la chance d'avoir une bourse qui paiera entièrement ses études à l'université du Michigan.

Je souris et le félicite. En mon for intérieur, je saute de joie.

Nous nous entendons bien. Nous nous entendons vraiment bien ! Je lui plais, je m'en aperçois. Mais pourquoi ne pas lui avoir parlé plus tôt ?

Nous bavardons pendant vingt minutes avant que quelqu'un ne vienne le chercher dans la cuisine.

— Dis, Nora, tu es libre demain ?

Je lui dis oui de la tête en retenant mon souffle.

— Et si on allait voir un film ensemble ? Suggère Jake. On pourrait manger quelque chose dans ce petit restaurant de fruits de mer ?

Je souris et je hoche la tête comme une idiote. J'ai tellement peur de dire quelque chose de stupide alors je me tais.

— Super, dit Jake en me rendant mon sourire. Alors je viendrai te chercher à six heures.

Il retourne s'occuper de ses invités et je retrouve les filles. Nous restons encore deux ou trois heures, mais je n'ai plus l'occasion de parler avec lui. Il est entouré par ses copains de l'équipe et je ne veux pas le déranger.

Mais de temps en temps, je le surprends en train de regarder dans ma direction et de sourire.

* * *

Pendant les vingt-quatre heures qui suivent, je suis sur un petit nuage. Je raconte tout ce qui s'est passé à Leah et à Jennie. Elles sont ravies pour moi.

Pour me préparer pour notre rendez-vous, je mets une jolie robe bleue et une paire de bottes marron à talon haut. C'est un compromis entre des bottes de cow-boy et quelque chose de plus élégant et je sais qu'elles me vont bien.

Jake vient me chercher à dix-huit heures sonnantes.

Nous allons au Poisson de mer, un restaurant du quartier à succès qui n'est pas trop loin du cinéma. C'est un endroit confortable, mais pas trop guindé.

Parfait pour un premier rendez-vous.

On s'amuse bien. Jake me parle de lui et de sa famille. Et quand il me pose des questions, nous nous apercevons que nous aimons le même genre de films. Je déteste les comédies romantiques et j'adore les films catastrophe d'un goût douteux avec beaucoup d'effets spéciaux. Et visiblement Jake aussi.

Après le dîner, nous allons au cinéma, malheureusement ce n'est pas une histoire d'apocalypse, mais c'est quand même un assez bon film d'action. Pendant le film, Jake met son bras sur mon épaule et j'ai du mal à rester calme. J'espère qu'il va m'embrasser ce soir.

Quand le film est fini, nous allons nous promener dans le parc. Il est tard, mais je me sens parfaitement en sécurité. Il n'y a pratiquement jamais d'incidents dans cette ville et les rues sont bien éclairées.

Nous nous promenons et nous nous tenons par la main. Nous parlons du film. Puis il s'arrête et il me regarde.

Je sais bien ce qu'il a envie de faire. Et moi aussi j'en ai envie.

Je le regarde et je souris. Il me sourit à son tour, met les mains sur mes épaules et se penche vers moi pour m'embrasser.

Ses lèvres sont douces et son haleine a gardé le goût de son chewing-gum à la menthe de tout à l'heure. Son baiser est doux et agréable, exactement comme je le souhaitais.

Et puis tout change en un clin d'œil.

Je ne sais même pas ce qui se passe ou comment ça se passe. J'embrasse Jake et une minute plus tard il est allongé sur le sol et il a perdu connaissance. Une grande silhouette est penchée au-dessus de lui.

J'ouvre la bouche pour hurler, mais j'ai à peine poussé un petit cri qu'une grande main se pose sur ma bouche et sur mon nez.

Je sens une vive piqûre au cou, sur le côté, et tout devient noir.

CHAPITRE TROIS

Je me réveille avec un terrible mal de tête et un estomac barbouillé. Il fait sombre et je ne peux rien voir.

Pendant une seconde, je ne me souviens plus de ce qui s'est passé. Est-ce que j'ai trop bu à la fête ?

Puis je retrouve mes esprits et les évènements de la veille au soir reviennent m'envahir. Je me souviens du baiser et puis… *Jake*, oh, doux Jésus, qu'est-ce qui est donc arrivé à Jake ?

Et qu'est-ce qui m'est donc arrivé ?

Je suis tellement terrorisée que je reste là, couchée et tremblante.

Je suis couchée dans un lit confortable. Avec un bon matelas vraisemblablement. Je suis sous une couverture, mais je ne sens aucun vêtement, seulement la douceur des draps de coton sur ma peau. Je me touche et il s'avère que j'ai raison : je suis complètement nue.

Je tremble de plus belle.

D'une main, je vérifie entre mes jambes. À mon immense soulagement, rien n'a changé. Je ne suis pas mouillée, je n'ai pas mal, rien n'indique que j'aie été violentée.

En tout cas pas encore.

Des larmes me brûlent les yeux, mais je les retiens. Pleurer n'aiderait en rien la situation en ce moment. Il faut que je comprenne ce qui se passe. Ont-ils l'intention de me tuer ? De me violer ? De me violer et ensuite de me tuer ? Si c'est une rançon qu'ils cherchent autant dire que je suis déjà morte. Depuis que mon père a été licencié pendant la récession, mes parents arrivent tout juste à payer l'emprunt de la maison.

J'ai du mal à me calmer. Je ne veux pas me mettre à hurler. Pour ne pas attirer leur attention.

Je reste donc allongée dans le noir en passant en revue toutes les horreurs que j'ai vues au journal télévisé. Je pense à Jake et à la tendresse de son sourire. Je pense à mes parents qui seront bouleversés quand la police leur dira que j'ai disparu. Je pense à tous les projets que j'avais, je n'aurai sans doute jamais l'occasion d'aller à l'université pour de bon.

Et puis je me mets en colère. Pourquoi ont-ils fait ça ? Et d'abord qui sont-ils ? Je pense qu'ils sont plusieurs parce que je me souviens d'avoir vu une grande silhouette se pencher sur le corps de Jake.

Quelqu'un d'autre a dû m'attraper par-derrière.

La colère m'aide à contrôler ma panique. J'arrive à réfléchir un peu. Je ne vois toujours rien dans le noir, mais ça ne m'empêche pas d'avoir des sensations.

En bougeant silencieusement je commence à explorer ce qu'il y a autour de moi.

D'abord pour confirmation je suis effectivement dans un lit. Un grand lit, probablement un lit de presque deux mètres de large. Il y a des oreillers et des couvertures et les draps sont agréables au toucher. Ils ont l'air cher.

Sans savoir pourquoi, ça me fait encore plus peur. Il s'agit de criminels qui ont de l'argent.

En glissant au bord du lit je m'assieds tout en tenant une couverture serrée autour de moi. Mes pieds nus touchent le sol. Il est lisse et froid comme un plancher.

Je m'enveloppe dans la couverture et je me lève, prête à poursuivre mon exploration.

À ce moment-là, j'entends s'ouvrir la porte.

Une douce lumière pénètre dans la pièce. Même si elle est faible, elle m'éblouit un instant. Je cligne plusieurs fois des yeux et mes yeux s'y habituent.

Alors je *le* vois.

Julian.

Il se tient dans l'embrasure de la porte comme un ange des ténèbres. Ses cheveux bouclent légèrement autour de son visage et adoucissent la dureté parfaite de ses traits. Il me parcourt le visage des yeux puis ses lèvres dessinent un léger sourire.

Il est superbe.

Et totalement terrifiant.

Mon instinct ne m'avait pas trompé, cet homme est capable de tout.

— Bonjour, Nora, dit-il d'une voix douce en entrant dans la pièce.

Je regarde désespérément autour de moi, rien qui puisse me servir d'arme.

J'ai soif à avaler ma langue. Je n'ai même pas assez de salive pour parler. Alors je me contente de le regarder s'avancer vers moi comme un tigre affamé se dirige vers sa proie.

S'il me touche, je vais me battre.

Il se rapproche et je recule d'un pas. Puis d'un second et d'un troisième jusqu'à ce que je sois plaquée contre le mur. Tout en me recroquevillant dans la couverture.

Il lève la main et je me raidis, prête à me défendre.

Mais c'est seulement pour m'offrir une bouteille.

— Tiens ! dit-il, j'ai pensé que tu devais avoir soif.

Je le fixe des yeux. Je meurs de soif, mais je ne veux pas qu'il me fasse de nouveau avaler un somnifère.

Il semble comprendre pourquoi j'hésite.

— Ne t'inquiète pas, mon petit chat. Ce n'est que de l'eau. Je veux que tu sois réveillée et consciente.

Je ne sais comment réagir à ces paroles. Mon cœur bat la chamade et la peur me donne la nausée.

Il reste là et regarde patiemment. Tout en maintenant la couverture d'une main, je succombe à ma soif et prends la bouteille d'eau qu'il me tend. Ma main tremble et mes doigts effleurent les siens. Une vague de chaleur m'envahit alors, une étrange sensation à laquelle je ne prête pas attention.

Et maintenant, il faudrait enlever le bouchon, ce qui veut dire qu'il faut lâcher la couverture. Il observe le dilemme dans lequel je suis avec intérêt et non sans un certain amusement. Heureusement, il ne me touche pas. Il est à environ cinquante centimètres de moi et se contente de me regarder.

Je garde les bras le plus près du corps possible pour tenir la couverture de cette manière et je débouche la bouteille. Puis je reprends la couverture d'une main et je porte la bouteille à mes lèvres pour boire.

L'eau fraîche est délicieuse sur mes lèvres desséchées et sur ma langue. Je vide entièrement la bouteille. Je ne me souviens pas avoir jamais trouvé l'eau aussi bonne. C'est le somnifère qu'il m'a donné pour m'amener ici qui a dû rendre ma bouche sèche à ce point.

Maintenant que je suis de nouveau capable de parler, je lui demande :

— Pourquoi ?

À mon immense surprise, ma voix semble presque normale.

Il lève la main et touche une nouvelle fois mon visage. Comme il l'avait fait à la boîte de nuit. Et de nouveau, je suis là, impuissante, et je le laisse faire. Ses doigts sont doux sur ma peau, sa caresse presque tendre. Ce geste contraste tellement avec la situation qu'il me désoriente un instant.

— Parce que ça m'a déplu de te voir avec lui, dit Julian et je peux entendre une rage à peine maîtrisée dans sa voix. Parce qu'il t'a touchée, parce qu'il a posé la main sur toi.

J'ai du mal à réfléchir.

— Qui ? ai-je murmuré en essayant de comprendre de qui il parle. Et puis j'y suis. Jake ?

— Oui, Nora, dit-il sombrement. Jake.

— Est-ce qu'il est… je ne sais même pas si je vais réussir à le dire. Est-ce qu'il est en vie ?

— Pour le moment, dit Julian dont les yeux brûlent comme des flammes. Il est à l'hôpital et il souffre d'une légère commotion cérébrale.

Je suis tellement soulagée que je m'affale le long du mur. C'est à ce moment-là que je réalise ce qu'il vient de me dire.

— Qu'est-ce que ça signifie, « pour le moment » ?

Julian hausse les épaules.

— Sa santé et son bien-être dépendent entièrement de toi.

J'avale ma salive pour m'humecter la gorge, elle est encore sèche.

— De moi ?

Il me caresse de nouveau le visage, replace une mèche de cheveux derrière mon oreille. J'ai si froid que j'ai l'impression qu'il me brûle en me caressant.

— Oui, mon petit chat, de toi. Si tu te conduis convenablement tout ira bien pour lui. Sinon…

J'ai grand-peine à respirer.

— Sinon ?

Julian sourit.

— Il n'a plus qu'une semaine à vivre.

Son sourire est ce que j'ai vu de plus beau et de plus effrayant au monde.

— Qui êtes-vous ? ai-je murmuré. Que voulez-vous de moi ?

Il se tait. Au lieu de me répondre, il me caresse les cheveux et approche une épaisse mèche brune de son visage. Il respire comme s'il voulait la sentir.

Je le regarde, pétrifiée. Je ne sais que faire. Me battre contre lui ? Et à quoi cela servirait-il ? Il ne m'a pas encore fait de mal et je ne veux pas le provoquer. Il est beaucoup plus grand que moi, et beaucoup plus fort. Sous le tee-shirt noir qu'il porte, je peux voir la taille de ses muscles. Sans talons hauts, je lui arrive à peine à l'épaule.

Alors que je me demande si ça vaut la peine de se battre contre quelqu'un qui pèse presque cinquante kilos de plus que moi il prend la décision à ma place. Il lâche mes cheveux et tire sur la couverture que je tiens de toutes mes forces.

Je ne la lâche pas. En fait, je m'y agrippe encore plus. Et je fais quelque chose d'humiliant.

Je le supplie.

— Je vous en prie, ai-je dit éperdument, je vous en prie, ne faites pas ça.

Il sourit une nouvelle fois.

— Pourquoi pas ?

Sa main continue de tirer sur la couverture, lentement et inexorablement. Je sais qu'il le fait ainsi pour prolonger la torture. Il pourrait facilement arracher la couverture d'un coup.

— Je ne le veux pas, lui ai-je dit. Ma poitrine est si serrée que j'ai du mal à respirer et le son de ma voix est étrangement voilé.

Il semble amusé, mais je vois une lueur sombre dans son regard.

— Ah bon ? Tu crois que je n'ai pas vu comment tu as réagi en me voyant dans la boîte de nuit.

Je secoue la tête.

— Je n'ai eu aucune réaction. Vous vous trompez… Je retiens mes larmes et on l'entend dans ma voix. C'est Jake que je désire…

En un éclair, il m'a mis la main autour de la gorge.

— Ce n'est pas ce garçon que tu désires, dit-il durement. Jamais il ne pourra te donner ce que moi je peux te donner. Tu m'as compris ?

Je hoche la tête, trop effrayée pour faire autrement.

Il me lâche la gorge.

— Bien, dit-il plus doucement. Et maintenant, lâche cette couverture. Je veux te revoir nue.

Te revoir nue ? C'est lui qui a dû me déshabiller.

J'essaie de me coller encore plus près du mur. Toujours sans lâcher la couverture.

Il soupire.

Deux secondes plus tard, la couverture est par terre. Comme je m'en doutais, je n'ai pas la moindre chance de lui résister quand il utilise toute sa force.

Je résiste donc de la seule manière possible. Au lieu de rester debout et de le laisser me regarder nue, je me laisse glisser le long du mur jusqu'à ce que je sois assise par terre, les genoux contre la poitrine. Je me tiens les jambes et je reste assise comme ça en tremblant de tous mes membres. Mes longs cheveux épais me descendent le long du dos et des bras et me cachent en partie à son regard.

Je m'enfouis le visage dans les genoux. Je suis terrifiée à l'idée de ce qu'il va faire maintenant et les larmes qui me brûlent les yeux s'en échappent finalement pour rouler sur mes joues.

— Nora, dit-il d'une voix inébranlable, lève-toi ! Lève-toi immédiatement.

Je secoue la tête sans mot dire et sans le regarder.

— Nora, tu peux y prendre du plaisir ou tu peux souffrir. C'est vraiment à toi de choisir.

Du plaisir ? Il est donc fou ? Les sanglots me secouent toute entière.

— Nora, répète-t-il, et j'entends son impatience dans sa voix, tu as exactement cinq secondes pour faire ce que je te dis.

Il attend et je pourrais presque l'entendre compter mentalement. Je compte aussi et à quatre je me lève, les larmes toujours ruisselantes sur mon visage.

J'ai honte d'être aussi lâche, mais j'ai tellement peur de souffrir. Je ne veux pas qu'il me fasse du mal.

En fait, je ne veux pas qu'il me touche, mais visiblement je n'ai pas le choix.

— C'est bien, dit-il doucement en me caressant de nouveau le visage et en me ramenant les cheveux derrière les épaules.

Je tremble sous ses doigts. Je ne peux pas le regarder, je garde donc les yeux baissés.

Visiblement, ça ne lui plait pas, alors il me remonte le menton pour me forcer à croiser son regard.

Dans cette lumière, ses yeux sont d'un bleu sombre. Il est si près de moi que je sens la chaleur qui émane de son corps. C'est réconfortant parce que j'ai froid. Je suis nue et j'ai froid.

Brusquement, il se penche et s'empare de moi. Avant que je n'aie le temps d'avoir vraiment peur, il glisse un bras sous mon dos et l'autre sous mes genoux.

Puis il me soulève comme une plume et me porte vers le lit.

⋆ ⋆ ⋆

Il m'y dépose presque doucement et je me mets en boule en tremblant. Il commence à se déshabiller et je ne peux m'empêcher de le regarder.

Il porte un jean et un tee-shirt et il enlève le tee-shirt en premier.

Son torse est une véritable œuvre d'art avec ses larges épaules, ses muscles durs et sa douce peau bronzée. Sa poitrine est légèrement velue. Dans d'autres circonstances, j'aurais été ravie d'avoir un aussi bel amant.

Mais étant donnée la situation je n'ai qu'une envie, hurler.

Ensuite, il enlève son jean. J'entends descendre la fermeture éclair et ça me donne des forces pour réagir.

En l'espace d'une seconde, je me lève du lit et je me précipite vers la porte qu'il a laissée ouverte.

J'ai beau être petite, je suis rapide. J'ai fait de l'athlétisme pendant dix ans et j'étais assez douée. Malheureusement, je me suis fait mal au genou pendant une course et maintenant je dois courir moins vite et faire d'autres sports.

J'atteins la porte, je descends l'escalier et je suis presque à la porte d'entrée quand il me rattrape.

Il est derrière moi et son bras se referme sur moi, il me serre si fort que j'ai d'abord du mal à respirer. Mes bras sont complètement emprisonnés si bien que je ne peux pas me débattre. Il me soulève et je lui donne des coups de pieds. Je réussis à l'atteindre avant qu'il ne me retourne pour que je sois face à lui.

Je suis certaine qu'il va me frapper et je me prépare à recevoir ses coups.

Mais il se contente de resserrer son étreinte et de me tenir encore plus près de lui. J'ai le visage enfoui contre son buste et mon corps nu est serré contre le sien. Je sens la fraîche odeur musquée de son corps et je sens quelque chose de dur et de chaud contre mon ventre.

Son sexe en érection.

Il est entièrement nu et tout excité.

Étant donnée la manière dont il me tient, je suis complètement impuissante. Je ne peux ni lui donner des coups ni le griffer.

Mais je peux le mordre.

Alors j'enfonce les dents dans son pectoral et j'entends ses jurons puis il me tire les cheveux pour me faire lâcher prise.

Il met un bras autour de ma taille et il me tient le bas du corps très serré contre lui. Son autre main agrippe mes cheveux et me tient la tête en arrière. Je le repousse des mains, faisant un effort inutile pour mettre un peu de distance entre nos deux corps.

Je le regarde droit dans les yeux, sans prêter attention aux larmes qui coulent le long de mon visage. Il ne me reste plus qu'à être courageuse. Si je dois mourir, au moins que ce soit avec un peu de dignité.

L'expression de son visage est sombre, pleine de colère, il plisse ses yeux bleus en me regardant.

Je respire fort et mon cœur bat à tout rompre.

Nous nous regardons, le prédateur et sa proie, le conquérant et sa conquête, et à cet instant je me sens étrangement liée à lui. C'est comme si une part de moi-même était altérée à jamais par ce qui est en train de se passer entre nous.

Tout à coup ? Son visage s'adoucit. Un sourire apparaît sur ses lèvres sensuelles.

Puis il se penche vers moi, baisse la tête et pose ses lèvres sur les miennes.

Je suis stupéfaite. Ses lèvres sont douces et tendres en s'attardant sur les miennes, même s'il me tient d'une poigne de fer.

Il embrasse bien. J'ai déjà embrassé un certain nombre de garçons, mais je n'ai jamais rien ressenti de pareil. Son haleine est chaude, parfumée de quelque chose de sucré, et sa langue me taquine les lèvres jusqu'à ce qu'elles s'ouvrent sans le vouloir et le laissent pénétrer dans ma bouche.

Je ne sais pas si c'est un effet secondaire de ce qu'il m'a fait prendre ou simplement le soulagement de ne pas souffrir, mais ce baiser me fait fondre. Une étrange langueur me parcourt le corps et dissipe ma détermination à me battre.

Il m'embrasse lentement, à loisir, en prenant tout son temps.

Sa langue caresse la mienne et il me suce légèrement la lèvre inférieure, me faisant brûler au plus profond de moi. Sa main relâche son emprise sur mes cheveux et entoure ma nuque. C'est presque comme s'il me faisait l'amour.

Je m'aperçois que j'ai mis une main sur son épaule. Sans savoir pourquoi je me raccroche à lui au lieu de le repousser. Je ne comprends pas mes propres réactions.

Pourquoi est-ce que je ne me détourne pas de ses baisers avec dégoût ?

Sa merveilleuse bouche est si douce que j'ai l'impression d'embrasser un ange. J'en oublie un instant la situation dans laquelle je suis et ça me permet d'éloigner la terreur que je ressens.

Il se dégage et baisse les yeux vers moi. Ses lèvres sont humides et brillantes, un peu gonflées après notre baiser. Les miennes aussi, sans doute.

Il ne semble plus en colère. Plutôt avide et content à la fois. Sur son visage parfait, je vois le désir se mêler à la tendresse et je ne peux en détourner les yeux.

Je me lèche les lèvres et il les regarde un instant. Puis il m'embrasse de nouveau en effleurant légèrement mes lèvres des siennes.

Puis, il me soulève une nouvelle fois et me porte au deuxième étage où se trouve son lit.

CHAPITRE QUATRE

Quand je repense à cette journée, mon comportement me semble incompréhensible. Je ne comprends pas pourquoi je ne lui ai pas résisté davantage, pourquoi n'ai-je pas fait une nouvelle tentative de fuite ? Ce n'était pas une décision rationnelle de ma part ni un choix conscient de coopérer pour éviter de souffrir.

Non, je me laisse totalement guider par mon instinct.

Et mon instinct est de me soumettre à lui.

Il me pose sur le lit et je reste là. Je suis trop épuisée après m'être battue et ce qu'il m'a fait prendre continue de m'engourdir.

La situation est tellement irréelle que je ne parviens pas bien à la comprendre.

J'ai l'impression d'assister à une pièce de théâtre ou à un film. Il n'est pas possible que je sois dans une telle situation. Que ce soit à moi qu'on ait fait prendre un somnifère, que ce soit moi qu'on ait kidnappée et qui me laisse caresser des pieds à la tête par mon ravisseur.

Nous sommes couchés sur le côté, face à face. Je sens ses mains sur ma peau. Elles ne sont pas vraiment douces, mais légèrement calleuses. Mais elles sont chaudes sur mon corps frigorifié. Et elles sont fortes, bien qu'il n'ait pas recours à la force en ce moment. Il pourrait facilement me soumettre comme il l'a fait tout à l'heure, mais ce n'est pas nécessaire. Je ne lui résiste pas. Je flotte dans le vague, je m'abandonne au plaisir.

Il m'embrasse de nouveau et me caresse le bras, le dos, le cou, l'extérieur des cuisses. Ses caresses sont douces, mais fermes. C'est presque comme s'il me faisait un massage sauf que ses intentions vont clairement dans une autre direction.

Il m'embrasse le cou et mordille légèrement l'endroit où se rejoignent le cou et l'épaule, et j'en frissonne de plaisir.

Je ferme les yeux. Je suis désarmée par sa douceur, je ne m'y attendais pas. Je sais que je devrais me sentir violentée, et c'est le cas, mais je me sens aussi étrangement aimée.

Les yeux fermés, je fais comme si c'était un rêve. Un sombre fantasme comme ceux que j'ai quelquefois tard dans la nuit. Laisser cet inconnu me faire ça accroît mon plaisir.

Maintenant, une de ses mains est sur mes fesses et en pétrit la chair douce. Son autre main remonte sur mon ventre, sur ma cage thoracique. Il atteint mes seins et en prend un dans sa main, il le presse légèrement. Mes tétons sont déjà durcis et ses caresses sont agréables, presque réconfortantes. Rob m'a déjà caressée de la même manière, mais ce n'était pas pareil. Rien n'a jamais été comme ça.

Je continue de fermer les yeux quand il me fait rouler sur le dos. Il est en partie couché sur moi, mais l'essentiel de son poids repose sur le lit. Je comprends qu'il ne veut pas m'écraser et je lui en sais gré.

Il embrasse ma clavicule, mon épaule, mon ventre. Sa bouche est chaude et laisse une traînée humide sur ma peau.

Puis il serre les lèvres autour de mon téton droit et commence à le sucer. Mon corps se cambre et je sens une tension dans mon bas-ventre. Il en fait de même de l'autre côté et la tension que je ressens s'accroît et s'intensifie.

Il s'en aperçoit. Je le sais parce que sa main s'aventure entre mes cuisses et sent que je suis mouillée.

— C'est bien, murmure-t-il. Tu es si douce, si réceptive.

Quand ses lèvres continuent à descendre le long de mon corps et que ses cheveux me chatouillent la peau, je commence à gémir. J'ai compris ce qu'il a l'intention de faire et je cesse de penser quand il atteint sa destination.

Un instant, je tente de résister, mais il n'a aucun mal à m'ouvrir les jambes. Ses doigts me tapotent doucement puis il ouvre mes lèvres d'en bas.

Ensuite, il m'embrasse à cet endroit, ce qui inonde mon corps tout entier de chaleur. Sa bouche habile me lèche et me mordille le clitoris jusqu'à ce que je gémisse de plus belle puis il se met à le sucer légèrement.

Le plaisir est si intense, si inattendu que mes yeux s'ouvrent d'un coup.

Je ne comprends pas ce qui m'arrive et ça me fait peur. Je brûle, j'ai des élancements entre les jambes. Mon cœur bat si vite que j'ai du mal à reprendre mon souffle et je me mets à haleter.

Je commence à me débattre et il rit doucement. Je sens le souffle de sa respiration sur ma chair si sensible. Il me maintient sans mal et continue ce qu'il faisait.

La tension que je ressens commence à devenir insupportable. Je me tortille contre sa langue et chacun de mes mouvements semble me rapprocher d'un point de non-retour qui semble hors d'atteinte.

Et puis j'y parviens avec un petit cri. Tout mon corps se tend et je suis submergée d'un plaisir si intense que mes doigts de pieds se crispent. Je sens mes muscles intimes vibrer et je comprends que je viens d'avoir un orgasme.

Le premier orgasme de ma vie. Et c'était aux mains - ou plutôt dans la bouche- de mon ravisseur.

Je suis tellement bouleversée que je ne désire qu'une seule chose, me rouler en boule et pleurer. Je referme brusquement les yeux.

Mais il n'en a pas encore terminé avec moi. Il rampe le long de mon corps et m'embrasse de nouveau sur la bouche. Il a un autre goût maintenant, un goût salé avec une nuance légèrement musquée. Je réalise que c'est mon goût. Je retrouve mon propre goût sur ses lèvres. Je suis gênée et une vague de chaleur me parcourt le corps alors que mon désir s'intensifie.

Son baiser est plus charnel qu'avant, plus brutal. Sa langue me pénètre la bouche en imitant clairement l'acte sexuel et ses hanches s'alourdissent entre mes jambes. L'une de ses mains tient ma nuque et l'autre est entre mes jambes pour me caresser et me donner de nouveau du plaisir.

Je ne lui résiste pas vraiment, bien que mon corps se raidisse au retour de la peur. Je sens la chaleur et la dureté de son sexe en érection qui se heurte à l'intérieur de ma cuisse et je sais qu'il va me faire mal.

— S'il vous plait, ai-je murmuré en ouvrant les yeux pour le regarder. Je suis aveuglée de larmes. S'il vous plait… je ne l'ai encore jamais fait…

Il gonfle les narines et ses yeux brillent davantage.

— Tant mieux ! dit-il d'une voix douce.

Puis il bouge un peu les hanches et de la main il guide sa verge vers mon ouverture.

Quand il commence à me pénétrer, j'en perds le souffle. Je suis mouillée, mais mon corps résiste à cette étrange intrusion. Je ne connais pas sa taille, mais son gland me semble énorme quand il pénètre lentement dans mon corps.

Je commence à avoir mal, ça me brûle et je me mets à crier en repoussant ses épaules.

Ses pupilles se dilatent, ce qui assombrit ses yeux. Il a des gouttes de sueur sur le front et je comprends qu'en réalité il essaie de se maîtriser.

— Détends-toi, Nora ! murmure-t-il d'une voix rauque. Tu auras moins mal si tu te détends.

Je tremble. Je ne peux suivre son conseil, je suis trop nerveuse et j'ai trop mal même s'il n'a encore que peu pénétré en moi.

Il continue à avancer et ma chair se soumet petit à petit en s'étirant malgré elle pour le laisser entrer. Je me tortille maintenant, je sanglote, je lui griffe le dos, mais il reste implacable et sa verge continue sa lente pénétration centimètre par centimètre.

Alors il s'arrête un instant et je vois une veine battre près de sa tempe. Il a l'air de souffrir. Mais je sais que ce qui me fait tellement mal lui donne du plaisir.

Il baisse la tête et m'embrasse le front. Puis il traverse mon hymen et d'un seul coup déchire la fine membrane. Il ne s'interrompt que lorsqu'il s'est enfoui en moi jusqu'au bout et que son pubis s'appuie contre le mien.

Je m'évanouis presque de douleur. Mon ventre se tord tant j'ai la nausée et j'ai l'impression que je vais perdre connaissance. Je ne peux même pas crier ; je peux seulement respirer légèrement, par petites bouffées pour tenter de rester consciente. Je sens la dureté de sa verge en moi et c'est la pire impression d'intrusion que je connais.

— Détends-toi, me murmure-t-il à l'oreille, détends-toi donc, mon petit chat. Tu n'auras plus mal, ça va aller mieux…

Je ne le crois pas. J'ai l'impression qu'une tige chauffée à blanc m'a été enfoncée dans le corps pour me déchirer et m'ouvrir en deux. Et je ne peux rien faire pour y échapper, pour moins souffrir. Il est tellement plus grand que moi, tellement plus fort. Je ne peux que rester là, impuissante, clouée sous son poids.

Il ne bouge plus les hanches, il ne pousse plus, même si je sens la tension de ses muscles.

À la place, il m'embrasse encore doucement le front. Je ferme les yeux, des larmes amères coulent sur mes tempes et je sens ses lèvres effleurer mes paupières.

J'ignore combien de temps nous restons comme ça. Il couvre mon visage et mon cou de doux baisers. Sa main me caresse, c'est comme une parodie des gestes que font les amants. Et durant tout ce temps, sa verge est enfoncée au plus profond de moi, son implacable dureté me fait souffrir et me brûle de l'intérieur.

J'ignore à quel moment la douleur commence à s'atténuer. Mon corps a la traîtrise de s'adoucir lentement, de commencer à réagir à ses baisers, à la tendresse de ses caresses.

Ce salaud s'en aperçoit. Et il commence lentement à bouger, se retirant un peu et puis revenant en moi.

D'abord, ses mouvements me font souffrir encore plus et c'est pire. Et puis il place une main entre nos deux corps et d'un doigt il appuie sur mon clitoris, légèrement, mais sans s'interrompre. Ses mouvements font bouger mes hanches si bien que je me frotte contre son doigt de manière rythmée.

Je suis horrifiée de m'apercevoir que la tension renaît en moi. Je souffre encore, mais je ressens aussi du plaisir. Je me tortille dans ses bras, maintenant c'est aussi contre moi-même que je me débats. Il pousse de plus en plus fort, de plus en plus profondément, avec une intensité insupportable qui me fait hurler. La douleur et le plaisir se mêlent jusqu'à ne plus faire qu'un, jusqu'à ce que je ne sois plus que pure sensation et que cette sensation m'engouffre complètement. Et alors c'est une explosion, l'orgasme me traverse le corps avec une telle force que j'en perds la vue pendant quelques instants.

Tout à coup, je l'entends gronder tout près de mon oreille et je le sens devenir encore plus gros et encore plus long en moi. Sa verge vibre et ses profonds soubresauts me font comprendre que lui aussi il vient de jouir.

Ensuite, il se dégage, roule sur le lit puis me prend dans ses bras et me serre contre lui.

Et je pleure dans ses bras, cherchant la consolation auprès de celui qui a provoqué mes larmes.

* * *

Ensuite, mon esprit est confus, mes pensées étrangement en désordre. Il me porte quelque part et je me laisse aller dans ses bras, pantelante comme une poupée de chiffon.

Et maintenant il fait ma toilette. Je suis debout avec lui dans la douche. Je suis vaguement surprise que mes jambes arrivent à me porter.

Je me sens dépourvue d'émotion, comme détachée de tout.

J'ai du sang sur les cuisses. Je le vois se mêler avec l'eau, s'écouler avec elle. Et il y a aussi quelque chose de gluant entre mes jambes. Sans doute son sperme. Il n'avait pas mis de préservatif.

Je risque d'avoir une maladie vénérienne. Cette pensée devrait me faire horreur, mais je ne ressens rien. Au moins, je n'ai pas besoin de m'inquiéter sur d'éventuels risques de grossesse. Dès que c'est devenu sérieux avec Rob, ma mère a insisté pour m'emmener chez le médecin pour me faire poser un contraceptif sous forme d'implant dans le bras. Comme elle aide les infirmières dans un centre de Planning familial, elle a été témoin de tellement de grossesses chez les adolescentes qu'elle a voulu s'assurer que ça ne risquerait pas de m'arriver.

Je lui en suis tellement reconnaissante maintenant.

Tandis que je médite tout ça, Julian me lave des pieds à la tête, il me lave aussi les cheveux et me met du démêlant. Il me rase même les jambes et les aisselles.

Une fois que je suis propre comme un sou neuf, il arrête l'eau et m'aide à sortir de la douche.

Il me sèche d'abord avec une serviette puis c'est son tour. Puis, il m'enveloppe dans un peignoir de bain moelleux et me porte à la cuisine pour me donner quelque chose à manger.

Je mange ce qu'il met devant moi. Je ne sais même pas quel goût ça a. C'est un sandwich, mais je ne sais même pas ce qu'il y a dedans. Il me donne aussi un verre d'eau que je bois d'un trait.

— Vas-y, lave-toi les dents, dit-il, et je le fixe des yeux. Il se préoccupe de mon hygiène buccale ?

Mais j'ai envie de me laver les dents et je fais ce qu'il me dit. Et je vais aux toilettes faire pipi. Il a la délicatesse de m'y laisser seule.

Ensuite, il me ramène à la chambre. Comme par magie, les draps du lit ont été changés, il n'y a plus de traces de sang nulle part. Je lui en suis reconnaissante.

Il m'embrasse légèrement sur les lèvres puis il sort en fermant la porte à clé.

Je suis tellement épuisée que je vais vers le lit pour me coucher et que je m'endors immédiatement.

CHAPITRE CINQ

À mon réveil, j'ai l'esprit parfaitement clair. Je me souviens de tout, et j'ai envie de hurler.

En me levant d'un bond, je m'aperçois que je porte encore le peignoir d'hier soir. Et en faisant ce geste brusque je me rends compte que quelque chose me fait mal au plus profond de moi et mon bas-ventre se contracte au souvenir de ce qui a provoqué cette douleur. J'ai l'impression qu'il est encore en moi et ce souvenir me fait frissonner.

Je me dégoûte et je me répugne. Comment ai-je pu faire une chose pareille ? Comment ai-je pu rester là et laisser Julian me faire l'amour ? Comment ai-je pu trouver du plaisir dans ses étreintes ?

D'accord, il est beau, mais ça n'est pas une excuse. Il me veut du mal. Je le sais. Je l'ai senti depuis le début. Sa beauté apparente dissimule des forces obscures.

J'ai le sentiment qu'il commence tout juste à me révéler sa véritable nature.

Hier, j'avais trop peur, j'étais trop traumatisée pour prêter attention à l'endroit où je me trouvais.

Comme je me sens bien mieux aujourd'hui j'examine attentivement la chambre.

Elle a une fenêtre. Cette fenêtre est masquée par une épaisse persienne couleur ivoire, mais je peux quand même deviner la lumière du jour.

Je m'y précipite, j'ouvre la persienne et tout à coup une brillante lumière m'éblouit. Après quelques secondes nécessaires pour que mes yeux s'y habituent je regarde au-dehors.

Et je n'en crois pas mes yeux.

La fenêtre n'a aucune fermeture d'aucune sorte. En fait, j'ai l'impression de pouvoir l'ouvrir facilement et de sortir par là. La chambre est au deuxième étage, je pourrais peut-être même atteindre le sol sans rien me casser.

Non, ce n'est pas la fenêtre qui pose problème.

C'est la vue qu'on aperçoit au-dehors.

Des palmiers et une plage de sable blanc. Plus loin une vaste étendue d'eau, bleue et scintillante sous un soleil éclatant.

Un beau paysage tropical.

Aussi différent que possible de ma petite ville du Midwest des États-Unis.

* * *

De nouveau, j'ai froid. Si froid que je grelotte. Je sais que c'est à cause du stress parce qu'il doit faire plus de vingt-cinq degrés.

J'arpente la chambre en m'arrêtant de temps en temps pour regarder par la fenêtre.

À chaque fois, j'ai l'impression de recevoir un coup de pied dans le ventre.

Je ne sais pas ce que j'espérais. Franchement, je n'ai pas eu le temps de me demander où j'étais. En fait, je supposais qu'il me gardait prisonnière quelque part près de chez moi, peut-être à proximité de Chicago où nous nous étions rencontrés pour la première fois. Je pensais que pour m'échapper il suffirait de trouver un moyen de m'enfuir de chez lui.

Et maintenant, je m'aperçois que c'est beaucoup plus compliqué.

J'essaie une nouvelle fois d'ouvrir la porte. Elle est fermée à clé.

Il y a quelques minutes, j'ai découvert une petite salle de bain attenante à la chambre. J'y suis allée pour faire mes besoins et me laver les dents. Une agréable distraction.

Et depuis je fais les cent pas comme un animal en cage, et à chaque minute qui passe ma colère et ma terreur s'intensifient.

Finalement, la porte s'ouvre et une femme entre dans la chambre.

Je suis tellement stupéfaite que je me contente de la fixer des yeux. Elle est assez jeune, une trentaine d'années sans doute, et elle est jolie.

Elle porte un plateau avec de la nourriture et elle me sourit. Elle est rousse et bouclée, et ses yeux sont marron clair. Elle est plus grande que moi d'environ une dizaine de centimètres et bien bâtie. Elle a des vêtements de plage, un short en jean, un débardeur blanc et des tongs.

Je me demande si je pourrais me battre contre elle. C'est une femme et je pourrais avoir une petite chance d'avoir le dessus. Avec Julian, ce serait impossible.

Elle sourit de plus belle, comme si elle devinait ce que je pense.

— Il ne faut pas me sauter dessus, dit-elle d'une voix moqueuse. Je t'assure que ça ne servirait à rien. Je sais que tu veux t'enfuir, mais tu n'irais nulle part. Nous sommes sur une île déserte au milieu de l'océan Pacifique, une île privée.

Je suis atterrée.

— Elle appartient à qui, cette île ? ai-je demandé alors que je connais déjà la réponse.

— Eh bien à Julian évidemment.

— Mais qui est-il ? Et qui êtes-vous tous ?

Quand je lui parle, ma voix ne tremble pas trop. Elle ne m'intimide pas autant que Julian.

Elle pose le plateau.

— Tu en sauras davantage le moment venu. Je suis ici pour m'occuper de toi et de la maison. Au fait, je m'appelle Beth.

Je respire profondément.

— Pourquoi suis-je ici, Beth ?

— Tu es ici parce que Julian veut que tu sois à lui.

— Et ça ne te gêne pas ? J'entends une nuance d'hystérie dans ma voix. Je ne comprends pas comment cette femme peut accepter les ordres de ce fou, pourquoi elle fait comme si ça allait de soi.

Elle hausse les épaules.

— Julian fait ce qu'il veut. Je n'ai pas à juger.

— Pourquoi pas ?

— Parce qu'il m'a sauvé la vie, dit-elle sérieusement et elle sort de la pièce.

* * *

Je mange ce que Beth m'a apporté. C'est assez bon, même si ce n'est pas ce qu'on mange d'habitude au petit déjeuner. Il y a du poisson grillé avec une sauce aux champignons, des pommes de terre sautées et de la salade en garniture. Et pour le dessert, une mangue toute préparée. Sans doute un fruit d'ici.

Malgré mon très grand désarroi, je réussis à tout manger. Si j'étais moins lâche, je lui résisterais en refusant de manger ce qu'il me donne, mais j'ai aussi peur d'avoir faim que j'ai peur de souffrir.

Pour le moment, il ne m'a pas encore vraiment fait souffrir. C'est vrai qu'il m'a fait mal en me pénétrant, mais il n'a pas fait exprès d'être brutal. J'imagine que ça fait toujours mal la première fois, quelles que soient les circonstances.

La première fois. Tout à coup, je me rends compte que c'était ma première fois. Je ne suis donc plus vierge.

Bizarrement, je n'ai pas l'impression d'avoir perdu quelque chose. Cette fine membrane qui était en moi n'a jamais eu de signification particulière à mes yeux. Je n'ai jamais eu l'intention d'attendre de me marier pour perdre ma virginité ou ce genre d'idées. Je regrette de l'avoir perdue avec un monstre, mais ne plus être vierge ne me fait pas de peine. Si seulement l'occasion s'était présentée, j'aurais été heureuse que ce soit avec Jake.

Jake ! Encore un coup en plein ventre. Je n'arrive pas à croire que je n'ai plus repensé à lui depuis que Julian m'a dit qu'il était sain et sauf. Dans les bras de mon ravisseur, je n'ai jamais eu la moindre pensée pour celui dont je suis folle depuis des mois.

Je brûle de honte. N'aurais-je pas dû penser à Jake la nuit dernière ? N'aurais-je pas dû imaginer sa réaction quand Julian me caressait comme il l'a fait ? Si j'avais vraiment envie de Jake, n'est-ce pas à lui que j'aurais dû penser quand Julian m'a forcée à faire l'amour ?

Tout à coup, je suis pleine de haine et d'amertume envers celui qui m'a fait ça, envers cet homme qui a brisé mes illusions sur la vie et sur moi-même. Je n'ai jamais eu l'occasion de penser à ce que je ferais si j'étais enlevée ni de me demander comment je réagirais. Ce ne sont pas des choses auxquelles on pense. Mais il me semble avoir toujours imaginé que je serais courageuse et que je me battrais jusqu'au dernier souffle. N'en est-il pas toujours ainsi dans les livres et dans les films ? On se bat, même si ça ne sert à rien, même si l'on doit en souffrir. C'est ce que j'aurais dû faire aussi ? C'est vrai qu'il est plus fort que moi, mais je n'aurais pas dû m'avouer vaincue aussi facilement. Il ne m'a pas attachée ; il ne m'a menacée ni d'un couteau ni d'un fusil. Il s'est contenté de me poursuivre quand j'ai essayé de prendre la fuite.

Pour le moment, je ne lui ai résisté qu'en tentant de fuir.

J'ai du mal à reconnaître celle qui s'est résignée si facilement. Et pourtant je sais que c'est moi. Une part de moi que je ne connaissais pas. Une part de moi que je n'aurais jamais découverte, si Julian ne m'avait pas enlevée.

C'est tellement pénible d'y penser qu'à la place je pense à mon ravisseur. Qui est-ce ? Comment quelqu'un peut-il être assez riche pour posséder une île déserte ? Comment a-t-il sauvé la vie de Beth ? Et surtout qu'a-t-il l'intention de faire de moi ?

J'imagine des millions de scénarios possibles, et chacun d'entre eux est pire que le précédent. Je connais l'existence des trafics d'êtres humains. C'est quelque chose qui arrive tout le temps, surtout aux femmes des pays pauvres. Est-ce le sort qui m'attend ? Est-ce que je vais me retrouver dans un bordel, bourrée de drogue et livrée quotidiennement à des douzaines d'hommes ? Est-ce que Julian se contente de vérifier la marchandise avant de la faire parvenir à sa destination finale ?

Avant de m'abandonner à la panique, je respire profondément et j'essaie de réfléchir logiquement. L'hypothèse du trafic est possible, mais elle ne semble pas vraisemblable. D'abord, Julian semble très possessif avec moi, bien trop possessif pour quelqu'un qui se contenterait de vérifier la marchandise. Et d'ailleurs, pourquoi m'avoir amené ici, dans cette île déserte s'il a seulement l'intention de me vendre ?

Il m'a appelé *mon petit chat*. Est-ce que c'est seulement un petit nom sans signification particulière ou bien est-ce ainsi qu'il me considère ? Est-ce qu'il a un fantasme concernant les femmes en captivité ? J'y pense un moment et je décide que c'est sans doute le cas. Sinon, pourquoi un bel homme fortuné comme lui agirait-il de la sorte ? Il n'a évidemment aucun mal à faire des rencontres. Finalement, j'aurais pu sortir avec lui si je n'avais pas eu cette impression bizarre à la boîte de nuit.

S'il ne m'avait pas touchée comme si je lui appartenais.

C'est ça qui l'excite ? La domination ? Est-ce qu'il veut une esclave sexuelle ? Et si oui, pourquoi m'avoir choisie ? Est-ce à cause de ma réaction à son égard à la boîte de nuit ? Est-ce qu'il a deviné ma lâcheté, est-ce qu'il savait que je le laisserais faire tout ce qu'il voudrait ? Finalement, est-ce que c'est de ma faute ?

Cette idée me répugne tellement que je n'y pense plus et que je me lève décidée à poursuivre l'exploration de ma prison.

La porte a été refermée à clé ce qui ne m'étonne pas. Par contre, je peux ouvrir la fenêtre et un air chaud, un air marin emplit la chambre.

Mais je ne peux ouvrir la persienne. Il faudrait y parvenir pour sauter par la fenêtre. D'ailleurs, je ne m'acharne pas. À en croire Beth, m'enfuir de cette pièce ne servirait à rien.

Je cherche quelque chose qui pourrait me servir d'arme. Il n'y a pas de couteau, mais il y avait une fourchette avec mon repas. Si je la cache, Beth s'en apercevra sans doute. Mais je cours ce risque et je la cache derrière une pile de livres sur une grande bibliothèque qui est le long d'un mur.

Ensuite, je pars à l'exploration de la salle de bain dans l'espoir de trouver de la laque en vaporisateur ou quelque chose du même genre. Mais il n'y a que du savon, du shampoing et du démêlant, tous de bonnes marques, des produits de luxe. Visiblement, mon ravisseur ne regarde pas à la dépense.

Mais évidemment, le propriétaire d'une île déserte peut se permettre d'acheter du shampoing à cinquante dollars. Il pourrait même se permettre d'acheter du shampoing à mille dollars si ça existait.

Je n'en reviens pas de penser à ça. Est-ce que je ne devrais pas plutôt hurler et pleurer ?

Mais c'est ce que j'ai fait hier. Il y a une limite à la quantité de larmes qu'on peut verser. J'ai dû épuiser mes réserves, en tout cas pour le moment.

Après avoir exploré chaque recoin de ma chambre, je commence à m'ennuyer et je prends l'un des livres de la bibliothèque. C'est un roman de Sidney Sheldon, l'histoire d'une femme trahie qui essaye de se venger de ses ennemis.

C'est assez captivant pour me permettre d'oublier ma prison pendant deux ou trois heures.

* * *

Beth arrive et m'apporte à déjeuner. Elle m'apporte aussi des vêtements bien pliés.

Je suis contente. J'ai passé toute la matinée en peignoir et j'aimerais bien m'habiller normalement.

Quand elle pose ces vêtements sur la commode, je repense de nouveau à m'attaquer à elle et à essayer de m'enfuir. Peut-être en la blessant avec la fourchette que j'ai dissimulée.

— Nora, donne-moi la fourchette, dit-elle.

Je sursaute et je la regarde d'un air surpris. Est-ce qu'elle lit dans mes pensées ?

Et puis je m'aperçois qu'elle s'est contentée de regarder le plateau vide et constater que la fourchette avait disparu.

Je décide de faire l'idiote.

— Quelle fourchette ?

Elle pousse un soupir.

— Tu sais bien de quelle fourchette il s'agit. Celle que tu as cachée derrière les livres. Donne-la-moi.

Encore une de mes suppositions qui s'avère être fausse. Je ne sais pas pourquoi j'avais imaginé avoir la moindre intimité.

Je lève les yeux vers le plafond, je l'examine attentivement, mais je n'arrive pas à voir où sont les caméras.

— Nora… insiste Beth.

Je prends la fourchette et je la lui jette. Secrètement, j'espère sans doute lui crever un œil.

Mais Beth l'attrape au vol et hoche la tête comme si elle était déçue par mon comportement.

— J'espérais que tu ne te conduirais pas comme ça, dit-elle.

— Comment ? Comme la victime d'un enlèvement ? J'ai vraiment très très envie de la frapper en ce moment.

— Non, comme une enfant gâtée, précise-t-elle en mettant la fourchette dans sa poche. Tu penses que c'est vraiment affreux d'être ici sur cette belle île déserte ? Tu penses que tu es malheureuse parce que tu es dans le lit de Julian ?

Je la fixe des yeux comme si elle était folle. Est-ce qu'elle croit vraiment que je vais accepter cette situation ? Que je vais être douce comme un agneau, sans jamais laisser échapper la moindre plainte ?

À son tour, elle me regarde fixement, et pour la première fois je discerne quelques rides sur son visage.

— Tu ne sais pas ce que ça veut vraiment dire de souffrir, ma petite fille, dit-elle d'une voix douce. Et j'espère que tu n'auras jamais l'occasion de le découvrir. Sois gentille avec Julian et tu pourras peut-être continuer à mener la vie de château.

Elle sort de la pièce et j'avale ma salive parce que j'ai la gorge sèche.

Sans savoir pourquoi ce qu'elle vient de me dire me fait trembler.

CHAPITRE SIX

C'est le soir maintenant. Chaque minute qui passe augmente mon anxiété à la pensée de revoir mon ravisseur.

Le roman que je lis ne m'intéresse plus. Je l'ai posé et je tourne en rond dans la pièce.

Je porte les vêtements que Beth m'a donnés tout à l'heure. Ce n'est pas ce que j'aurais choisi de porter, mais c'est toujours mieux qu'un peignoir de bain. Un panty sexy en dentelle blanche et un soutien-gorge assorti, voilà mes sous-vêtements. Et une jolie robe d'été bleu qui se boutonne sur le devant. Étrangement, tout est exactement à ma taille. Est-ce qu'il m'a espionnée pendant un certain temps ? Et tout appris de moi, y compris la taille de mes vêtements ?

Cette pensée me rend malade.

J'essaie de ne pas penser à ce qui va arriver, mais c'est impossible. Je ne sais pas pourquoi je suis convaincue qu'il va venir me voir ce soir. Peut-être a-t-il tout un harem dissimulé dans cette île et qu'il rend visite à une femme différente chaque jour de la semaine comme le faisaient les sultans.

Et pourtant je sais qu'il va bientôt arriver. La nuit dernière n'a fait qu'aiguiser son appétit. Je sais qu'il n'en a pas fini avec moi. Loin de là.

Finalement, la porte s'ouvre.

Il entre en maître des lieux. Ce qui est précisément le cas.

De nouveau, je suis frappée par sa beauté virile. Avec un visage comme le sien, il aurait pu être modèle ou acteur de cinéma. S'il y avait un peu de justice dans ce monde, il aurait été petit ou il aurait d'autres imperfections en contrepartie de ce visage.

Mais non. Il est grand et musclé, parfaitement proportionné. En me souvenant de ce que j'ai ressenti quand il était en moi, mon excitation se réveille bien involontairement.

De nouveau, il porte un jean et un tee-shirt. Gris cette fois-ci. Il semble préférer s'habiller simplement et il a raison. Il n'a pas besoin que ses vêtements le mettent en valeur.

Il me sourit. Un sourire d'ange déchu, à la fois sombre et séducteur.

— Bonsoir, Nora.

Je ne sais que lui dire, alors je laisse échapper la première chose qui me vient à l'esprit.

— Combien de temps allez-vous me garder ici ?

Il penche légèrement la tête sur le côté.

— Ici, dans cette pièce ? Ou sur cette île ?

— Les deux.

— Beth te fera visiter demain, elle t'emmènera nager si tu veux, dit-il en s'approchant de moi. Tu ne seras pas enfermée, sauf si tu fais une bêtise.

— Quel genre de bêtise ? ai-je demandé, le cœur battant en le voyant s'arrêter près de moi et lever la main pour me caresser les cheveux.

— Essayer de faire du mal à Beth ou de te faire du mal. Sa voix est douce, son regard hypnotique quand il baisse les yeux sur moi. Étrangement, sa manière de me caresser les cheveux m'aide à me détendre.

Je cligne des yeux pour tenter de rompre le charme.

— Et sur cette île ? Combien de temps allez-vous m'y garder ?

Sa main caresse mon visage, se pose sur ma joue. En m'apercevant que je me frotte contre sa main comme un chat que l'on caresse, je me raidis immédiatement.

Ses lèvres dessinent un sourire entendu. Ce salaud sait l'effet qu'il a sur moi.

— Longtemps, j'espère, dit-il.

Sans savoir pourquoi, ça ne m'étonne pas. Il n'aurait pas pris la peine de m'amener jusqu'ici pour me baiser deux ou trois fois. Je suis terrifiée, mais pas surprise.

Je prends mon courage à deux mains et pose la question qui s'ensuit logiquement.

— Pourquoi m'avoir kidnappée ?

Il cesse de sourire. Il ne répond pas et se contente de me regarder, ses yeux bleus restent mystérieux.

Je commence à trembler.

— Vous allez me tuer ?

— Non, Nora, je ne vais pas te tuer.

Sa réponse me rassure, mais évidemment c'est peut-être un mensonge.

— Allez-vous me vendre ? J'ai du mal à le dire. Comme prostituée, ou quelque chose dans ce genre ?

— Non, dit-il d'une voix douce. Jamais de la vie. Tu es à moi et rien qu'à moi.

Je suis un peu plus calme, mais il reste encore quelque chose que j'ai besoin de savoir.

— Allez-vous me faire du mal ?

Il ne répond pas immédiatement. Une lueur obscure traverse son regard.

— Probablement, dit-il à voix basse.

Alors il s'est penché sur moi et m'a embrassée, ses lèvres sur les miennes étaient douces, douces et ardentes.

Pendant un instant, je suis restée figée, inerte. Je croyais ce qu'il disait. Je savais qu'il disait la vérité en disant qu'il allait me faire du mal. Il y a quelque chose chez lui qui me terrifie, qui m'a terrifiée depuis le début.

Il ne ressemble pas aux garçons avec lesquels je suis sortie. Il est capable de tout.

Et je suis entièrement à sa merci.

Je pense essayer de lui résister de nouveau. Ce serait normal dans ma situation. Ce serait courageux.

Et pourtant je ne le fais pas.

Je sens les ténèbres en lui. Il y a quelque chose de mauvais en lui. Sa beauté extérieure dissimule quelque chose de monstrueux.

Je ne peux pas lui permettre de donner libre cours au mal. Je ne sais pas ce qui arriverait si je le faisais.

Alors je m'immobilise dans ses bras et je le laisse m'embrasser.

Et quand il me soulève et me porte sur le lit, je n'essaie nullement de lui résister.

Au contraire, je ferme les yeux et m'abandonne à mes sensations.

* * *

Il continue à être doux avec moi. Il devrait me terrifier, et c'est le cas, mais mon corps semble jouir de ce mélange de peur et d'excitation. Je me demande ce que ça révèle à mon sujet.

Je reste allongée les yeux fermés pendant qu'il me déshabille en enlevant un à un mes vêtements. D'abord, il déboutonne le devant de ma robe comme s'il ouvrait un cadeau. Ses mains sont pleines de force et de détermination. Il n'a pas la moindre maladresse ou la moindre hésitation. Visiblement, il a l'habitude de déshabiller les femmes.

Après avoir déboutonné ma robe, il s'arrête un instant. Je sens son regard posé sur moi et je me demande comment il me voit. Je sais que je suis bien faite. Je suis mince et musclée même si j'aimerais bien avoir davantage de rondeurs.

Ses doigts descendent le long de mon ventre ce qui me fait frissonner.

— Tu es si jolie, dit-il d'une voix douce. Tu as une si belle peau. Tu devrais toujours mettre du blanc, ça te va bien.

Je ne réagis pas et je me contente de fermer les yeux encore plus fort. Je ne veux pas qu'il me regarde, je ne veux pas qu'il prenne plaisir à me voir porter la lingerie qu'il a choisie pour moi. Je préférerais qu'il me baise et qu'on en finisse, au lieu de cette parodie perverse de l'amour.

Mais il n'a aucune intention de me faciliter les choses.

Sa bouche suit le même chemin que ses doigts. J'en sens la chaleur et l'humidité sur mon ventre puis il descend plus bas, là où mes jambes se referment instinctivement. Et ça n'a pas l'air de lui plaire, ses mains sont brutales quand elles m'ouvrent les jambes, ses doigts s'enfoncent dans ma chair délicate.

À cette incursion de violence, je me mets à gémir et j'essaie de me détendre les jambes pour éviter d'augmenter sa colère.

Il relâche son emprise, ses mains se font plus douces.

— Ma douce, ma belle, murmure-t-il et je sens la chaleur de son haleine sur mes plis intimes. Tu sais que je vais te faire plaisir.

Alors ses lèvres sont sur moi, sa langue tourbillonne autour de mon clitoris, sa bouche me suce et me mordille. Ses cheveux effleurent l'intérieur de mes cuisses et me chatouillent et sa main maintient mes cuisses grandes ouvertes. Je me tortille et je me mets à crier, le plaisir est si vif que j'oublie tout sauf cette extraordinaire chaleur et cette tension en moi.

Il m'amène presque au point de non-retour, mais il ne me laisse pas jouir. Chaque fois que je crois atteindre l'orgasme, il s'arrête ou change de rythme, ce qui me rend folle de frustration. Je finis par l'implorer, le supplie, mon corps se cambre vers lui sans savoir ce qu'il fait. Quand il me laisse enfin jouir, c'est un tel soulagement que mon corps tout entier est secoué de spasmes, il tremble et se tord sous l'intensité de la délivrance.

Sans savoir pourquoi, je me mets à pleurer quand c'est fini. Des larmes partent du coin de mes yeux et me coulent le long des tempes, mouillent mes cheveux puis l'oreiller. Visiblement, ça lui plait parce qu'il remonte le long de mon corps et m'embrasse tout au long du chemin laissé par mes larmes puis le parcourt de sa langue.

Ses grandes mains me caressent, elles glissent sur ma peau et me parcourent des pieds à la tête. Ce serait apaisant si je ne sentais pas la dureté de sa verge pousser contre mon ouverture.

Je n'ai pas complètement cicatrisé à l'intérieur et ça me fait, donc mal quand il commence à pousser. Même si je suis mouillée après avoir joui, il n'arrive pas à glisser facilement en moi et risquerait de me déchirer. Si bien qu'il doit prendre son temps et y aller progressivement jusqu'à ce que je puisse m'habituer à cette intrusion.

Je me mords la lèvre inférieure en essayant de supporter cette brûlure et cette impression de trop-plein. Est-ce qu'un jour je pourrai l'accepter sans mal ? Est-ce que je pourrai faire l'expérience du plaisir entre ses bras sans souffrir en même temps ?

— Ouvre les yeux, m'ordonne-t-il en murmurant d'un ton brutal.

Je lui obéis même si j'ai du mal à le voir derrière un rideau de larmes.

Il me fixe du regard tout en commençant à bouger en moi et il y a quelque chose de triomphant dans ses yeux. La chaleur de son corps me cerne, son poids m'enfonce sur le lit. Il est en moi, sur moi, tout autour de moi. Je ne peux même pas me réfugier dans l'intimité de mes pensées.

À cet instant, je me sens possédée par lui, c'est comme s'il me prenait davantage que mon corps. Comme s'il prenait possession de quelque chose de profondément enfoui en moi et qu'il révèle une part de moi-même dont j'ignorais qu'elle existait.

Parce que dans ses bras je fais l'expérience d'une sensation que je n'ai encore jamais ressentie.

Une impression d'appartenance qui est primitive et totalement irrationnelle.

* * *

Il me reprend encore deux fois pendant la nuit. Le matin, ça me fait tellement mal que je suis à vif et pourtant j'ai eu tellement d'orgasmes que j'en ai perdu le compte.

Il me laisse peu avant le lever du jour, je ne sais pas quand. Je suis tellement épuisée que je ne me rends même pas compte de son départ. Je dors profondément, sans faire de rêve, et quand je me réveille il est plus de midi.

Je me lève, je me lave les dents et je prends une douche. Sur mes cuisses, il y a des traces de sperme. Cette nuit non plus, il n'a pas mis de préservatif.

De nouveau, je pense aux maladies vénériennes. Est-ce que Julian s'en moque ? Il n'a sans doute pas peur que je lui en donne une à cause de mon manque d'expérience, mais j'ai peur que lui me contamine. En levant mon bras gauche, je distingue la minuscule cicatrice à l'endroit où mon implant contraceptif a été inséré. Je suis tellement reconnaissante à ma mère d'être paranoïaque au sujet des grossesses non désirées. Si je n'avais pas cet implant… je frissonne rien que d'y penser.

Dès que je sors de la salle de bain, Beth entre dans ma chambre avec un autre plateau et d'autres vêtements. Cette fois-ci, cela ressemble davantage à un petit déjeuner : une omelette aux fines herbes et au fromage, des toasts et un fruit des tropiques.

De nouveau, elle me sourit, elle semble visiblement décidée à oublier l'incident de la fourchette.

— Bonjour, me dit-elle gaiement.

Je lève le sourcil.

— Bonjour à toi aussi, je réponds d'une voix lourde de sarcasme.

À cette évidente tentative pour lui être désagréable, Beth sourit de plus belle.

— Mais arrête de bouder ! Julian a dit que tu pourrais sortir de ta chambre aujourd'hui. C'est une bonne nouvelle, non ?

C'est *effectivement* une bonne nouvelle. Je vais avoir la possibilité d'explorer un peu ma prison, de voir si je suis vraiment sur une île. Peut-être y a-t-il ici d'autres gens à part Beth, des gens qui auront davantage de sympathie pour ma situation.

Ou bien je pourrai peut-être trouver un téléphone ou un ordinateur. Si seulement je pouvais envoyer ne serait-ce qu'un SMS ou un mail à mes parents, ils pourraient le transmettre à la police et alors j'aurais une chance d'être sauvée.

En pensant à ma famille, j'ai le cœur serré et mes yeux picotent. Mes parents doivent tellement s'inquiéter à mon sujet, se demander ce qui s'est passé, si je suis encore en vie. Je suis fille unique et ma mère dit toujours qu'elle en mourrait s'il m'arrivait quelque chose. J'espère qu'elle ne le pense pas vraiment.

Je le déteste.

Et je déteste cette femme qui est en train de me sourire.

— Absolument, Beth, je lui dis en ayant envie de labourer son visage de mes ongles jusqu'à ce que ce sourire se change en grimace, c'est toujours bien de passer d'une petite cage à une cage plus grande.

Elle roule des yeux et s'assied sur une chaise.

— Toujours les grands mots ! Mange ce que je t'ai apporté et ensuite je te ferai visiter.

J'ai envie de ne rien manger pour me venger, mais j'ai faim. Alors je mange et il n'en reste plus une miette.

— Où est Julian ? Je fais entre deux bouchées. Je me demande ce qu'il fait de ses journées. Jusqu'ici, je ne l'ai vu que le soir.

— Il travaille, explique Beth. Il doit s'occuper de ses affaires.

— Quel genre d'affaires ?

Elle hausse les épaules.

— Des affaires de toute sorte.

— C'est un gangster ? lui ai-je demandé sans détour.

Elle se met à rire.

— Qu'est-ce qui te fait dire ça ?

— Eh bien mon enlèvement par exemple…

Elle continue à rire en hochant la tête comme si je venais de dire quelque chose de drôle.

J'ai envie de la frapper, mais je me retiens. Il faut que j'en sache davantage sur l'endroit où je me trouve avant de faire la moindre tentative. Mes chances de m'évader seront plus grandes si j'ai plus de liberté.

Alors je me lève et je la regarde froidement.

— Je suis prête.

— Eh bien, mets un maillot de bain, dit-elle en désignant la pile de vêtements qu'elle a amenés, et ensuite on y va.

* * *

Avant de sortir, Beth me montre le reste de la maison. Elle est spacieuse et meublée avec goût, de style contemporain avec des soupçons d'influence tropicale et de subtils motifs asiatiques. Les couleurs claires dominent, mais ça et là on y trouve quelques couleurs vives, le rouge d'un vase ou le bleu vif d'une statue de dragon. Il y a quatre chambres, trois à l'étage et une en bas. La cuisine est au premier, elle est particulièrement belle avec des appareils ménagers haut de gamme et des plans de travail en granit étincelant.

Il y a encore une autre pièce, c'est le bureau de Julian. Il est au premier et Beth dit qu'il est seul à pouvoir y pénétrer. C'est là qu'il est censé s'occuper de ses affaires. Quand nous passons devant, la porte est fermée.

Après avoir fini de visiter la maison, Beth passe les deux heures suivantes à me faire faire le tour de l'île. Et c'est effectivement une île, elle ne m'a pas menti à cet égard.

C'est une île de trois kilomètres de long sur un kilomètre et demi de large. Selon Beth, nous sommes quelque part dans l'océan Pacifique, à environ huit cents kilomètres de la première terre habitée. Elle le répète deux ou trois fois comme si elle avait peur que je me mette dans la tête de tenter de m'enfuir à la nage.

Je n'en ai pas l'intention. Je ne suis pas une assez bonne nageuse et je n'ai pas l'intention de me suicider.

J'essaierais plutôt de voler un bateau.

Nous atteignons le point le plus élevé de l'île. C'est une petite montagne ou une grande colline, selon la manière dont on voit les choses. De là-haut la vue est extraordinaire, des flots bleus scintillants à perte de vue. D'un côté de l'île, l'eau est d'une couleur différente, plutôt turquoise, et Beth me dit que dans cette petite baie l'eau est peu profonde et que c'est un endroit idéal pour faire de la plongée sous-marine.

La maison de Julian est la seule maison de l'île. Elle est à flanc de montagne, un peu retirée de la plage et en hauteur, à l'endroit le plus protégé m'explique Beth. Elle est ainsi à l'abri des vents violents et de la mer. Elle a visiblement résisté à un certain nombre de typhons avec le minimum de dégâts.

Je hoche la tête comme si ça me concernait. Je n'ai pas l'intention d'être encore ici pour l'arrivée du prochain typhon. Mon désir d'évasion s'attise de plus belle. Je n'ai vu ni téléphone ni ordinateur quand Beth m'a fait visiter la maison, mais ça ne veut pas dire qu'il n'y en ait pas. Si Julian peut travailler quand il est ici, c'est que l'île est reliée à internet. Et s'ils sont assez bêtes pour me laisser aller et venir librement, je trouverai un moyen de communiquer avec le monde extérieur.

La visite se termine sur une plage proche de la maison.

— Tu veux te baigner ? me demande Beth en enlevant son short et son tee-shirt. En dessous, elle porte un bikini bleu. Elle est mince et musclée. Elle est si athlétique que je me demande quel âge elle peut avoir. Elle a une silhouette d'adolescente, mais son visage semble moins jeune.

— Tu as quel âge ? lui ai-je demandé sans détour. Dans des circonstances normales, je ne manquerais jamais autant de tact, mais ça m'est égal de la blesser. Quand on est prisonnière de deux fous, les conventions sociales ne comptent plus.

Elle sourit, l'impolitesse de ma question ne la gêne absolument pas.

— J'ai trente-sept ans, dit-elle

— Et Julian ?

— Il en a vingt-neuf.

— Et vous êtes amants ? Je ne sais pas pourquoi je lui pose cette question. Si elle éprouve la moindre jalousie envers moi parce que Julian m'utilise pour jouer avec moi au lit, elle n'en montre absolument rien.

Beth se met à rire.

— Non, pas du tout.

— Pourquoi pas ? J'ai du mal à croire que je peux être aussi directe. On m'a appris à être polie et bien élevée, mais c'est vraiment libérateur de se moquer de ce que pensent les autres. J'ai toujours essayé de faire plaisir, mais je ne veux en aucun cas faire plaisir à Beth.

Elle s'arrête de rire et me regarde d'un air sérieux.

— Parce que je ne suis ni ce que Julian désire ni ce dont il a besoin.

— Et qu'est-ce qu'il désire ? De quoi a-t-il besoin ?

— Tu verras bien, dit-elle mystérieusement avant d'entrer dans l'eau.

Je la suis des yeux, brûlant de curiosité, mais visiblement elle n'a plus envie de parler. Elle plonge et se met à nager, ses mouvements sont athlétiques et précis.

Il fait chaud dehors et le soleil tape. Le sable est blanc et semble doux au toucher, l'eau scintille et sa fraîcheur me tente. J'aimerais détester cet endroit, rejeter tout ce qui entoure ma captivité, mais je dois avouer que cette île est belle.

Je ne suis pas forcée d'aller nager si je n'en ai pas envie. Il ne semble pas que Beth ait l'intention de m'y obliger. Et ça ne semble pas normal de profiter de la plage pendant que ma famille se ronge les sangs à mon sujet et se désespère évidemment de ma disparition.

Mais la mer me tente. J'ai toujours aimé l'océan, même si je ne suis allée que deux ou trois fois en vacances sous les tropiques. Cette île correspond exactement à l'idée que je me fais du paradis, même si elle appartient à un monstre.

J'hésite une minute et j'enlève ma robe et mes sandales. Je pourrais me priver de ce petit plaisir, mais j'ai trop de bon sens. Je ne me fais pas d'illusion sur ma situation. À n'importe quel moment, Julian et Beth peuvent m'enfermer, me laisser mourir de faim, me battre. Ce n'est pas parce qu'on m'a relativement bien traitée jusqu'ici que ça va durer. Dans une situation aussi précaire que la mienne, chaque bon moment est précieux, parce que j'ignore ce que me réserve l'avenir et parce que je ne retrouverai peut-être jamais le bonheur.

Alors je rejoins mon ennemie dans la mer et je laisse les vagues emporter mes craintes et soulager la colère vaine qui me brûle le ventre.

Nous nageons puis nous nous allongeons dans le sable chaud et puis nous retournons dans l'eau. Je ne pose plus de questions et mon silence semble convenir à Beth.

Nous passons deux heures sur la plage puis nous rentrons finalement à la maison.

CHAPITRE SEPT

Cette fois, Julian est censé dîner avec moi. Beth met la table en bas et prépare un plat de poisson pêché sur place, avec du riz, des haricots et du plantain. C'est sa recette des Caraïbes me dit-elle avec fierté.

— Est-ce que tu vas dîner avec nous ? lui ai-je demandé en la regardant amener les assiettes sur la table.

J'ai pris une douche et j'ai mis les vêtements que Beth m'a apportés. C'est encore une parure assortie, un soutien-gorge et un panty en dentelle blanche, et une robe jaune à fleurs blanches. Et aux pieds, j'ai des sandales blanches à talons hauts. L'ensemble est mignon et très féminin, très différent des jeans et des pulls de couleur sombre que je porte d'habitude. J'ai l'air d'une jolie poupée.

Je n'arrive toujours pas à croire qu'on me laisse libre dans la maison. Il y a des couteaux dans la cuisine. À n'importe quel moment, je pourrais en voler un et m'en servir contre Beth. Et ça me tente, bien que l'idée du sang et de la violence me donne la nausée.

Je vais peut-être bientôt le faire, une fois que j'aurais eu le temps de mieux connaître les lieux.

J'ai appris quelque chose d'intéressant sur moi-même. Visiblement, je ne crois pas aux démonstrations de force inutiles. Une voix intérieure froide et rationnelle me dit qu'il me faut d'abord mettre au point un plan d'action pour essayer de m'enfuir de cette île. Il serait idiot de m'attaquer tout de suite à Beth. Et ça ne servirait qu'à me faire enfermer ou pire.

Non, il vaut bien mieux leur laisser croire que je suis inoffensive. J'aurais ainsi de bien meilleures chances de m'échapper.

Je viens de passer une heure assise dans la cuisine et je regarde Beth préparer le repas. C'est une bonne cuisinière et elle est très efficace. Être avec elle me distrait et m'évite de penser à Julian et à la nuit prochaine.

— Non, je ne mangerai pas avec vous, répond-elle. Je serai dans ma chambre. Julian veut être en tête-à-tête avec toi.

— Pourquoi ? Il pense qu'on a un rendez-vous galant, c'est ça ?

Elle sourit.

— Ce n'est pas dans les habitudes de Julian.

— Ah bon ? Effectivement, ce n'est pas la peine quand on peut enlever une femme et la violer.

— Ne sois pas ridicule, dit Beth d'un ton sec. Tu crois vraiment qu'il a besoin d'avoir recours à la force ? Même toi tu ne peux pas être aussi naïve.

Je la fixe des yeux.

— Tu veux dire que ce n'est pas dans ses habitudes d'enlever des femmes et de les amener ici ?

Beth secoue la tête.

— À part moi, tu es la première à avoir mis les pieds ici. Cette île est le sanctuaire personnel de Julian. Personne n'en connaît l'existence.

En entendant ces mots, j'en ai froid dans le dos.

— Et pourquoi ai-je cette chance ? lui ai-je demandé lentement alors que mon pouls s'accélère. À quoi dois-je ce grand honneur ?

Elle sourit.

— Tu le sauras un jour. Julian te le dira quand il voudra que tu le saches.

J'en ai assez de ce leitmotiv, mais je sais qu'elle est trop loyale envers mon ravisseur pour me dire quoi que ce soit. Alors j'essaie de découvrir autre chose.

— Qu'est-ce que tu as voulu dire quand tu m'as confié que tu lui devais la vie ?

Son sourire disparaît, des rides apparaissent sur son visage qui se durcit et prend une expression pleine d'amertume.

— Cela ne te regarde pas, ma petite fille.

Et elle reste silencieuse pendant qu'elle emploie les dix minutes suivantes à finir de mettre la table.

* * *

Une fois que tout est prêt, elle me laisse seule attendre Julian dans la salle à manger. Je suis à la fois nerveuse et impatiente. Pour la première, je vais avoir l'occasion d'être face à mon ravisseur ailleurs que dans une chambre.

Je dois avouer une sorte de fascination morbide à son égard. Il me fait peur et pourtant je suis terriblement curieuse à son sujet. Qui est-ce ? Que me veut-il ? Pourquoi m'a-t-il choisie comme victime ?

Une minute plus tard, il entre dans la pièce. Je suis à table et je regarde par la fenêtre. Mais avant même de le voir, je sens sa présence. L'atmosphère s'électrifie, l'attente est lourde.

Je tourne la tête et je le vois s'approcher de moi. Cette fois, il porte un polo gris qui semble doux et un pantalon de toile blanche. C'est comme si l'on dînait dans un country-club.

Les battements de mon cœur s'accélèrent et je sens mon sang couler plus vite dans mes veines. Tout à coup, je prends davantage conscience des réactions de mon corps. Mes seins sont plus sensibles, mes tétons se raidissent contre la dentelle de mon soutien-gorge. Le doux tissu de ma robe m'effleure les jambes et me rappelle tous les endroits où il m'a touchée. Et sa manière de me toucher.

À ce souvenir, je me sens mouillée et brûlante entre les cuisses.

Il vient vers moi et se penche pour me donner un bref baiser sur la bouche.

— Bonjour, Nora, dit-il en se redressant, et ses belles lèvres dessinent un sourire sensuel et inquiétant. Il est beau à en couper le souffle, si bien que pendant quelques instants je suis incapable de réfléchir, le sentir si près me fait perdre tous mes moyens.

Il sourit encore davantage et vient s'asseoir à table en face de moi.

— Comment s'est passée ta journée, mon petit chat ? demande-t-il en prenant du poisson. Ses gestes sont pleins d'assurance et étrangement gracieux.

Il est difficile de croire que l'incarnation du mal porte un aussi beau masque.

Je rassemble mes esprits.

— Pourquoi m'appelez-vous comme ça ?

— T'appeler comment ? Mon petit chat ?

Je hoche la tête.

— Parce que tu me fais penser à un chaton, dit-il, et une étrange émotion brille dans ses yeux. Petite, douce et agréable à caresser. J'ai envie de le faire rien que pour voir si tu vas ronronner dans mes bras.

Le sang me monte à la tête. Je rougis jusqu'à la racine de mes cheveux en espérant que mon teint l'empêche de s'en apercevoir.

— Mais je ne suis pas un animal…

— Bien sûr que non ! Et je ne suis pas zoophile.

— Alors qu'est-ce qui vous attire ? Je lui lance, juste avant de me le reprocher en mon for intérieur. Je ne veux pas le mettre en colère. Contrairement à Beth, il me fait peur.

Par chance, mon audace semble seulement l'amuser.

— En ce moment, c'est toi qui m'attires, dit-il d'une voix douce.

Je détourne le regard et je prends du ris, mais ma main tremble légèrement.

— Attends, laisse-moi te servir.

Quand il me prend l'assiette des mains, ses doigts effleurent les miens. Avant que je puisse dire quoi que ce soit, il m'a servi de tout, et en abondance. Il replace l'assiette devant moi et je la regarde d'un air désemparé. Je me sens trop nerveuse pour manger devant lui et j'ai l'estomac noué.

En levant les yeux, je vois qu'il en va autrement pour lui. Il mange avec appétit et il apprécie visiblement ce que Beth a préparé.

— Qu'est-ce qui se passe ? demande-t-il entre deux bouchées. Tu n'as pas faim ?

Je hoche la tête, et pourtant je mourrais de faim avant qu'il n'arrive.

Il fronce les sourcils et pose sa fourchette.

— Et pourquoi pas ? Beth m'a dit que vous aviez passé la journée à la plage et que tu avais nagé assez longtemps. Tu devrais avoir faim après avoir dépensé toute cette énergie ?

Je hausse les épaules.

— Non, ça va. Je ne vais pas lui dire que c'est lui qui me coupe l'appétit.

Il plisse les yeux dans ma direction.

— Qu'est-ce que c'est que ce petit jeu ? Mange, Nora. Tu es déjà mince, je ne veux pas que tu maigrisses.

J'avale ma salive avec nervosité et je commence à picorer. Il y a quelque chose en lui qui me donne à penser qu'il ne serait pas prudent de le contrarier à ce sujet.

Ni à aucun autre sujet d'ailleurs.

Instinctivement, je sens que cet homme est aussi dangereux que possible. Il ne s'est pas montré cruel avec moi, mais il y a de la cruauté chez lui, je le sens.

— C'est bien, dit-il d'un air approbateur après m'avoir vu avaler quelques bouchées.

Je continue de manger même si je n'y prends aucun plaisir et que chaque bouchée a du mal à passer. Je garde les yeux sur mon assiette, il m'est plus facile de manger si je ne vois pas ses yeux bleus perçants.

— Alors Beth m'a dit que tu étais contente de nager aujourd'hui ? dit-il une fois que j'ai réussi à avaler la moitié de ce qu'il y a dans mon assiette.

Je hoche la tête et je lève les yeux, il me fixe du regard.

— Qu'est-ce que tu penses de cette île ? me demande-t-il comme si mon opinion comptait vraiment pour lui.

Il m'examine d'un air pensif.

— Je la trouve belle, lui ai-je dit sincèrement. Et puis, après un instant, j'ajoute : mais je ne veux pas être là.

— Évidemment. Il a presque l'air compréhensif. Mais tu t'y habitueras. C'est ici que tu vas vivre, Nora. Mieux vaut t'y habituer le plus tôt possible.

J'ai la nausée et j'ai peur de vomir. Je me force à avaler en essayant de contrôler mon mal au cœur.

— Et ma famille ? Je murmure avec amertume. Comment mes parents sont-ils censés s'habituer à ma disparition ?

Pendant un instant, il semble éprouver de l'émotion.

— Et s'ils savaient que tu es en vie ? demande-t-il à voix basse et soutenant mon regard. Est-ce que ça te réconforterait, mon petit chat ?

— Évidemment ! J'ai du mal à croire ce que je viens d'entendre. Est-ce que ça serait possible ? Pouvez-vous leur faire savoir que je suis en vie ? Je pourrais peut-être les appeler et…

Il tend la main pour la poser sur la mienne et interrompt mon bavardage plein d'espoir.

— Non. Son ton est sans appel. C'est moi qui les contacterai.

Il faut ravaler ma déception.

— Qu'est-ce que vous allez leur dire ?

— Que tu es saine et sauve ! Il masse doucement la paume de ma main de son grand pouce, cette caresse me déconcentre et me fait fondre.

— Mais… Je suis sur le point de gémir quand il appuie à un endroit particulièrement sensible. Mais ils ne vous croiront pas…

— Mais si. Tu peux me faire confiance à ce sujet.

Lui faire confiance ? *Ben voyons…*

— Pourquoi m'infliger ça ? lui ai-je demandé tellement je me sens frustrée. Est-ce que c'est parce que je vous ai parlé à la boîte de nuit ?

Il secoue la tête.

— Non, Nora. C'est parce que c'est toi. Tu es exactement ce que je cherchais. Exactement ce que j'ai toujours désiré.

— Mais c'est de la folie, vous le savez ? Je suis tellement bouleversée que j'en oublie un moment la prudence. Vous ne me connaissez même pas !

— C'est vrai, dit-il d'une voix douce. Mais je n'ai pas besoin de te connaître. Il me suffit de savoir ce que je ressens.

— Vous voulez dire que vous êtes amoureux de moi ? Sans savoir pourquoi cette idée me fait encore plus peur que si je pensais que c'était un pervers.

Il se met à rire en rejetant la tête en arrière. Je le fixe des yeux, même si c'est irrationnel. Sa réaction me blesse.

— Bien sûr que non, dit-il une fois qu'il s'arrête finalement de rire. Mais il continue de sourire.

— Alors de quoi parlez-vous ? Je lui demande avec la même frustration.

Le sourire s'efface lentement de son visage.

— Peu importe, Nora. La seule chose que tu aies besoin de savoir c'est que tu comptes pour moi.

— Alors, pourquoi ne pas m'avoir invitée à sortir avec vous ? J'ai du mal à comprendre l'incompréhensible. Pourquoi fallait-il m'enlever ?

— Parce que tu sortais avec ce garçon. Tout à coup, la voix de Julian est pleine de rage et une terreur glacée se répand dans mes veines. Tu l'as embrassé alors que tu étais déjà à moi.

J'avale ma salive.

— Mais je ne savais même pas que vous aviez envie de moi. Ma voix tremble légèrement. Je vous avais seulement vu dans cette boîte de nuit…

— Et à ta cérémonie de remise des diplômes.

— Et à la cérémonie. Je l'admets, mais mon cœur bat à se rompre. Mais je croyais que vous étiez peut-être là à cause de quelqu'un d'autre. Par exemple un frère ou une sœur plus jeune…

Il respire profondément et je m'aperçois qu'il a retrouvé son calme.

— Peu importe désormais, Nora. Je voulais que tu sois ici, avec moi, pas là-bas. Tu es bien plus en sécurité, et ce garçon aussi.

— C'est plus sûr pour Jake ?

Julian acquiesce de la tête.

— Si tu étais de nouveau sortie avec lui, je l'aurais tué. Il vaut bien mieux pour tout le monde que tu sois ici, loin de lui et loin de ceux qui pourraient aussi avoir envie de sortir avec toi.

Quand il parle de tuer Jake, il est parfaitement sérieux. Ce n'est pas une menace en l'air. Je peux le voir à l'expression de son visage.

Mes lèvres sont sèches et je les humidifie. Il suit ma langue des yeux et je le vois respirer autrement. Ce simple geste a suffi pour l'exciter.

Tout à coup, une idée folle, une idée désespérée, me vient à l'esprit. Il est évident qu'il me désire. Il est même prêt à faire certaines choses pour me rendre heureuse, par exemple dire à mes parents que je suis saine et sauve. Et si j'utilisais cette situation à mon avantage ? Je suis sans expérience, mais je ne suis pas complètement naïve. Je sais flirter avec les garçons. Est-ce que je serais capable de séduire Julian et de le convaincre de me libérer ?

Il va falloir faire très attention. Je ne peux pas changer instantanément. Je ne peux pas avoir l'air de le mépriser et la minute suivante avoir l'air d'être amoureuse de lui. Il faut lui faire croire qu'il peut me faire quitter cette île et que je resterai avec lui aussi longtemps qu'il le voudra. Que j'oublierai Jake et tous les autres garçons.

Je vais devoir prendre tout mon temps pour réussir à convaincre Julian de mon attachement envers lui.

CHAPITRE HUIT

Pendant le reste du dîner, je continue à me comporter comme si j'étais intimidée et comme si j'avais peur. Je ne joue pas vraiment la comédie parce que c'est ce que je ressens. Je suis en présence d'un homme qui parle tranquillement de tuer des innocents. Comment pourrais-je réagir autrement ?

Mais j'essaie aussi de le séduire. Ce sont de petits détails, par exemple ma manière de rejeter mes cheveux en arrière tout en le regardant. La manière de mordre dans la papaye que Beth a préparée pour le dessert et de lécher le jus qui me coule sur les lèvres.

Je sais que j'ai de beaux yeux, si bien que je le regarde timidement, les paupières mi-closes. C'est une attitude que j'ai répétée devant la glace et je sais que mes cils semblent incroyablement longs quand je penche la tête d'une certaine manière.

Je n'en rajoute pas, parce que ce ne serait pas crédible. Je me contente de petits gestes qui pourraient lui plaire et l'exciter.

J'essaie aussi d'éviter des sujets de conversation qui risqueraient de le mettre en colère. À la place, je lui pose des questions sur cette île et sur la manière dont il en a fait l'acquisition.

— J'ai découvert cette île il y a cinq ans, m'explique Julian dont les lèvres dessinent un sourire charmeur. J'avais un problème mécanique avec mon Cessna et j'avais besoin d'atterrir quelque part. Par chance, il y a un terrain plat, un pré de l'autre côté de l'île, près de la plage. J'ai réussi à faire atterrir l'avion sans le détruire complètement et j'ai pu faire les réparations nécessaires. Comme ça m'a pris deux ou trois jours, j'ai pu en profiter pour partir à la découverte de l'île. Et quand j'ai pu repartir, je savais que cet endroit correspondait exactement à ce que je cherchais. Je l'ai donc achetée.

J'ouvre de grands yeux et j'ai l'air impressionnée.

— Et c'est tout ? Mais ça devait coûter une fortune ?

Il hausse les épaules.

— Je peux me le permettre.

— Vous venez d'une famille qui a de l'argent ? J'aimerais vraiment le savoir. Mon ravisseur est tellement mystérieux. J'aurais bien plus de chance de le manipuler si je le comprends un petit peu mieux.

Il se refroidit légèrement.

— Oui, on peut dire ça. Mon père avait une affaire qui marchait bien, je l'ai reprise après sa mort. J'en ai changé l'orientation et je l'ai agrandie.

— Quel genre d'affaires ?

Il fait une légère moue.

— C'est une société d'import-export.

— Dans quelle branche ?

— En électronique, etc. dit-il, et je comprends que pour le moment il ne va pas m'en dire plus. Je me doute bien que son « etc. » est une litote pour des trafics illégaux. Je n'y connais pas grand-chose en affaire, mais ça m'étonnerait qu'on puisse acquérir une telle fortune en vendant des télévisions et des baladeurs.

Je change le sujet de conversation en abordant un sujet moins risqué.

— Est-ce que le reste de votre famille vient également ici ?

Son regard devient morne et son visage se durcit.

— Non, ils sont tous morts.

— Oh, je suis navrée… Je ne sais vraiment pas quoi dire. Que peut-on dire de réconfortant dans une situation pareille ? Il a beau m'avoir enlevée, c'est quand même un être humain. Je ne peux même pas imaginer ce que l'on doit souffrir dans un cas comme celui-là.

— Ce n'est pas grave. Il prend un ton neutre, mais je sens la souffrance qui s'y cache. C'est arrivé il y a longtemps.

Je hoche la tête avec compassion. Je suis sincèrement désolée pour lui et je n'essaie pas de cacher les larmes qui brillent dans mes yeux. Je suis trop sensible (c'est ce que dit Leah chaque fois que je pleure pendant un film déprimant) et je ne peux m'empêcher d'être triste à cause des souffrances de Julian.

Et ça tourne en ma faveur parce que l'expression de son visage se radoucit un peu.

— Il ne faut pas avoir pitié de moi, mon chou, dit-il d'une voix douce. Je m'en suis remis. Pourquoi ne me parles-tu pas plutôt de toi ?

Je cligne lentement des yeux, je sais bien que ce geste va attirer son regard vers eux.

— Qu'est-ce que vous aimeriez savoir ? N'a-t-il pas déjà tout appris de moi en m'espionnant ?

Il sourit. Ce sourire le rend si beau que mon cœur se serre légèrement.

Arrête, Nora. C'est toi qui es censée le séduire, pas l'inverse.

— Qu'est-ce que tu aimes lire ? Quel genre de film aimes-tu regarder ?

Et pendant la demi-heure qui suit, je lui parle des romans à l'eau de rose et des romans policiers que j'aime bien, je lui raconte que je n'aime pas du tout les comédies romantiques, mais que j'adore les épopées remplies d'effets spéciaux. Ensuite, il me demande ce que je préfère manger, le genre de musique qui me plait, et il m'écoute attentivement quand je lui parle de mes préférences pour les groupes des années 80 et pour les pizzas à croûte épaisse.

Bizarrement, c'est presque flatteur cette manière qu'il a de se concentrer exclusivement sur moi, de boire chacune de mes paroles, de ne pas me quitter des yeux. C'est comme s'il voulait vraiment me connaître, comme si je comptais vraiment pour lui. Même avec Jake je n'avais pas l'impression d'être davantage qu'une jolie fille dont il appréciait la compagnie.

Avec Julian, j'ai l'impression d'être ce qui compte le plus au monde pour lui. J'ai l'impression qu'il tient vraiment à moi.

* * *

Après le dîner, il m'emmène en haut dans sa chambre. Mon cœur bat à tout rompre, un mélange de peur et d'impatience.

Comme les deux nuits précédentes je sais que je ne vais pas lui résister. En fait, ce soir et conformément au plan de séduction qui devrait me permettre de m'enfuir, j'irai plus loin.

Je vais feindre de faire l'amour avec lui de mon plein gré.

En entrant dans la chambre, je décide de m'aventurer sur un sujet qui me trotte par la tête depuis un bon moment.

— Julian… ai-je demandé en prenant une voix douce et hésitante. Et la contraception ? Et si j'allais être enceinte ?

Il s'arrête et se retourne avec un petit sourire aux lèvres.

— Mais non, mon chou. Tu as un implant, n'est-ce pas ?

Stupéfaite, j'ouvre de grands yeux.

— Comment le savez-vous ? Cet implant est une minuscule tige de plastique sous ma peau, il est complètement invisible à part une petite cicatrice qui reste à l'endroit où il a été inséré.

— J'ai consulté ton dossier médical avant de t'amener ici. Je voulais m'assurer que tu n'avais pas de maladie grave, du diabète par exemple.

Je le fixe des yeux. Cette invasion de mon intimité devrait me rendre furieuse, mais en fait je suis soulagée.

Visiblement, mon ravisseur peut se montrer attentionné et surtout il n'essaie pas de me féconder.

— Et tu n'as pas besoin de t'inquiéter pour ta santé, ajoute-t-il en devinant les soucis dont je ne lui ai pas parlé. J'ai fait des tests, il n'y a pas longtemps et jusqu'ici j'ai toujours mis un préservatif.

Je ne suis pas certaine de le croire.

— Et pourquoi pas avec moi, alors ? Est-ce que c'est parce que j'étais vierge ?

Il hoche la tête et ses yeux brillent d'un air possessif. Il lève la main et me caresse la moitié du visage, ce qui accélère encore les battements de mon cœur.

— Oui, exactement. Tu es toute à moi. Je suis le seul à avoir été dans ton joli petit minou.

Je m'étrangle en l'entendant, mais je sens un liquide chaud me gicler entre les cuisses.

Je n'arrive pas à croire l'intensité de cette réaction physique. Est-il normal d'être si excitée par quelqu'un que je redoute et que je méprise ? Est-ce la raison qui a attiré Julian quand il m'a vue dans la boîte de nuit ? Est-ce parce qu'il s'en est aperçu ? Parce que d'une certaine manière il connaît mon point faible ?

Évidemment, étant donné mes plans, ce n'est pas nécessairement gênant de le désirer autant. Ce serait bien pire s'il me répugnait, si je ne pouvais supporter qu'il me touche.

Non, ça vaut mieux comme ça. Je peux être une parfaite petite captive, obéissante et complaisante, et qui tombe peu à peu amoureuse de son ravisseur.

Alors, au lieu de rester immobile et terrifiée, je m'abandonne à mon désir et je m'appuie légèrement sur sa main comme si je répondais sans le vouloir à ses caresses.

Ce qui ressemble à un éclair triomphant apparaît brièvement dans ses yeux puis il baisse la tête et ses lèvres touchent les miennes. Ses bras pleins de force m'étreignent et me serrent contre son corps puissant. Il est tout excité ; je sens la dureté de son sexe en érection contre la douceur de mon ventre. Il me caresse la bouche de ses lèvres, de sa langue. Il a encore le goût sucré de la papaye qu'il vient de manger.

Le feu me brûle dans les veines et je ferme les yeux, m'abandonnant au plaisir irrésistible de ses baisers. Mes mains glissent sur son buste et le touchent timidement. Je sens la chaleur de son corps, le parfum de sa peau, un parfum viril et musqué, étrangement séduisant. Ses muscles pectoraux se contractent sous mes doigts et je sens son cœur battre de plus en plus vite.

Il me fait reculer vers le lit et nous tombons dessus. Sans que je sache comment, mes mains se retrouvent dans ses épais cheveux soyeux et je lui rends ses baisers, passionnément, éperdument. Je ne pense plus à mon plan de séduction ; je ne pense plus à rien.

Il mord ma lèvre inférieure, se met à la sucer. Sa main prend mon sein droit, le pétrit, et pince mon téton à travers le double obstacle de mon soutien-gorge et de ma robe. Sa brutalité m'excite de manière perverse alors qu'elle devrait me faire peur.

Je gémis et il me retourne sur le ventre. Une de ses mains appuie sur moi et m'enfonce dans le matelas tandis que l'autre lève ma jupe et découvre ma culotte.

Alors il s'arrête un instant, me regarde les fesses et les caresse légèrement de sa grande main.

— De si jolies petites joues, murmure-t-il, et le blanc leur vont si bien.

Il me met le doigt entre les jambes, sent que je suis mouillée. Je ne peux m'empêcher de me tortiller sous ses caresses. Je suis dans un tel état d'excitation que je suis sur le point de jouir.

Il m'enlève ma culotte et la laisse à la hauteur de mes genoux. De nouveau, il me caresse les fesses, ce qui m'apaise et m'excite en même temps. Je tremble d'impatience.

Tout à coup, j'entends bruyamment claquer et je reçois une méchante fessée. Prise au dépourvu je me mets à crier, c'est davantage un cri de surprise que de souffrance.

Il s'arrête un instant, frotte l'endroit où il m'a frappée pour m'apaiser puis recommence et me frappe la fesse droite avec le plat de la main. Vingt fessées se succèdent rapidement, et chacune est plus violente que la précédente. Et ça me fait mal ; ce ne sont pas des petits coups légers, pour rire.

Il veut me faire mal.

Oubliant complètement mon intention de m'abandonner à lui, je commence à me débattre, j'ai peur. Il n'a aucun mal à me maintenir en place puis il se concentre sur ma fesse gauche et en fait de même avec la même violence.

Quand il s'arrête, je sanglote la tête sur le matelas en le suppliant de ne pas recommencer. J'ai les fesses en feu et je souffre vraiment.

Mais une absurde impression d'avoir été trahie est encore pire que cette souffrance. Je suis horrifiée de constater que je commençais à faire confiance à mon ravisseur, et que je croyais le connaître un peu mieux.

Il m'a déjà fait mal, mais je ne pensais pas que c'était volontaire. Il me semblait que c'était parce que j'étais vierge. J'espérais que mon corps s'y habituerait et qu'à l'avenir je n'aurais que du plaisir.

J'étais vraiment bête.

Je tremble de tout mon corps et je ne peux m'arrêter de pleurer. Il me maintient toujours dans la même position et je suis terrifiée à l'idée de ce qu'il va faire ensuite.

Alors il me surprend encore une fois.

Il me retourne et me prend dans ses bras. Puis il s'assied, me prend sur ses genoux et me berce d'avant en arrière. Doucement, tendrement, comme un enfant que l'on veut consoler.

Et malgré tout ce qui vient de se passer, j'enfouis le visage sur son épaule et je me mets à sangloter, j'ai désespérément besoin de cette illusion de tendresse et je cherche le réconfort auprès de celui qui vient de me faire mal.

* * *

Une fois que je suis un peu calmée, il se lève et me met debout. J'ai les jambes flageolantes et je vacille un peu quand il commence à me déshabiller soigneusement.

J'attends qu'il dise quelque chose. Peut-être va-t-il s'excuser ou m'expliquer pourquoi il m'a fait mal. Était-ce une punition ? Dans ce cas, je voudrais savoir pourquoi afin d'éviter de la refaire à l'avenir.

Mais il ne dit rien. Il se contente d'enlever mes vêtements. Et quand je suis nue, il se déshabille à son tour.

Je le regarde avec un étrange mélange de détresse et de curiosité. Son corps reste encore un mystère pour moi parce que j'ai gardé les yeux fermés ces deux dernières nuits. Je n'ai même pas encore vu son sexe même si je l'ai senti en moi.

Alors maintenant je le regarde.

Il est très beau. Tellement viril. Des épaules larges, une taille fine, des hanches minces. Il est très musclé, mais pas comme le sont les culturistes qui prennent des stéroïdes. Il a plutôt l'air d'un guerrier. Je n'ai aucun mal à l'imaginer brandissant une épée et lacérant ses ennemis. Je remarque une longue cicatrice sur sa cuisse et une autre sur son épaule. Elles ne font qu'accentuer son allure guerrière.

Il est entièrement bronzé avec ce qu'il faut de poils noirs sur le torse. Et il en a encore autour de son nombril et en descendant vers l'entrejambe. La couleur de sa peau me fait penser qu'il sort nu ou qu'il est comme ça naturellement, comme moi. Peut-être a-t-il aussi du sang latino.

Et il est en pleine érection. Je vois sa verge saillir vers moi. Elle est longue et épaisse comme celles que j'ai vues dans des films pornographiques. Ce n'est pas étonnant qu'il m'ait fait mal. Je ne sais même pas comment il peut tenir en moi.

Une fois que nous sommes nus tous les deux, il me guide vers le lit.

— Je veux que tu te mettes à quatre pattes me dit-il à voix basse en me poussant légèrement.

Je panique et mon cœur sursaute, je résiste un instant et me retourne pour le regarder.

— Est-ce que… j'avale ma salive d'un coup. Est-ce que vous allez encore me faire mal ?

— Je n'ai pas encore décidé, murmure-t-il en levant la main pour la poser sur mon sein. Son pouce frotte mon téton qui se durcit. Je pense que ça suffit sans doute pour le moment.

Ça suffit pour le moment ? J'ai envie de hurler.

— Êtes-vous sadique ? Cette question m'échappe avant que je n'aie le temps de réfléchir et je me fige sur place en attendant sa réponse.

Il me sourit. De son beau sourire satanique.

— Oui, mon chou, dit-il d'une voix douce. Quelquefois, ça m'arrive. Et maintenant sois sage et fais ce que je te demande. Sinon tu risques de ne pas aimer ce qui va arriver…

Avant même qu'il ait fini sa phrase, je m'empresse de lui obéir et je me mets à quatre pattes sur le lit. Malgré la chaleur qu'il fait dans la pièce, je frissonne et je tremble des pieds à la tête.

Des images insoutenables de violence m'emplissent l'esprit et me donnent la nausée. Je ne sais pas grand-chose sur le sadomasochisme. *Cinquante nuances de gris* et quelques livres du même acabit, voilà les limites de mon expérience dans ce domaine, mais aucune de ces histoires d'amour ne raconte une situation comparable à celle qui est la mienne en ce moment. Même mes fantasmes les plus sombres et les plus secrets ne m'ont jamais mise en scène ainsi, captive de quelqu'un qui avoue son propre sadisme.

Que va-t-il faire ? Me fouetter ? Me torturer ? M'enchaîner dans un donjon ? Y a-t-il d'ailleurs un donjon sur cette île ? J'imagine une salle aux murs de pierre pleine d'instruments de torture comme dans un film sur l'Inquisition et ça me donne envie de vomir. Je suis certaine que ça n'a rien à voir avec le BDSM habituel, mais rien n'est habituel avec Julian. Il peut littéralement faire ce qu'il veut de moi.

Il va sur le lit derrière moi et me caresse le dos. Ses mains sont douces, elles prennent leur temps. Elles pourraient m'apaiser, mais au contraire je me hérisse parce que je m'attends à chaque instant à être frappée.

Il s'en rend sans doute compte parce qu'il se penche vers moi et me chuchote à l'oreille :

— Détends-toi, Nora. Je ne vais rien te faire d'autre ce soir.

Le soulagement est tel que je m'évanouis presque sur le lit. De nouveau, des larmes coulent le long de mon visage. Mais cette fois-ci, ce sont des larmes de soulagement et de gratitude. C'est pitoyable, mais je lui suis reconnaissante de ne plus me faire de mal. En tout cas, pas ce soir.

Et puis je suis horrifiée. Horrifiée et dégoûtée, parce que quand il commence à m'embrasser dans le cou, mon corps réagit au sien comme s'il ne s'était rien passé. Comme s'il ne m'avait jamais fait souffrir.

Mon stupide corps se moque qu'il soit un salaud, un pervers. Qu'il me fasse souffrir encore et encore. Non, mon corps veut jouir et se moque de tout le reste.

La bouche chaude de Julian va de mon cou à mes épaules puis à mon dos. Ma respiration est haletante, irrégulière. Malgré ce qu'il m'a dit pour me rassurer, j'ai encore peur de lui et étrangement, la peur me rend encore plus mouillée.

Ses lèvres vont à mes fesses, il embrasse l'endroit qu'il a frappé seulement quelques minutes auparavant. Sa main appuie sur mes reins et je me cambre légèrement sous elle en comprenant l'ordre muet qu'il vient de me donner. Ses doigts glissent entre mes jambes et l'un d'eux se fraye un chemin dans mon conduit glissant pour y pénétrer profondément.

Une fois dedans, ce doigt se replie et j'en perds le souffle quand il appuie sur un point sensible profondément enfoui en moi. Je me raidis et me mets à trembler, mais cette fois ce n'est pas de peur.

Tandis qu'il avance et recule ce doigt replié, je sens la pression monter en moi. Mon cœur bat à tout rompre et soudain j'ai chaud, il me semble qu'un feu me dévore de l'intérieur. Alors un violent orgasme me déchire tout entière, venant des profondeurs et s'étendant vers l'extérieur. Il est si fort que j'en suis aveuglée un instant et que je m'effondre presque sur le lit.

Avant que les pulsations ne se terminent, il se met à genoux derrière moi et commence à pousser pour entrer en moi.

Je suis mouillée et sa pénétration est relativement facile bien qu'il me semble énorme. Mes tissus intimes sont encore meurtris et douloureux après les excès d'hier soir et je ne peux m'empêcher de pousser un léger soupir de douleur à cette invasion. Quand il est entré jusqu'au bout, son aine s'appuie sur mon derrière en feu ce qui me fait encore plus mal.

Il m'attrape par les hanches et commence à aller et venir à un rythme lent. Malgré la souffrance initiale, mon corps semble aimer cette sensation de plénitude et d'étirement, il réagit en se lubrifiant encore davantage. Alors qu'il accélère son rythme, ma respiration s'accélère aussi et des gémissements éperdus sortent de ma gorge chaque fois qu'il pousse profondément en moi.

Tout à coup, sans me prévenir, mes muscles se contractent et mes sens s'enfièvrent. La délivrance déferle en moi, c'est un plaisir d'une intensité foudroyante. Derrière moi, je peux l'entendre gronder, mon orgasme a provoqué le sien et je sens la chaleur de sa semence qui jaillit en moi.

Et puis nous nous effondrons tous les deux sur le lit, son corps lourd et humide de sueur recouvre le mien.

CHAPITRE NEUF

Je me réveille lentement, progressivement. D'abord, je sens mes cheveux me chatouiller le visage. Puis la chaleur du soleil sur mon bras dénudé. Pendant un instant, mon esprit flotte dans cet état intermédiaire et doux entre le sommeil et la veille, entre les rêves et la réalité.

Je garde les yeux fermés, refusant de me réveiller complètement parce que c'est tellement agréable.

Alors je sens l'odeur des crêpes qu'on prépare dans la cuisine.

Mes lèvres esquissent un sourire. C'est le week-end, ma mère a encore décidé de nous faire plaisir. Elle fait des crêpes les jours de fête et quelquefois sans raison particulière.

Mes cheveux me chatouillent de nouveau et je bouge le bras à regret pour me dégager le visage.

Maintenant, je suis presque tout à fait réveillée et l'agréable sensation que j'avais est remplacée par une peur implacable.

Non, pourvu que ce ne soit qu'un rêve. Pourvu que ce ne soit qu'un mauvais rêve.

J'ouvre les yeux.

Ce n'est pas un rêve. Je sens toujours l'odeur des crêpes, mais ça ne peut pas être ma mère qui les prépare.

Je suis sur une île au milieu de l'océan Pacifique, retenue en captivité par un homme qui prend plaisir à me faire souffrir.

Je m'étire consciencieusement pour vérifier l'état de mon corps. À part une légère irritation du derrière, ça m'a l'air d'aller assez bien. Il ne m'a prise qu'une fois la nuit dernière et je lui en suis reconnaissante.

Je me lève et je vais me voir toute nue dans la glace pour regarder mon dos. J'ai des petits bleus sur les fesses, mais rien de grave. C'est l'un des avantages d'avoir une peau dorée, elle résiste aux hématomes. Dès demain, tout sera guéri.

Finalement, je semble avoir survécu à une autre nuit dans le lit de mon ravisseur.

En me lavant les dents, je repense à hier soir. Le dîner, mon plan ridicule pour le séduire, mon impression d'avoir été trahie par ce qu'il m'a fait…

Je n'arrive pas à croire que j'ai pu commencer à lui faire confiance, ne serait-ce qu'un tout petit peu. Les hommes normaux n'enlèvent pas de jeunes filles dans les parcs. Ils ne leur donnent pas de somnifères pour les conduire sur des îles désertes. Les hommes qui aiment faire l'amour par consentement mutuel ne gardent pas les femmes en captivité.

Non, Julian n'est pas normal. C'est un sadique obsédé par la volonté de puissance et il ne faut jamais plus l'oublier. Peu importe qu'il ne m'ait encore pas vraiment fait mal. À n'importe quel moment, il risque de me faire subir quelque chose de terrible.

Il faut m'échapper avant et je ne peux pas prendre tout mon temps pour séduire Julian. Il est bien trop dangereux, bien trop imprévisible.

Il faut que je trouve un moyen de m'enfuir de cette île.

* * *

Après m'être lavée les dents et avoir pris une douche, je descends prendre le petit déjeuner. Beth a dû venir dans ma chambre parce qu'il y a des vêtements propres qui sont prêts. Un maillot de bain, des tongs et une autre robe de plage.

Elle entre d'ailleurs dans la cuisine en apportant les crêpes dont j'ai senti le parfum tout à l'heure.

Quand j'arrive, elle me sourit, elle semble avoir oublié les tensions d'hier.

— Bonjour, dit-elle gaiement. Comment te sens-tu ?

Je la regarde d'un air étonné. Elle sait ce que Julian m'a fait subir ?

— Oh, très bien, je réponds d'un ton sarcastique.

— C'est parfait. Elle feint de ne pas avoir remarqué le ton de ma voix. Julian avait peur que tu aies un peu mal ce matin, il m'a laissé une pommade spéciale au cas où.

Elle sait ce qui s'est passé.

— Comment peux-tu te regarder dans la glace ? lui ai-je demandé avec une vraie curiosité. Comment une femme peut-elle savoir qu'une autre femme a été battue et ne rien faire ?

Au lieu de me répondre, Beth pose une grande crêpe bien moelleuse sur une assiette et me l'apporte. Sur la table, il y a aussi une mangue en tranches et du sirop d'érable.

— Mange, Nora, me dit-elle avec bienveillance.

Je la regarde avec amertume et je commence à manger. La crêpe est délicieuse. Il me semble que Beth a dû mettre une banane écrasée dans la pâte qui est sucrée. Il n'y a même pas besoin d'ajouter du sirop d'érable même si je mange aussi quelques tranches de mangue pour plus de goût.

Beth sourit encore une fois et retourne s'affairer à la cuisine.

Après le petit déjeuner, je sors de la maison et je pars seule à l'exploration de l'île. Beth ne m'en empêche pas. Je suis toujours aussi étonnée qu'on me laisse partir comme ça à l'aventure. Ils doivent être vraiment certains qu'il est impossible de s'enfuir.

Et pourtant j'ai l'intention de trouver comment faire.

Je marche inlassablement pendant des heures sous un soleil brûlant jusqu'à ce que j'aie une ampoule à cause de mes tongs. Je reste près de la plage dans l'espoir de trouver un bateau amarré quelque part, peut-être dans une grotte ou dans un lagon.

Mais je n'en trouve pas.

Comment suis-je donc arrivée ici ? En avion ou en hélicoptère ? Hier, Julian m'a dit qu'il avait découvert cette île en y arrivant par avion. C'est peut-être comme ça qu'il m'y a amenée, à bord de son propre avion ?

Ce qui ne serait pas bon signe. Même si je retrouvais l'avion quelque part, comment pourrais-je le piloter ? J'imagine que ça doit être pour le moins compliqué.

Pourtant, avec suffisamment de motivation, je serais peut-être capable d'y parvenir. Je ne suis pas idiote et piloter un avion, ce n'est pas sorcier.

Mais je ne trouve pas non plus d'avions. Il y a bien un terrain plat, un pré, de l'autre côté de l'île, avec un bâtiment au bout, mais ce bâtiment est vide. Complètement vide.

Je suis fatiguée, j'ai soif, l'ampoule que j'ai au pied me gêne à chaque pas et je rentre à la maison.

* * *

— Julian est parti il y a deux ou trois heures, me dit Beth dès que j'arrive.

Stupéfaite, je la fixe des yeux.

— Comment ça, il est parti ?

— Il devait s'occuper d'une affaire urgente. Si tout se passe bien il devrait revenir dans une semaine.

Je hoche la tête en essayant de ne rien laisser transparaître de mes émotions et je monte dans ma chambre.

Il est parti ! Mon bourreau est parti !

Maintenant, il n'y a plus que Beth et moi ici. Personne d'autre.

La tête me tourne en pensant à tout ce qui va être possible. Je peux voler un couteau de cuisine et en menacer Beth jusqu'à ce qu'elle m'indique un moyen de m'enfuir. Il y a probablement l'internet ici et je vais pouvoir entrer en contact avec le monde extérieur.

Je suis tellement excitée que j'ai envie de crier.

Ils pensent vraiment que je suis inoffensive ? Est-ce que mon comportement docile leur a fait croire que j'allais continuer à être une gentille captive bien obéissante ?

Eh bien ! ils se sont vraiment trompés.

C'est de Julian dont j'ai peur, pas de Beth. Quand ils étaient ici tous les deux, il aurait été inutile et dangereux de m'attaquer à Beth.

Mais maintenant, elle est à ma merci.

* * *

Une heure plus tard, je me glisse discrètement dans la cuisine. Comme je m'y attendais, Beth n'y est pas. C'est trop tôt pour préparer le dîner et trop tard pour le déjeuner.

Je suis pieds nus pour faire le moins de bruit possible. Je regarde prudemment autour de moi, j'ouvre un des tiroirs et j'en sors un grand couteau de boucher. En l'essayant sur le doigt, je vérifie qu'il coupe bien.

Une arme. Parfait !

La robe de plage que je porte possède une petite ceinture à la taille, j'y fais un nœud pour m'attacher le couteau dans le dos. C'est très rudimentaire, mais ça maintient le couteau en place. J'espère ne pas me couper le derrière avec la lame nue, mais même si ça arrivait, le risque en vaut la peine.

Ensuite, je prends un grand vase en céramique. Il est si lourd que j'ai du mal à le soulever à bout de bras. Je ne pense pas qu'un crâne d'homme ou de femme puisse y résister.

Maintenant que j'ai ces deux choses, je pars à la recherche de Beth.

Je la trouve sur la véranda, installée confortablement sur une chaise longue avec un livre, elle profite du grand air et de la magnifique vue sur l'océan. Quand je passe la tête par la porte, elle ne lève pas les yeux et je rentre vite à l'intérieur pour essayer de décider de la suite des évènements.

Mon plan est simple. Il faut la prendre par surprise et l'assommer avec le vase. Peut-être la ligoter. Ensuite, avec le couteau, je pourrais la menacer pour la forcer à me laisser entrer en contact avec le monde extérieur. De cette manière, je pourrais être sauvée et attaquer Julian en justice avant son retour.

Il suffit de trouver l'endroit idéal pour me mettre en embuscade.

En regardant autour de moi, je remarque un petit recoin vers l'entrée de la cuisine. En venant de la véranda, comme le fera vraisemblablement Beth, on ne voit pas ce qu'il y a dans ce recoin. Ce n'est pas l'endroit rêvé pour se cacher, mais c'est mieux que de s'attaquer à elle en terrain découvert. J'y vais et je me plaque contre le mur après avoir posé le vase sur le sol à côté de moi pour pouvoir l'attraper facilement.

En respirant profondément, j'essaie d'empêcher mes mains de trembler. Je ne suis pas violente, et pourtant me voilà prête à le lui fracasser sur la tête. Je ne veux pas y penser, mais je ne peux m'empêcher d'imaginer son crâne béant avec du sang partout comme dans un film d'horreur. Cette image me donne la nausée. Je me dis que ça ne va pas se passer comme ça et qu'elle aura sans doute un gros bleu ou une légère commotion cérébrale.

L'attente me semble interminable. Elle n'en finit pas, chaque seconde semble durer une heure. Mon cœur bat à tout rompre et je suis en sueur même s'il fait beaucoup moins chaud dans la maison qu'au-dehors.

Finalement, après ce qui m'a semblé une éternité, j'entends les pas de Beth. J'attrape le vase, je le soulève soigneusement à bout de bras et je retiens mon souffle quand elle arrive par la porte d'entrée en venant de la terrasse.

Au moment où elle me passe devant je serre le vase de toutes mes forces et je l'abaisse vers sa tête.

Mais je manque mon but. Au dernier moment, Beth a dû m'entendre bouger parce qu'à la place le vase l'atteint à l'épaule.

Elle pousse un cri de douleur et se frotte l'épaule.

— Quelle salope !

J'en ai le souffle coupé, mais j'essaie de lever de nouveau le vase sur elle. C'est trop tard. Elle s'en saisit et il tombe par terre, se brisant en dizaine de morceaux à nos pieds.

Je bondis en arrière, ma main droite cherche désespérément le couteau. *Merde, merde, merde !* Je parviens à en saisir le manche et je le brandis, mais avant de pouvoir faire quoi que ce soit, elle me prend le bras, rapide comme l'éclair. Son emprise est comme un étau autour de mon poignet droit.

Elle est toute rouge et ses yeux brillent, elle me tord le bras en arrière et me fait mal.

— Jette ce couteau, Nora, m'ordonne-t-elle brutalement, elle est vraiment furieuse.

Je panique et j'essaie de la frapper de l'autre main, mais elle réussit aussi à l'attraper. Visiblement, elle sait se battre, et visiblement, elle est plus forte que moi.

Mon bras droit me fait terriblement mal, mais j'essaie de lui donner un coup de pied. Il faut que je reprenne le dessus. C'est l'occasion ou jamais de m'échapper.

Mon pied atteint ses jambes, mais je n'ai pas de chaussures et je me fais plus de mal qu'à elle.

— Jette ce couteau, Nora, ou je te casse le bras, siffle-t-elle, et je sais qu'elle a vraiment l'intention de le faire. J'ai l'impression que mon épaule va se disloquer et je suis aveuglée par une vague de douleur qui court le long de mon bras.

Je tiens bon encore une seconde de plus et mes doigts laissent échapper le couteau. Il tombe bruyamment sur le sol.

Beth me lâche immédiatement pour s'en emparer.

Je recule, j'ai du mal à respirer, des larmes de souffrance et de frustration me coulent des yeux. Je ne sais pas ce qu'elle a l'intention de me faire et je n'ai pas envie de le savoir.

Alors je m'enfuis.

* * *

Je cours vite, je suis vraiment en forme. J'entends Beth courir derrière moi et m'appeler, mais ça m'étonnerait qu'elle ait fait de l'athlétisme.

Je sors de la maison en courant et je descends vers la plage. Des cailloux, des brindilles et du gravier me rentrent dans le pied, mais je m'en rends à peine compte.

Je ne sais pas où je vais, mais il ne faut pas que Beth réussisse à me rattraper. Je ne veux pas être enfermée dans la chambre ou encore pire.

— Nora !

Merde, elle aussi elle court vite ! J'accélère encore, et tant pis si j'ai mal aux pieds.

— Nora, ne fais pas n'importe quoi ! Tu ne pourras pas t'enfuir !

Je sais que c'est vrai, mais je ne peux plus accepter d'être une victime et rester sans rien faire. Je ne peux plus rester docilement dans cette maison, manger ce que Beth me prépare et attendre le retour de Julian.

Je ne peux plus lui permettre de me faire souffrir et accepter que mon corps le désire.

Les muscles de mes jambes sont douloureux et j'ai du mal à respirer, mais je surmonte ces sensations pénibles en faisant comme si je participais à une compétition et que la ligne d'arrivée ne soit plus qu'à une centaine de mètres.

J'ai l'impression de courir depuis des heures. Quand je jette un coup d'œil en arrière je m'aperçois que Beth est de plus en plus loin derrière.

Alors je ralentis un peu. Impossible de continuer à ce rythme. Sans trop réfléchir, je me dirige vers la côte rocheuse de l'île, là où je pourrai grimper dans les rochers et disparaître dans l'épaisse forêt qui les surplombe.

Il me faut encore dix minutes pour y parvenir. À ce moment-là, je ne vois plus Beth derrière moi.

Je ralentis et je grimpe dans les rochers. Maintenant que j'ai échappé au danger le plus pressant, je sens les coupures et les bleus sur mes pieds nus.

L'ascension est longue et pénible. Mes jambes tremblent, je n'ai pas l'habitude de faire de tels efforts et maintenant que le flot d'adrénaline ne coule plus, la fatigue arrive. Malgré tout, j'arrive en haut des rochers et je pénètre dans la forêt.

La végétation tropicale, abondante et luxuriante me cache des regards. Je m'enfonce dans la forêt en cherchant un endroit propice pour m'effondrer d'épuisement. Ce ne sera pas facile de me trouver ici. D'après mes souvenirs, pendant mon exploration, cette forêt recouvre une grande partie de ce côté de l'île.

Pour le moment, je devrais être en sécurité ici.

Alors que la nuit tombe, je me réfugie sous un grand arbre sous lequel les taillis sont particulièrement impénétrables. J'en dégage un petit coin pour m'y mettre en m'assurant que je ne suis pas à proximité d'une fourmilière ou d'autres insectes qui pourraient me piquer. Puis je me couche en ne prêtant pas attention à mes pieds en sang qui me font vraiment mal.

Ce n'est pas la première fois de ma vie que je suis reconnaissante envers mon père qui m'emmenait faire du camping quand j'étais petite. Grâce à tout ce qu'il m'a appris, je suis à l'aise dans la nature à l'état sauvage. Les insectes, les serpents, les lézards, rien ne me fait peur. Je sais qu'il faut être prudent avec certaines espèces, mais en général je n'en ai pas peur.

J'ai bien plus peur des monstres qui m'ont emmené dans cette île.

Maintenant que je suis loin de Beth, je peux réfléchir avec un peu plus de lucidité.

Ce n'est pas en faisant un peu d'exercice à la salle de sport et du yoga qu'elle a obtenu un corps mince et musclé comme le sien.

Elle est forte, probablement aussi forte que certains hommes, et beaucoup plus forte que moi.

Et elle semble avoir appris certaines techniques de combat. Peut-être les arts martiaux ? Il est clair que j'ai commis une erreur en essayant de la faire prisonnière. J'aurais dû lui planter le couteau dans le dos quand elle ne me regardait pas.

Mais ce n'est pas trop tard. Je peux retourner en catimini à la maison et la prendre par surprise. J'ai besoin d'avoir accès à l'internet et j'en ai besoin tout de suite, avant le retour de Julian.

Je ne sais pas ce qu'il me fera pour m'être attaquée à Beth et je n'ai certainement pas envie de le découvrir.

CHAPITRE DIX

Une étrange sensation me réveille le lendemain matin.

On dirait presque…

— Oh merde !

Je sursaute en essayant de faire partir une araignée aux longues pattes qui se promène tranquillement le long de mon bras.

Elle s'en va et je me frotte fébrilement le visage, les cheveux et le corps pour me débarrasser des autres insectes qui pourraient s'y trouver.

C'est vrai que je n'ai pas peur des araignées, mais je n'aime pas tellement qu'elles me viennent dessus.

Ce n'est pas vraiment la meilleure façon de se réveiller.

Les battements de mon cœur redeviennent normaux et je fais le point sur la situation. J'ai soif et je suis toute courbaturée après avoir dormi sur le sol dur. Je suis sale et j'ai mal aux pieds. En levant une jambe, je me regarde la plante du pied. Il me semble bien qu'il y a du sang séché à cet endroit.

J'ai tellement faim que mon ventre fait des gargouillis. Je n'ai rien mangé hier soir et je meurs de faim.

Par contre, Beth n'a pas encore réussi à me dénicher.

Je ne sais pas vraiment que faire maintenant. Peut-être retourner à la maison et essayer de tendre une nouvelle embuscade à Beth ?

Je réfléchis et je décide que c'est sans doute la meilleure solution. Sinon, tôt ou tard, Beth ou Julian vont me retrouver. L'île n'est pas très grande et je ne pourrais pas leur échapper longtemps. Et je ne peux pas prendre le risque de perdre du temps et d'hésiter, Julian pourrait revenir plus tôt que prévu. À deux contre un je n'aurais aucune chance.

D'ailleurs, j'ai de plus en plus faim et la tête me tourne quand je ne mange pas à heures fixes. Je pourrais sans doute trouver de l'eau douce pour boire, mais c'est plus compliqué de trouver à manger. Je ne sais pas où Beth cueille les mangues qu'elle m'a servies. Si j'essaie de me cacher encore deux ou trois jours je serai sans doute trop faible pour me battre, surtout contre cette satanée Princesse Guerrière.

Et de plus, elle ne s'attend peut-être pas à me voir revenir si vite, je pourrai peut-être la prendre par surprise.

Je respire donc profondément et je me mets en marche ou plutôt je me dirige vers la maison en boitant. Je sais que ça risque de mal se terminer, mais je n'ai pas le choix. Ou bien je me bats tout de suite, ou je resterai indéfiniment une victime.

Le trajet prend environ deux heures. Je suis forcée de m'arrêter à plusieurs reprises tellement j'ai mal aux pieds.

La situation ne manque pas d'ironie, je me suis échappée parce que j'avais peur de souffrir et le résultat c'est que je me suis faite vraiment très mal. Julian serait probablement ravi de me voir dans cet état. *Ce salaud, ce pervers !*

J'arrive finalement à la maison et je m'accroupis derrière de gros buissons qui sont près de la porte d'entrée. Je ne sais pas si elle est fermée à clé ou pas, mais ça ne semble pas possible de rentrer tranquillement comme si de rien n'était. Si ça se trouve, Beth est tout près, dans le salon.

Non, il faut d'abord trouver un plan.

Après quelques minutes, je me dirige avec précaution à l'arrière de la maison vers la grande véranda où je me suis attaquée à Beth hier.

Je suis soulagée de n'y trouver personne.

En faisant attention à ne pas faire de bruit j'ouvre la porte de la véranda et je me glisse à l'intérieur. Je tiens une grosse pierre dans la main. Je préférerais un couteau ou un fusil, mais je dois me contenter d'une pierre pour le moment.

Je marche en crabe vers l'une des fenêtres, je jette un coup d'œil à l'intérieur et j'ai la satisfaction de ne voir personne dans le salon.

Il n'y a pas un bruit dans la maison. Personne ne fait la cuisine ou ne met la table.

L'horloge digitale du salon indique 7 h 12. J'espère que Beth dort toujours.

Sans lâcher la pierre, je me glisse dans la cuisine et j'y trouve un autre couteau. Munie de la pierre et du couteau, je monte l'escalier avec précaution.

La chambre de Beth est la première sur la gauche. Je le sais parce qu'elle me l'a montrée en me faisant visiter la maison.

Je retiens mon souffle, j'ouvre doucement la porte… et je reste figée sur place.

Assis sur le lit, se trouve celui que je redoute le plus au monde.

Julian.

Il est rentré plus tôt que prévu.

* * *

— Bonjour Nora !

Sa voix a une douceur trompeuse, son visage parfait est entièrement dénué d'expression. Mais sous cette apparence, je sens brûler sa rage en silence.

Pendant un instant, je ne peux rien faire d'autre si ce n'est le regarder fixement, la terreur me paralyse. Je n'entends que le tumulte de mes propres battements de cœur. Et puis je commence à reculer, sans le quitter des yeux. J'ai levé les mains devant moi pour me protéger, mais je tiens toujours la pierre et le couteau.

Au même moment, des mains resserrent leur étau sur mes bras et me font très mal aux poignets. C'est Beth qui est arrivée par derrière, je crie et j'essaie de me débattre, mais elle est trop forte pour moi. Le couteau a pivoté dans ma main, il me touche presque l'épaule.

En un éclair, Julian m'a bondi dessus et m'a arraché le couteau et la pierre. Beth me relâche et Julian m'attrape, il me serre très fort tandis que je hurle et que je me tortille comme une folle dans ses bras.

Plus je me débats, plus il resserre les bras jusqu'à ce que je sois sur le point de perdre connaissance parce qu'il m'empêche de respirer.

Ensuite, il me porte en dehors de la chambre de Beth.

À ma plus grande surprise, il m'emmène au rez-de-chaussée et s'arrête devant la porte de son bureau. Un petit panneau latéral s'ouvre et je vois une lumière rouge passer devant le visage de Julian, elle ressemble aux lasers des caisses de supermarchés.

Alors la porte s'ouvre.

Je réprime une exclamation de surprise. La porte de son bureau est activée par un balayage rétinien, une invention que je n'ai vue que dans les films d'espionnage.

Je continue à me débattre quand il me porte à l'intérieur, mais c'est inutile. Rien ne peut desserrer ses bras, il me tient de telle manière que je ne peux lui échapper.

Me voici de nouveau impuissante entre ses bras.

Des larmes d'amertume et de frustration coulent le long de mon visage. C'est affreux d'être si faible, d'avoir été maîtrisée si facilement. Notre lutte ne lui a pas demandé le moindre effort.

À quoi m'attendre de sa part ? Je n'en sais rien. Peut-être va-t-il me battre ou me prendre brutalement.

Mais il se contente de me poser par terre une fois que nous sommes dans son bureau.

Dès qu'il me lâche, je recule de quelques pas pour mettre un peu de distance entre nous.

Il me sourit, et il y a quelque chose d'inquiétant dans la beauté de ce sourire.

— Détends-toi, mon chou. Je ne vais pas te faire de mal. En tout cas pas pour le moment.

Je le vois aller vers un grand bureau et ouvrir un tiroir où il prend une télécommande. Puis il la dirige vers le mur qui est derrière moi.

Je me retourne avec méfiance et je fixe des yeux deux grandes télévisions à écrans plats. Elles semblent très sophistiquées et ne ressemblent pas à celles dont j'ai l'habitude.

L'écran de gauche s'allume. L'image est tellement inattendue qu'elle me semble étrange.

On dirait une chambre banale chez quelqu'un. Le lit est défait, les draps sont en désordre sur le matelas. Les murs sont couverts de posters représentant différents joueurs de football américain et il y a un ordinateur portable sur le bureau.

— Tu reconnais cet endroit ? demande Julian.

Je secoue la tête.

— Bon, dit-il. J'en suis content.

— C'est la chambre de qui ? ai-je demandé. Je commence à avoir la nausée.

— Tu ne devines donc pas ?

Je le fixe des yeux, j'ai de plus en plus froid.

— La chambre de Jake ?

— Oui, Nora, c'est la chambre de Jake.

Je suis parcourue de frissons.

— Mais pourquoi apparaît-elle sur ton écran de télévision ?

— Tu te souviens, je t'ai dit que Jake était sain et sauf tant que tu te conduisais convenablement.

Je retiens un instant ma respiration.

— Oui… Mon murmure est à peine audible.

C'est vrai, j'étais tellement obnubilée par ma propre situation que j'ai oublié la menace qu'il avait proférée contre Jake tout au début de ma captivité. Et d'ailleurs, je crois ne pas l'avoir prise au sérieux, surtout quand je me suis rendu compte que nous étions sur une île située à des milliers de kilomètres de ma ville natale. Plus ou moins consciemment, j'étais convaincue que Julian ne pouvait pas vraiment nuire à Jake. Pas à distance en tout cas.

— Bon, dit Julian. Alors tu vas comprendre pourquoi j'agis ainsi. Je ne veux pas t'enfermer ni t'empêcher d'aller et venir. Tu vas habiter ici et je veux que tu y sois heureuse…

Être heureuse ici ? J'en suis de plus en plus certaine, il est fou.

— Mais je ne peux pas te laisser essayer de faire du mal à Beth et essayer vainement de t'échapper. Il faut que tu saches quelles conséquences ont tes actions…

J'ai de plus en plus mal au cœur.

— Je suis désolée ! Je ne recommencerai pas ! Non, c'est promis ! Je parle si vite que je bafouille. Je ne sais pas si je peux empêcher ce qui va se passer, mais je dois essayer. Je ne ferai plus de mal à Beth et je n'essaierai plus de m'enfuir. Je vous en prie, Julian, j'ai appris ma leçon…

Julian me regarde presque avec tristesse.

— Non, Nora, tu n'as pas appris ta leçon. À cause de toi, il a fallu que je revienne aujourd'hui et que j'abrège mon voyage d'affaires. Beth n'est pas ici pour te servir de geôlière. Ce n'est pas son rôle. Elle est ici pour s'occuper de toi, pour s'assurer que tu as tout ce dont tu as besoin et pour que tu sois bien. Je ne peux pas accepter que tu la remercies de sa gentillesse en essayant de la tuer…

— Je n'ai pas essayé de la tuer ! Je voulais seulement…

Je m'arrête ne voulant pas lui révéler mon plan.

— Tu croyais pouvoir la prendre en otage ? Maintenant, Julian a l'air amusé. Pour faire quoi ? L'obliger à te faire quitter l'île ? T'aider à entrer en contact avec le monde extérieur ?

Je le regarde sans dire ni oui ni non.

— Eh bien, Nora, laisse-moi t'expliquer quelque chose. Même si ton plan avait réussi, et ce n'était pas possible parce que Beth est parfaitement capable de maîtriser une petite gamine comme toi, elle n'aurait rien pu faire pour t'aider. Quand je pars, l'avion aussi. Il n'y a ni bateau ni aucun autre moyen de s'enfuir.

Ce qu'il vient de dire confirme ce que je soupçonnais après mon exploration de l'île. Mais j'espère toujours que…

— Et je suis le seul à avoir accès à ce bureau. Il n'y a aucun ordinateur et aucun autre moyen de communication dans le reste de la maison. La seule chose que Beth puisse faire c'est de m'envoyer un message direct sur une ligne spéciale que nous avons mise en place. Donc tu vois mon chou, elle ne t'aurait servi à rien si tu l'avais prise en otage.

Encore un espoir qui s'envole… Chacune de ses phrases est comme un clou planté dans mon cercueil. S'il dit la vérité, ma situation est infiniment plus grave que je ne le redoutais.

Je veux crier, hurler, lui jeter quelque chose à la figure, mais ce n'est pas le moment de perdre pied. Donc je hoche la tête et je feins d'être calme et raisonnable.

— Je comprends. Je suis désolée Julian. Je ne savais rien de tout cela. Je n'essaierai plus de m'enfuir et je ne ferai aucun mal à Beth. Je vous en prie, croyez-moi…

— J'aimerais bien, Nora. Il semble presque le regretter. Mais c'est impossible. Tu ne sais pas encore qui je suis, tu ne sais donc pas si tu me peux me croire. Il faut te montrer que je suis un homme de parole. Plus vite, tu accepteras l'inévitable, mieux ça vaudra pour toi.

Et sur ces mots, il prend quelque chose dans sa poche et en sort un objet qui ressemble à un téléphone. Il appuie sur un bouton, attend deux ou trois secondes et dit d'un ton sec :

— Vous pouvez y aller.

Puis il se concentre sur l'écran de télévision.

Et moi aussi, la peur au ventre.

La télévision continue de montrer une pièce vide, mais quelques secondes plus tard Jake y entre.

Il semble terrifié. L'un de ses yeux est poché et son nez est tordu, comme s'il était cassé. Derrière lui, il y a la silhouette de quelqu'un de grand qui brandit une arme.

Je suis horrifiée, mais je réussis à balbutier :

— Non, je vous en prie !

Je ne me rends même pas compte d'avoir bougé, mais en désespoir de cause j'ai agrippé le bras de Julian.

— Regarde bien, Nora ! Le visage de Julian est dénué de toute émotion quand il me prend dans ses bras et me maintient devant l'écran de télévision. Je veux que tu saches une fois pour toutes quelles sont les conséquences de tes actions.

Tout à coup sur l'écran son complice masqué s'approche de Jake…

— Non !

Et il le frappe violemment avec la crosse de son arme. Jake trébuche en reculant, du sang coule aux coins de ses lèvres.

— Non, je vous en prie ! Je sanglote et je me débats, mais l'emprise de Julian est un véritable étau. J'ai les yeux rivés sur cette scène de violence qui se déroule à des milliers de kilomètres.

L'agresseur de Jake est impitoyable, il le frappe sans relâche. Je hurle, c'est comme si chaque coup me frappait droit au cœur. Chaque fois que Jake est touché, c'est comme si quelque chose mourrait en moi, comme si disparaissait l'espoir en un avenir meilleur qui m'a permis de tenir le coup jusqu'à maintenant.

Quand Jake tombe à genoux, le type lui donne des coups de pieds dans les côtes et je l'entends gémir de douleur.

— Je vous en prie, Julian… ai-je murmuré en m'avouant vaincue. Je m'effondre dans ses bras. Je vous en prie, arrêtez… Je sais que j'implore la pitié de quelqu'un d'impitoyable. Il va tuer Jake sous mes yeux et je n'y peux absolument rien.

Mon ravisseur laisse encore Jake se faire tabasser pendant une minute avant de me lâcher et de sortir son téléphone. Je le fixe des yeux en tremblant des pieds à la tête. Je n'ose plus rien espérer.

Julian écrit rapidement un SMS. Sur l'écran, je vois l'agresseur de Jake s'arrêter et prendre quelque chose dans sa poche.

Puis il cesse ses coups et sort de la pièce.

Il laisse Jake allongé sur le sol, couvert de sang. Je reste rivée à l'écran, j'ai besoin de savoir s'il est encore en vie. Une minute plus tard, je l'entends gémir et je le vois se lever. Il boitille jusqu'au téléphone, ses mouvements sont ceux d'un vieillard et non plus d'un jeune homme plein de force.

Et puis je l'entends appeler les services de secours.

Je m'affaisse par terre et j'enfouis mon visage dans mes mains.

Julian a gagné.

Je sais que ma vie ne m'appartiendra plus jamais.

CHAPITRE ONZE

Quand je me réveille le lendemain matin Julian est reparti.

Je ne me souviens plus de ce qui s'est passé hier après m'être effondrée dans son bureau. Le reste de la journée est vague dans mon esprit. C'est comme si mon cerveau avait renoncé, incapable de soutenir la violence à laquelle j'avais assisté. Il me semble avoir vaguement l'impression que Julian m'a prise dans ses bras et portée vers la douche. Il a dû faire ma toilette et me bander les pieds parce qu'ils sont couverts de gaze ce matin et me font beaucoup moins mal quand je marche.

Je ne sais pas s'il a couché avec moi la nuit dernière. Mais s'il l'a fait, il a dû être plus attentionné que d'habitude parce que je n'ai pas mal ce matin. Par contre, je me souviens qu'il a dormi dans mon lit et que son grand corps enlaçait le mien.

D'une certaine manière, ce qui s'est passé simplifie la situation. Quand il n'y a plus aucun espoir, quand il n'y a plus de choix, tout devient particulièrement clair. La réalité, c'est que toutes les cartes sont entre les mains de Julian. Je lui appartiendrai aussi longtemps qu'il désirera me garder prisonnière. Je ne peux pas m'enfuir, je n'ai aucune solution.

Et maintenant que j'en ai pris mon parti, ma vie devient plus facile. Sans m'en apercevoir, cela fait déjà neuf jours que je suis ici.

C'est ce que me dit Beth au petit déjeuner.

Je me suis habituée à tolérer sa présence. Je n'ai pas le choix, en l'absence de Julian elle est la seule personne avec laquelle j'ai des contacts. Elle me fait à manger, s'occupe de mes vêtements, et fait le ménage. Elle est presque comme une nounou sauf qu'elle est jeune et pas toujours de bonne humeur. Je ne crois pas qu'elle m'ait complètement pardonné d'avoir essayé de l'assommer. Peut-être que sa fierté en a souffert.

J'essaie de ne pas trop l'agacer. Dans la journée, je sors et je passe le plus clair de mon temps à la plage ou à la découverte de la forêt. Je reviens à la maison pour les repas et pour prendre un nouveau livre à lire. Beth m'a dit que Julian m'en rapportera d'autres quand j'aurai fini de lire la centaine qui est actuellement dans ma chambre.

Je devrais être déprimée. Je le sais bien. Je devrais être amère, pleine de rage, je devrais détester Julian et détester cette île. Et quelquefois, c'est ce qui se passe. Mais ça prend tellement d'énergie de toujours être une victime. Quand je suis allongée sous le chaud soleil, absorbée par ce que je lis, je ne déteste plus rien. Je me laisse simplement emporter par l'imagination de tel ou tel auteur.

J'essaie de ne pas penser à Jake. Mon sentiment de culpabilité est presque insupportable. Rationnellement, je sais que c'est Julian le coupable, mais je ne peux pas m'empêcher de me sentir responsable. Si je n'étais jamais sortie avec Jake, il ne lui serait rien arrivé. Si je n'avais pas engagé la conversation avec lui à sa fête, il n'aurait pas été sauvagement tabassé.

Je ne sais toujours pas qui est Julian ni comment il peut avoir autant d'influence. Son mystère reste entier pour moi.

Peut-être appartient-il à la Mafia. Cela pourrait expliquer qu'il ait des gangsters à son service. Ou bien ce pourrait simplement être quelqu'un d'excentrique et de fortuné qui a des tendances de psychopathe. Je n'en sais vraiment rien.

Quelquefois le soir je pleure jusqu'à ce que le sommeil vienne. Ma famille et mes amis me manquent. Sortir en boîte et aller danser me manque. Être en contact avec les autres me manque aussi, que ce soit échanger sur Facebook, sur Twitter ou passer un moment avec mes amies. J'aime bien lire, mais ça ne me suffit pas. Il me faut autre chose.

Quand ça devient vraiment trop pénible, j'essaie d'en parler à Beth.

— Je m'ennuie, lui ai-je dit un soir pendant le dîner. Une fois de plus, on mange du poisson. Beth m'a dit que c'était elle qui le pêchait près de la crique qui est de l'autre côté de l'île. Cette fois, il est servi avec une salsa à la mangue. Heureusement que j'aime bien le poisson et les fruits de mer parce que j'en mange très souvent depuis que je suis ici.

— Ah bon ? Elle semble trouver ça drôle. Pourquoi ? Tu n'as pas assez de livres ?

Je roule des yeux.

— Si, il m'en reste encore à peu près soixante-dix à lire. Mais il n'y a rien d'autre à faire…

— Tu veux venir à la pêche avec moi demain ? me demande-t-elle d'un air moqueur. Elle sait que je ne l'aime pas beaucoup et elle est certaine que je vais tout de suite lui dire non. Mais elle ne se rend pas compte à quel point j'ai besoin d'être avec mes semblables.

— D'accord ! Je lui dis, et ma réponse l'a vraiment prise par surprise. Je ne suis jamais allée à la pêche et je ne suppose pas que ce soit particulièrement agréable, surtout si Beth doit passer son temps à être de mauvaise humeur. Mais au point où j'en suis, je ferai vraiment n'importe quoi pour échapper à la routine.

— Alors d'accord, dit-elle. Le meilleur moment d'attraper ces cons c'est juste au lever du soleil. Tu t'en sens capable ?

— Bien sûr, lui ai-je dit. Normalement, je déteste me lever de bonne heure, mais je passe tellement de temps à dormir ici que je suis certaine que ça ira. Je dois dormir près de dix heures par nuit et quelquefois je fais la sieste au soleil l'après-midi. C'est vraiment ridicule. C'est comme si mon corps imaginait que je suis en vacances dans une station balnéaire. Visiblement, ça peut être bénéfique d'être privée d'internet et d'autres distractions ; je ne crois pas, m'être jamais autant reposée de ma vie.

— Alors tu devrais bientôt aller te coucher parce que je viendrai te chercher de bonne heure, me prévient-elle.

Je hoche la tête en finissant mon repas. Puis, je monte dans ma chambre et une fois de plus je pleure jusqu'à ce que je réussisse à m'endormir.

* * *

— Quand est-ce que Julian va revenir ? Je demande en regardant Beth qui place avec précaution un appât au bout de l'hameçon. Ce qu'elle fait a l'air répugnant et je suis contente qu'elle ne me demande pas de l'aider.

— Je ne sais pas, dit-elle. Il reviendra quand il aura fini ce qu'il a à faire.

— De quelles sortes d'affaires s'agit-il ? Je le lui ai déjà demandé, mais j'espère qu'un de ces jours Beth me répondra.

Elle soupire.

— Nora, arrête de te mêler de ce qui ne te regarde pas.

— Mais qu'est-ce que ça peut faire que je le sache ou non ? Je la regarde d'un air contrarié. De toute façon, je suis bloquée ici. Je veux seulement savoir qui il est, c'est tout. Tu ne penses pas que c'est normal d'être curieuse dans la situation où je suis ?

Elle soupire une nouvelle fois et lance la ligne dans la mer d'un geste précis et expérimenté.

— Bien sûr que si. Mais Julian te dira tout quand il voudra que tu le saches.

Je respire profondément. Visiblement, je n'arriverai à rien avec ce genre d'interrogatoire.

— Ta loyauté est à toute épreuve, c'est ça ?

— Oui, dit simplement Beth. C'est ça.

Parce qu'il lui a sauvé la vie. J'aimerais aussi en savoir davantage à ce sujet, mais je sais qu'il ne faut pas lui en parler non plus. Donc je lui dis :

— Depuis combien de temps le connais-tu ?

— Environ dix ans, dit-elle.

— Depuis qu'il a dix-neuf ans ?

— Oui, exactement.

— Et comment vous êtes-vous rencontrés ?

Elle serre les mâchoires.

— Ça ne te regarde pas.

Et voilà… De nouveau, j'ai touché au sujet tabou. Mais je décide de continuer.

— C'était quand il t'a sauvé la vie ? C'est comme ça que tu l'as rencontré ?·

Elle me regarde d'un œil mauvais.

— Nora, je t'ai demandé de ne pas te mêler de ce qui ne te regarde pas.

— Bon, d'accord… Son refus de me répondre me semble éloquent. Je passe à un autre sujet qui m'intéresse. Et pourquoi est-ce que Julian m'a amenée ici ? Je veux dire ici, sur cette île ? Il n'y est même pas.

— Il va bientôt revenir. Elle me regarde d'un air ironique. Pourquoi, il te manque ?

— Non ! bien sûr que non ! Je la regarde comme si cette question m'avait blessée. Elle lève les sourcils.

— Vraiment ? Même pas un tout petit peu ?

— Pourquoi est-ce qu'un tel monstre me manquerait ? ai-je dit entre mes dents, tout à coup je sens une colère folle me brûler le ventre. Après ce qu'il m'a fait ? Et après ce qu'il a fait à Jake ?

Elle a un petit rire.

— « Il me semble que la dame proteste trop pour être honnête… »

Je me relève d'un bond, son ton moqueur m'est devenu insupportable. Je la déteste tellement en ce moment. Si j'avais un couteau sous la main je la frapperais volontiers. Je ne me mets pas facilement en colère, mais il y a quelque chose chez Beth qui m'exaspère.

Heureusement, avant de partir comme une furie et de me ridiculiser complètement, je reprends le contrôle de moi -même. Je respire profondément et je fais comme si tout allait bien entre nous. Je vais vers la mer, j'y trempe un doigt de pied pour en tester la température et puis je reviens m'asseoir à côté de Beth.

— L'eau est vraiment chaude de ce côté de l'île, ai-je dit calmement comme si la colère qui bouillonne encore en moi s'était apaisée.

— Ouais, ça semble bien convenir aux poissons, répond-elle de la même voix calme. J'en attrape toujours des beaux dans ce coin.

Je hoche la tête et je regarde la mer. Le son des vagues est apaisant et m'aide à me maîtriser. Je ne comprends pas vraiment pourquoi j'ai réagi si violemment à ses taquineries. C'est évident, il fallait me contenter de la regarder d'un air méprisant et de réfuter froidement sa suggestion ridicule. Au lieu de ça, j'ai mordu à l'hameçon.

Pourrait-il y avoir une part de vérité dans ce qu'elle a dit ? Est-ce pour cela que ça m'a tellement agacée ? Se pourrait-il que Julian me manque ?

Cette pensée me répugne tant qu'elle me donne envie de vomir.

J'essaie d'y réfléchir d'une manière rationnelle pendant un moment pour essayer de mettre au clair les émotions confuses qui s'entremêlent dans mon cœur.

C'est vrai, une petite part de moi lui en veut de me laisser ici, sur cette île, seule avec Beth. Pour quelqu'un qui est censé me désirer au point de m'enlever, Julian ne se montre certainement pas très attentif.

Mais, je n'ai que faire de ses attentions. Je veux qu'il reste le plus loin possible de moi. Et pourtant, en même temps, je ressens son éloignement comme une insulte. C'est comme si je n'étais pas assez désirable pour lui donner envie de rester ici.

Dès que j'analyse tout cela d'une manière logique, je m'aperçois de l'absurdité et des contradictions de mes émotions. Tout ceci est tellement stupide que je m'en veux.

Je ne vais pas être une de ces filles qui tombent amoureuses de leur ravisseur. Je le refuse. Je sais que le fait d'être seule ici met mon bon sens en péril, mais je suis déterminée à l'empêcher.

Je ne peux sans doute pas échapper à Julian, mais je peux refuser de l'avoir dans la peau.

* * *

Il revient deux jours plus tard.

Je m'en aperçois quand il me réveille de la sieste que je faisais sur la plage.

Au départ, il me semble que c'est un rêve. Et dans ce rêve, je suis au chaud, en sécurité dans mon lit. Des mains douces et apaisantes commencent à me toucher et à me caresser. Je me cambre vers elles, leurs caresses me plaisent, je savoure le plaisir qu'elles me donnent.

Et puis je sens des lèvres chaudes sur mon visage, mon cou, ma clavicule. Je gémis doucement et les mains qui me caressent se font plus pressantes, elles tirent sur les bretelles de mon haut de bikini, elles descendent ma culotte de maillot de bain le long de mes jambes…

Julian est accroupi sur moi et il me regarde avec ce sourire d'ange des ténèbres qui est le sien. Je suis déjà nue, allongée sur la grande serviette de bain que Beth m'a donnée ce matin. Il est nu lui aussi, et en pleine érection.

Je le fixe des yeux, mon cœur bat à se rompre, l'excitation se mêle à l'appréhension.

— Vous êtes de retour, ai-je dit en constatant cette évidence.

— Oui, murmure-t-il en se penchant et en m'embrassant le cou. Avant de me donner le temps de rassembler mes idées éparses, il est déjà allongé sur moi, son genou m'écarte les jambes et son sexe en érection vient frotter ma délicate ouverture.

Quand il commence à pousser en moi, je ferme les yeux de toutes mes forces. Je suis excitée, mais il me fait quand même mal en m'étirant pour se glisser jusqu'au bout. Il s'arrête un instant, pour me laisser m'habituer à cette sensation, puis il commence à bouger, d'abord lentement puis sur un rythme de plus en plus soutenu.

Ses coups m'enfoncent dans la serviette, et je sens glisser le sable sous mon dos. J'attrape ses larges épaules, j'ai besoin de me retenir quelque part alors que la tension que je connais bien commence à se faire sentir dans mon bas-ventre. Son gland frotte un point sensible en moi et j'en perds le souffle, je me cambre pour qu'il aille encore plus profondément, j'ai besoin que cette sensation intense s'approfondisse encore, je veux qu'il me fasse jouir.

— Est-ce que je t'ai manqué ? me souffle-t-il à l'oreille tout en ralentissant pour retarder l'orgasme.

J'ai assez de présence d'esprit pour secouer la tête.

— Menteuse ! murmure-t-il et il devient plus violent et plus brutal. Il m'entraîne implacablement de plus en plus haut jusqu'à ce que je me mette à hurler, mes ongles lui labourent le dos tellement je suis frustrée de sentir chaque fois la délivrance m'échapper.

Mais finalement, j'y parviens, il me semble voler en éclats quand un puissant orgasme me traverse et me laisse pantelante et haletante dans son sillage.

Tout à coup, il me prend par surprise et me retourne sur le ventre.

Je me mets à crier, j'ai peur, mais il se contente de me pénétrer de nouveau et de continuer à me baiser par-derrière, son grand corps pèse lourdement sur le mien. Il m'entoure de toutes parts ; mon visage est enfoui dans la serviette de bain et je peux à peine respirer. Je ne sens que lui : le va-et-vient de sa grosse verge en moi, la chaleur de sa peau. Dans cette position, il va encore plus loin que d'habitude et je ne peux m'empêcher de soupirer de douleur quand son gland heurte le col de mon utérus à chacun des mouvements de ses hanches. Et pourtant cette sensation pénible ne semble pas empêcher la tension de renaître en moi et je jouis une nouvelle fois, mes muscles intimes ne peuvent s'empêcher de se contracter autour de sa verge.

Il gronde brutalement puis je le sens jouir, à son tour, sa verge se secoue et s'agite en moi, son pelvis me martèle. Mon plaisir en est redoublé et se prolonge encore. C'est comme si nous étions liés, mes contractions ne s'arrêtent qu'avec les siennes.

Quand tout est fini, il me roule sur le dos, me libère et je reprends mon souffle en tremblant. Mes bras et mes jambes sont en coton, mais j'arrive à me mettre à quatre pattes pour retrouver mon bikini et je l'enfile tandis qu'il me regarde avec un sourire paresseux sur sa belle bouche. C'est évident, je suis vulnérable. Je suis une femme aussi vulnérable que possible : complètement à la merci de quelqu'un de fou et d'impitoyable. Ce ne sont pas quatre petits bouts de tissu qui vont réussir à me protéger de lui.

D'ailleurs, rien ne pourra me protéger s'il décide de vraiment me faire du mal.

Je décide de ne pas y penser. À la place, je lui demande :

— Où étiez-vous ?

Il sourit de plus belle.

— Tu vois bien que je t'ai manqué !

Je lui jette un regard sardonique et j'essaie de faire comme s'il n'était pas nu et allongé à moins d'un mètre de moi.

— C'est ça, vous m'avez manqué.

Il se met à rire, ma mauvaise humeur ne semble nullement le déranger.

— Je le savais bien ! dit-il. Et il se lève pour mettre un slip de bain qui était dans le sable à côté de nous.

Il se retourne vers moi et m'offre la main.

— On va se baigner ?

Je le fixe des yeux. Il plaisante ? Il s'imagine que je vais aller me baigner avec lui comme si nous étions amis ?

— Non merci, ai-je dit en reculant d'un pas.

Il fronce légèrement des sourcils.

— Pourquoi pas, Nora ? Tu ne sais pas nager ?

— Bien sûr que si, ai-je dit avec indignation. Mais je ne veux pas nager avec vous.

Il hausse les sourcils.

— Pourquoi pas ?

— Eh bien… sans doute parce que je vous déteste ? Je ne sais pas pourquoi je suis aussi courageuse aujourd'hui, mais il me semble que son absence a atténué la peur qu'il m'inspire. Ou peut-être, c'est parce qu'il semble vraiment de bonne humeur et que ça rend la situation un tout petit peu moins effrayante.

Il sourit de nouveau.

— Tu ne sais pas ce que c'est que la haine, mon chat. Tu n'aimes peut-être pas ce que je fais, mais tu ne me détestes pas. Tu ne le peux pas, ce n'est pas dans ta nature.

— Qu'est-ce que vous en savez ? Sans trop savoir pourquoi, ce qu'il vient de dire me blesse. Comment peut-il oser dire que je ne peux pas haïr mon ravisseur ?

Pour qui se prend-il, de me dire ce que je peux sentir ou pas ?

Il me regarde, ses lèvres dessinent toujours le même sourire.

— Je sais que tu as eu ce qu'on appelle une enfance normale, Nora, dit-il d'une voix douce. Je sais que tu as été élevée par des parents qui t'aiment, avec de bons amis, des petits amis sérieux. Comment pourrais-tu savoir ce qu'est vraiment la haine ?

Je le regarde fixement.

— Et vous, vous le savez ? Vous savez ce que c'est que la haine ?

L'expression de son visage se durcit.

— Oui, malheureusement, et au son de sa voix je sais qu'il dit vrai.

J'en ai la nausée.

— C'est moi que vous détestez ? Je murmure. C'est pour ça que vous me traitez de cette manière ?

À mon immense soulagement, il semble étonné.

— Te détester ? Non, pas du tout. Je ne te déteste pas mon chat.

— Mais alors pourquoi ? Je lui fais de nouveau, déterminée à obtenir une réponse de sa part. Pourquoi m'avoir enlevée et amenée ici ?

Il me regarde, le bleu extraordinaire de ses yeux contraste avec sa peau bronzée.

— Parce que j'avais envie de toi, Nora. Je te l'ai déjà dit. Et parce que je ne suis pas quelqu'un de bien. Mais tu t'en es déjà rendu compte, n'est-ce pas ?

J'avale ma salive et je regarde le sable. Il n'a absolument pas honte de ses actions. Il sait que ce qu'il fait est mal et ça lui est complètement égal.

— Vous êtes un psychopathe ? Je ne sais pas ce qui me pousse à lui demander ça. Je ne veux pas le mettre en colère, mais je ne peux pas m'en empêcher, je veux comprendre. En retenant mon souffle, je lève de nouveau les yeux vers lui.

Heureusement, il ne semble pas blessé par ma question. Au contraire, il a l'air pensif quand il s'assied sur la serviette de bain à côté de moi.

— Peut-être, dit-il après deux ou trois secondes. Un docteur pensait que j'étais limite psychopathe. Je ne corresponds pas à tous les critères, alors il n'y a pas de diagnostic définitif.

— Vous avez vu un docteur ? Je ne sais pas pourquoi je suis aussi stupéfaite. Peut-être parce qu'il ne semble pas le genre d'homme à aller voir un psy.

Il me sourit.

— Oui, j'en ai vu un pendant un certain temps.

— Pourquoi ?

Il hausse des épaules.

— Parce que j'ai pensé que ça pourrait m'aider.

— Vous aider à moins vous comporter en psychopathe ?

— Non, Nora. Il me regarde ironiquement. Si j'étais vraiment un psychopathe, rien ne pourrait m'en empêcher.

— Pourquoi alors ? Je sais que ce sont des questions très intimes, mais il semble qu'il me doit la vérité. Et d'ailleurs si on ne peut pas être intime avec un homme qui vient de vous baiser sur la plage, alors quand peut-on l'être ?

— Tu es un petit chaton très curieux, tu sais ? dit-il doucement en mettant la main sur ma cuisse. Tu es sûre que tu veux vraiment le savoir, mon chat ?

Je hoche la tête en essayant de faire comme si ses doigts n'étaient pas à quelques centimètres de la ligne de mon maillot. Les sentir là est à la fois excitant et gênant et met complètement mon équilibre en péril.

— Je suis allé chez un thérapeute après avoir tué ceux qui ont assassiné mes parents, dit-il à voix basse en me regardant. Je croyais que ça m'aiderait.

Je le regarde sans le voir.

— Vous aider à accepter le fait de les avoir tués ?

— Non, dit-il. À accepter le fait que je voulais continuer à tuer.

J'ai la nausée et j'ai la chair de poule là où Julian me touche. Il vient d'admettre quelque chose de tellement affreux que je ne sais même pas comment réagir.

Comme si j'étais au loin, j'entends ma propre voix lui demander :

— Et ça vous a aidé ? Je donne l'impression d'être calme, comme si l'on parlait de la pluie et du beau temps et non pas de quelque chose de tragique.

Il se met à rire.

— Non, mon chat, ça ne m'a pas aidé. Les docteurs ne servent à rien.

— Et vous avez continué à tuer ? L'engourdissement dans lequel j'étais commence à se dissiper et je m'aperçois que je me suis mise à trembler.

— Oui, dit-il, et un sourire sombre apparait sur ses lèvres. Et maintenant, tu es contente de m'avoir posé ces questions ?

Mon sang se glace. Je sais que je devrais me taire maintenant, mais je n'y arrive pas.

— Et vous allez me tuer ?

— Non, Nora. Pendant un moment, il semble exaspéré. Je te l'ai déjà dit.

Je passe ma langue sur mes lèvres, elles sont sèches. C'est ça. Vous allez seulement me faire mal quand vous en aurez envie.

Il ne me détrompe pas. Il se lève et me regarde.

— Je vais me baigner. Tu peux venir avec moi si tu veux.

— Non merci, ai-je dit d'un ton morne. Je n'ai pas envie de nager pour le moment.

— Comme tu voudras, dit-il, et il s'en va puis, il plonge dans l'eau.

Toujours en état de choc je regarde sa silhouette aux larges épaules qui s'éloigne dans l'océan et ses cheveux noirs briller au soleil.

Si le diable est masqué, son masque est vraiment beau.

CHAPITRE DOUZE

Après les révélations de Julian sur la plage je n'ai plus envie de poser de questions pour le moment. Je savais déjà que j'étais captive d'un monstre et ce que j'ai appris aujourd'hui le confirme. Je ne sais pas pourquoi il a été si franc avec moi et ça me fait peur.

Je reste presque entièrement silencieuse pendant le dîner et je me contente de répondre aux questions qu'on me pose. Beth mange avec nous aujourd'hui, Julian et elle ont une conversation animée, ils parlent surtout de l'île et de la manière dont nous avons passé le temps toutes les deux.

— Alors comme ça tu t'ennuies ? me demande Julian, Beth lui a dit que j'en avais assez de lire tout le temps.

Je hausse les épaules pour ne pas en faire toute une histoire. Après ce que je viens d'apprendre aujourd'hui je préférerais vraiment m'ennuyer plutôt que d'être en compagnie de Julian.

Il sourit.

— D'accord, il faudra que j'y remédie. Je t'apporterai une télévision et une collection de films la prochaine fois que j'irai en voyage.

— Merci, ai-je dit de manière machinale en gardant les yeux baissés sur mon assiette. Je suis si malheureuse que j'ai envie de pleurer, mais je suis trop fière pour le faire en leur présence.

— Qu'est-ce que tu as ? demande Beth qui s'aperçoit finalement de ce que mon comportement a d'inhabituel. Est-ce que ça va ?

— Pas vraiment, ai-je dit en me raccrochant volontiers au prétexte qu'elle vient de me donner. Je crois que je suis restée trop longtemps au soleil.

Beth pousse un soupir.

— Je t'avais dit de ne pas t'endormir sur la plage en milieu de journée. Il y fait trente-cinq degrés dehors.

C'est vrai ; elle m'avait prévenue. Mais si je me sens aussi mal aujourd'hui ça n'a rien à voir avec la chaleur, c'est celui qui est assis à table en face de moi qui en est entièrement responsable. Je sais qu'après le dîner il va m'emmener dans la chambre et me baiser à nouveau. Et peut-être me faire mal.

Et comme d'habitude, ça ne me laissera pas indifférente.

C'est ça le pire. À cause de lui, Jake a été roué de coups sous mes yeux. Il a admis être un meurtrier et un psychopathe. Il devrait me répugner. Il ne devrait m'inspirer que de la peur et du mépris. Ressentir le moindre soupçon de désir pour lui est absolument écœurant.

C'est vraiment pervers.

Je suis donc là, j'essaie de manger, le cœur lourd. J'ai envie de me lever et d'aller dans ma chambre, mais j'ai peur que ça accélère l'inévitable.

Finalement, le dîner se termine. Julian me prend la main et m'emmène en haut. J'ai l'impression d'aller à l'échafaud, même si ça semble mélodramatique. Il a dit qu'il n'avait pas l'intention de me tuer.

Quand nous sommes dans la chambre, il s'assied sur le lit et m'attire entre ses jambes. Je voudrais résister, lui offrir au moins un semblant de résistance, mais entre mon cerveau et mon corps la communication ne passe plus. Je reste donc là en silence, tremblant des pieds à la tête pendant qu'il me regarde. Ses yeux passent les traits de mon visage en revue, s'attardent sur ma bouche puis descendent à mon décolleté où mes tétons sont visibles à travers le fin tissu de ma robe. Ils se dressent, non pas d'excitation, mais de froid, il me semble. Beth a dû allumer la climatisation pour la nuit.

— Très joli, dit-il finalement en levant la main et en me caressant la mâchoire. Ta peau dorée est si douce.

Je ferme les yeux pour ne pas voir ce monstre devant moi. *Je voulais continuer à tuer… Je voulais continuer à tuer…* Ces mots me reviennent sans cesse à l'esprit, comme une chanson sur un disque rayé. Je ne sais comment m'en débarrasser, comment revenir en arrière et effacer de ma mémoire le souvenir de cet après-midi. Pourquoi avoir insisté pour le savoir ? Pourquoi avoir fouillé et fouiné jusqu'à obtenir de telles réponses ? Le résultat c'est que je ne pense plus qu'à une seule chose, celui qui est en train de me caresser est un impitoyable meurtrier.

Il se penche pour se rapprocher encore de moi et je sens la chaleur de son haleine dans mon cou.

— Tu regrettes de m'avoir posé toutes ces questions, me murmure-t-il à l'oreille. Tu le regrettes, Nora ?

Il me fait tressaillir et j'ouvre les yeux. Est-ce qu'en plus il peut lire dans mes pensées ?

En me voyant réagir ainsi il recule et sourit. Il y a quelque chose d'encore plus glaçant dans ce sourire. Je ne sais pas ce qu'il a ce soir, mais ça me fait encore plus peur que tout ce qu'il a pu faire jusqu'à présent.

— Tu as peur de moi, n'est-ce pas, mon chat ? dit-il d'une voix douce tout en m'emprisonnant toujours entre ses jambes. Je te sens trembler comme une feuille.

J'aimerais le détromper, être courageuse, mais je n'y arrive pas. *C'est vrai*, je tremble, j'ai peur.

— Je vous en prie, je murmure, sans même savoir pourquoi je le supplie. Il ne m'a encore rien fait.

Alors il me repousse légèrement pour me libérer. Je recule de quelques pas, heureuse de mettre un peu de distance entre nous.

Il se lève et quitte la pièce.

Je le suis des yeux, j'ai du mal à croire qu'il vient de me laisser seule. Serait-il possible qu'il n'ait pas envie de coucher tout de suite avec moi ? C'est vrai qu'il m'a déjà prise tout à l'heure sur la plage.

Et juste au moment où je me sens soulagée, Julian revient avec un sac de sport noir à la main.

Mon visage blêmit. Des pensées terrifiantes me viennent à l'esprit. Qu'est-ce qu'il peut bien avoir là-dedans, des couteaux, des revolvers, des instruments de torture ?

Quand il en sort un bandeau et un petit godemiché, je lui en suis presque reconnaissante. *Des accessoires sexuels.* Ce ne sont que des accessoires sexuels. À choisir, je préfère le sexe à la torture.

Évidemment avec Julian l'un ne va pas forcément sans l'autre comme je vais m'en apercevoir cette nuit.

— Déshabille-toi, Nora, me dit-il en revenant s'asseoir sur le lit. Il y pose le bandeau et le godemiché. Enlève tes vêtements, lentement.

Je me fige. Il veut que je me déshabille sous ses yeux ? Un instant, je pense refuser puis je commence maladroitement à le faire. Il m'a déjà vue nue aujourd'hui. À quoi servirait-il d'être pudique maintenant ? Et d'ailleurs, je sens quelque chose d'étrange qui vient de lui. Ses yeux brillent d'une excitation qui va au-delà du désir.

Une excitation qui me glace le sang.

Il regarde tomber ma robe et me débarrasser de mes tongs. Mes gestes manquent de souplesse, je suis raide de peur. Un homme normal ne serait vraisemblablement pas allumé par un tel strip-tease, mais je vois l'excitation de Julian. Sous ma robe, je porte une culotte en dentelle de couleur crème. Le froid de l'air me passe sur la peau et raidit encore mes tétons.

— Et maintenant ta culotte, dit-il.

J'avale ma salive et je fais descendre ma culotte le long de mes jambes. Puis je l'enlève.

— C'est bien, dit-il d'un air approbateur. Et maintenant, viens ici.

Cette fois, je suis incapable de lui obéir. Mon instinct de conservation se déchaîne, il me dit de m'enfuir, mais pour aller où ? Si je prends la porte, Julian me rattrapera immédiatement, et de toute façon je ne peux pas m'enfuir de cette île.

Si bien que je reste sur place, pétrifiée, nue, et grelottante.

Julian se lève à son tour. Contrairement à ce que je croyais, il ne semble pas en colère. Au contraire, il semble presque… satisfait.

— Je constate que j'avais raison de commencer ton dressage ce soir, dit-il en se rapprochant de moi. J'ai été trop indulgent avec toi à cause de ton inexpérience. Je ne voulais pas te détruire, t'abîmer de manière irrémédiable…

Il tourne autour de moi comme un requin autour de sa proie et je tremble de plus belle.

— Mais je dois te conformer à mes désirs, Nora. Tu es déjà proche de la perfection, mais il y a encore ces petits écarts de temps en temps… Il laisse descendre ses doigts le long de mon corps en ne prêtant pas attention à mes réactions, je me hérisse sous ses caresses.

— Je vous en prie, je murmure, je vous en prie, Julian, je suis désolée. Je ne sais même pas de quoi je suis désolée, mais pour éviter ce « dressage » dont il parle, je suis prête à dire n'importe quoi.

Il me sourit.

— Il ne s'agit pas d'une punition, mon chat. Il se trouve seulement que j'ai certains besoins, voilà tout. Et je veux que tu puisses les satisfaire.

— De quels besoins parlez-vous ? Mes paroles sont à peine audibles. Je ne veux pas le savoir, vraiment pas, pourtant je n'ai pas pu m'empêcher de le demander.

— Tu verras bien, dit-il en me prenant l'avant-bras et en me menant vers le lit. Quand nous y sommes il prend le bandeau et me l'attache sur les yeux. J'ai le réflexe de porter les mains au visage, mais il les rabaisse et elles pendent le long de mon corps.

J'entends des bruits, des froissements, comme s'il cherchait quelque chose dans son sac. La terreur m'envahit de nouveau et je ne peux m'empêcher d'essayer d'arracher le bandeau, mais il m'attrape par les poignets. Ensuite, il me les attache derrière le dos.

Alors je commence à pleurer, sans un bruit. Mes larmes mouillent le bandeau qui me recouvre les yeux. Je sais bien que j'étais impuissante avant, même sans bandeau et sans être ligotée, mais mon sentiment de vulnérabilité est mille fois pire maintenant. Je sais aussi que certaines femmes aiment ça et jouent à ce genre de jeux avec leur partenaire, mais Julian n'est pas mon partenaire. J'ai lu assez de livres pour connaître les règles et je sais qu'il ne les respecte pas. Ce qui se passe ici va à l'encontre de la sécurité, du bon sens et du consentement mutuel.

Et pourtant, quand Julian met la main entre mes jambes pour m'y caresser, je m'aperçois avec horreur que je suis mouillée.

Ce qui lui fait plaisir. Il ne dit rien, mais je sens sa satisfaction quand il commence à jouer avec mon clitoris et à me mettre de temps en temps un doigt dedans pour évaluer mes réactions à ses stimulations. Il sait exactement ce qu'il fait, il n'y a aucune hésitation dans ses gestes. Il sait comment provoquer mon excitation, comment me toucher pour me faire jouir.

Je déteste qu'il s'y prenne si bien pour me donner du plaisir. À combien de femmes l'a-t-il fait avant moi ? Il est évident qu'il faut de l'expérience pour savoir si bien provoquer l'orgasme d'une femme malgré sa peur et sa réticence.

Évidemment, mon corps se moque de tout ça. À chaque caresse des doigts habiles de Julian, la tension monte et s'intensifie en moi et une pression insidieuse commence à naître dans mon bas-ventre. Je gémis et mes hanches se poussent involontairement vers lui tandis qu'il continue à jouer avec mon sexe. Il ne me touche nulle part ailleurs, juste là, mais ça semble suffire à me rendre folle.

— Oh oui, murmure-t-il en se penchant pour m'embrasser le cou. Jouis pour moi, mon chat.

Et comme pour obéir à ses ordres mes muscles intimes se contractent… et l'orgasme me traverse de toutes ses forces. J'en oublie d'avoir peur ; à ce moment-là, j'oublie tout sauf le plaisir qui explose dans mes terminaisons nerveuses.

Avant que je puisse m'en remettre, il me pousse sur le lit à plat ventre. Je l'entends bouger, il fait quelque chose, puis il me soulève et me place sur une montagne d'oreillers et me relève les hanches. Maintenant, je suis sur le ventre, les fesses en l'air et les mains ligotées derrière le dos, encore plus vulnérable et davantage à sa merci qu'avant. Je tourne la tête de côté pour ne pas m'étouffer dans le matelas.

Mes larmes qui s'étaient presque arrêtées reprennent de plus belle. Je soupçonne ce qu'il a l'intention de faire, et ce soupçon est terrible.

Il me couvre de lubrifiant pour me préparer à ce qui va suivre.

— Je vous en prie, ne faites pas ça ! C'est comme si l'on m'avait arraché ces mots. Je sais que ça ne sert à rien de le supplier. Je sais qu'il est sans pitié et que ça l'excite de me voir comme ça, mais je ne peux m'en empêcher. Je ne peux accepter cette violation supplémentaire. C'est plus fort que moi, je répète : je vous en prie…

— Chut, bébé ! murmure-t-il en caressant la courbe de mes fesses de sa grande paume. Je vais t'apprendre à jouir de ça aussi.

J'entends d'autres bruits et puis je sens qu'il a poussé quelque chose en moi, dans mon autre ouverture. Je me raidis et je contracte mes muscles de toutes mes forces, mais il m'est impossible de résister à une telle pression et la chose commence sa pénétration.

— Arrêtez ! je gémis alors que je sens la douleur commencer à me brûler, et cette fois Julian en tient compte et s'arrête un instant.

— Détends-toi, mon chat, dit-il d'une voix douce en me caressant la jambe. Si tu te détends, ça se passera beaucoup mieux.

— Enlevez-le, l'ai-je supplié, je vous en prie, enlevez-le.

— Nora, dit-il d'une voix qui est devenue dure tout à coup, je t'ai dit de te détendre. Ce n'est qu'un petit jouet. Si tu te détends, ça ne te fera pas mal.

— Mais la seule chose qui compte c'est de me faire mal, je lui dis avec amertume. C'est bien comme ça que vous prenez votre pied ?

— Tu veux que je te fasse mal ? Sa voix est douce, presque comme celle d'un hypnotiseur. C'est vrai que ça me ferait plaisir, tu as raison… C'est ça que tu veux, mon chat ? Que je te fasse mal ?

Non, ce n'est pas ce que je veux. Absolument pas. Je secoue presque imperceptiblement la tête et je fais de mon mieux pour me détendre. Mais je n'ai pas l'impression d'y arriver. Elle est trop insupportable, cette sensation d'avoir quelque chose d'extérieur qui me rentre dedans.

Et pourtant Julian est content de mes efforts.

— Bien, chantonne-t-il. C'est bien, et voilà… Il continue d'appuyer et la chose s'enfonce encore davantage, centimètre par centimètre, au-delà de la résistance de mon sphincter. Quand elle est jusqu'au bout, il s'arrête et me laisse m'habituer à cette nouvelle sensation.

L'impression de brûlure est toujours là et j'ai presque la nausée avec cette sensation d'être pleine à ras bord. Je m'efforce de respirer régulièrement, par petites bouffées et de ne pas bouger. Environ une minute plus tard la douleur commence à se dissiper et je n'ai plus que l'impression déconcertante d'avoir un objet étranger à l'intérieur du corps.

Julian laisse l'accessoire en place et commence à me caresser de la tête aux pieds, ses gestes sont étrangement doux. Il commence par mes pieds qu'il frotte et où il trouve tous les points où se noue la tension qu'il dissipe en les massant. Puis il remonte sur mes mollets et mes cuisses que la tension fait presque vibrer. Sur mon corps, ses mains sont habiles et pleines d'assurance. C'est plus efficace que n'importe quel massage. Malgré toute ma résistance, je me sens fondre entre ses mains et mes muscles se détendent complètement sous ses doigts. Quand il arrive à mon cou et à mes épaules, je suis plus détendue que je ne l'ai jamais été depuis le jour où je me suis réveillée ici. Si je n'avais pas eu les yeux bandés, si je n'étais pas ligotée et si je n'avais pas été sodomisée j'aurais l'impression d'être dans un centre de bien-être.

Vingt minutes plus tard quand il enlève le godemiché il glisse sans me faire le moindre mal. Il le remet en place et cette fois je ne sens presque rien. En fait, c'est presque… intrigant comme sensation, surtout quand les doigts de Julian recommencent à me stimuler le clitoris.

Je ne résiste pas à ce plaisir. Et pourquoi le ferais-je ? Je préfère toujours le plaisir à la souffrance. Julian va faire ce qu'il voudra, autant en profiter quand c'est possible.

Alors je ne pense plus à ce que tout cela a d'affreux et je m'abandonne à mes sensations. Comme mes yeux sont bandés je ne vois rien, et comme mes mains sont ligotées derrière mon dos je ne peux pas vraiment me débattre. Je suis complètement impuissante, et d'une certaine manière c'est très libérateur. Inutile de s'inquiéter, inutile de réfléchir. Je me laisse aller dans le noir, et l'endorphine libérée par le massage me fait planer.

Il me baise avec le godemiché tout en me caressant le clitoris. Ses gestes sont rythmés et bien coordonnés, je me mets à gémir quand mon sexe commence à vibrer, à chaque coup la pression monte en moi. D'un coup, la tension est à son comble et brusquement une violente vague de plaisir m'irradie tout entière. Mes muscles se contractent autour du jouet et cette sensation inhabituelle ne fait qu'accroître l'intensité de mon orgasme. Incapable de me contrôler, je me mets à crier en me frottant contre les doigts de Julian. Je voudrais que cette extase se prolonge à jamais.

Mais bien trop vite, c'est fini et j'en reste toute pantelante et tremblante. Évidemment, Julian n'en a pas fini avec moi, loin de là. Alors que je commence tout juste à m'en remettre, il enlève le jouet et me pénètre autrement, avec quelque chose de beaucoup plus gros. Je m'aperçois que c'est sa verge et je me contracte de nouveau quand il commence à pousser.

— Nora… Il y a quelque chose dans sa voix qui est une mise en garde et je sais ce qu'il attend de moi, mais je ne sais pas si ça sera possible. Je ne sais pas si je peux me détendre suffisamment pour lui permettre d'entrer. C'est trop : il est trop gros et trop long. Je ne crois pas que quelque chose d'aussi gros puisse me pénétrer sans me mettre en lambeaux.

Mais il s'acharne et je sens mes muscles céder lentement, ils sont incapables de résister à la pression qu'il leur inflige. Son gland est maintenant au-delà de l'anneau étroit de mon sphincter et je me mets à crier tant ça me brûle et ça m'étire.

— Chut ! dit-il pour m'apaiser et il me caresse le dos tout en continuant d'avancer plus profondément.

Une fois qu'il est jusqu'au bout, je suis une vraie loque, je tremble et je suis en sueur. Oui, c'est parce que ça me fait mal, mais c'est aussi à cause de cette sensation nouvelle, sentir mon corps envahi de quelque chose d'aussi gros et d'une manière aussi étrange, aussi contraire à la nature. Je sais bien qu'il y a des gens qui le font, et même qui sont censés y trouver du plaisir, mais je ne peux pas imaginer le faire un jour volontairement.

Il s'arrête, me laisse le temps de m'habituer et je sanglote doucement sur le matelas, je ne souhaite qu'une chose, que ça se termine. Mais il est patient et il me caresse pour m'aider à me détendre jusqu'à ce que je cesse de pleurer et que je revienne à moi.

Dès que je me sens moins mal, il s'en aperçoit et recommence à bouger lentement en moi, en prenant des précautions. J'entends son souffle rauque et je sais qu'il fait un grand effort pour se contrôler, il voudrait sans doute me baiser plus fort, mais il essaie de ne pas « m'abîmer de manière irrémédiable ». Et pourtant ses mouvements me secouent dans tous les sens et je hurle à chaque coup.

Alors, quand j'ai vraiment l'impression d'être à bout, il glisse une main sous mes hanches et retrouve mon clitoris déjà enflé. Ses doigts sont doux, ses caresses légères et je reconnais une sensation familière dans mon ventre, mon corps réagit à son toucher malgré la violation qu'il m'inflige. Ce qu'il fait maintenant ne m'empêche pas de souffrir, mais me distrait de la souffrance en me permettant de me concentrer sur le plaisir. Je ne savais pas que le plaisir et la souffrance pouvaient cohabiter de cette manière, mais c'est une combinaison étrange, puissante comme une drogue, quelque chose de ténébreux et d'interdit qui trouve son écho dans une part de moi dont j'ignorais jusqu'ici l'existence.

Il accélère son rythme et d'une certaine manière ça me fait moins mal. Peut-être certaines de mes terminaisons nerveuses sont-elles devenues insensibles ou bien peut-être est-ce que je commence simplement à m'habituer à le sentir en moi, mais la souffrance se dissipe et disparait presque. Il ne reste alors qu'une foule d'autres sensations, des sensations étranges, inconnues, qui m'intriguent à leur manière. Sans parler du plaisir que me donnent ses doigts qui savent si bien jouer avec mon sexe et qui m'excitent jusqu'à ce que je me mette à crier pour une autre raison et que je supplie Julian de le faire tout de suite, de me faire jouir encore une fois.

Et il y arrive. Tout mon corps se contracte et c'est une véritable explosion, une délivrance dont la force me fait trembler tout entière. Il se met à gronder quand mes muscles se resserrent autour de sa verge et je sens le liquide chaud de sa semence me baigner au plus profond, elle est salée et brûle ma chair à vif.

— C'est bien, me murmure-t-il à l'oreille tandis que sa verge se ramollit en moi. Il embrasse le lobe de mon oreille et la tendresse de ce geste offre un tel contraste avec ce qu'il vient de faire que j'en suis désorientée. Est-ce une conduite normale de la part d'un ravisseur ? Quand il se retire je me sens vide et j'ai froid, c'est presque comme si la chaleur de son corps étreignant le mien me manquait.

Mais il ne me laisse pas seule longtemps. D'abord, il me détache les mains et les frictionne légèrement puis il ôte mon bandeau. Je cligne des yeux, ils s'habituent à la douce lumière de la pièce et je fais bouger mes bras en me relevant sur les coudes.

— Viens ! dit-il d'une voix douce et en me prenant par l'avant-bras. Je t'emmène prendre une douche.

Je le laisse m'aider à me mettre debout et m'emmener dans la salle de bain. Je ne sais pas si j'aurais eu la force d'y aller toute seule.

Il fait couler la douche, attend quelques secondes que l'eau soit assez chaude et nous conduit tous les deux dans la vaste cabine. Puis il me lave des pieds à la tête et rince toute trace de lubrifiant et de sperme. Il me lave même les cheveux, il dépose du démêlant, et quand il me masse le cuir chevelu il m'aide encore à me détendre. Quand il a terminé, je me sens propre et choyée.

— Et maintenant, à ton tour ! dit-il en me retournant la main et en y mettant du savon liquide.

— Vous voulez que je vous savonne ? je dis d'un ton incrédule et il hoche la tête avec un petit sourire. L'eau qui ruisselle sur son corps musclé le rend encore plus beau que d'habitude, beau comme un dieu marin.

Non, comme un monstre marin, je rectifie for intérieur. Un beau monstre marin.

Il continue de me regarder et d'attendre, attendre de voir si je vais faire ce qu'il m'a demandé, et je hausse les épaules. Et d'ailleurs pourquoi pas ? Cela ne me fera aucun mal. De plus, j'ai beau le détester, je ne peux nier que je suis curieuse de le voir nu, et que ça m'excite de le toucher.

Alors je me frotte les mains et je les promène sur son torse pour savonner sa peau bronzée. Il lève les bras et je lui lave les flancs, les aisselles et le dos.

Sa peau est lisse presque partout, sauf là où il a des poils noirs et virils. Je sens ses muscles puissants se contracter sous mes doigts et je m'aperçois que l'expérience me plait. À cet instant, je pourrais presque faire comme si j'étais ici de mon plein gré et que cet homme superbe soit mon amant et non pas mon ravisseur.

Je le lave aussi minutieusement qu'il m'a lavée, mes mains savonneuses glissent sur ses jambes, sur ses pieds. Quand j'arrive à son sexe, sa verge commence à se durcir de nouveau et je me fige en m'apercevant que sans le vouloir mes bons soins l'ont excité.

À juste titre, il interprète ma réaction comme de la peur.

— Détends-toi mon chat, murmure-t-il d'une voix très amusée. Je ne suis qu'un homme, tu sais. Aussi délicieuse sois-tu, j'ai besoin de plus de temps que ça pour reprendre des forces.

J'avale ma salive et je me retourne pour me rincer les mains sous la douche. Que diable ai-je donc fait ? Il ne m'a pas forcée à le toucher. Je l'ai fait de mon propre chef. Il me l'a demandé, mais je suis presque certaine que j'aurais pu refuser et qu'il aurait laissé tomber. L'humeur ténébreuse que j'ai sentie en lui plus tôt dans la soirée a disparu. En fait, Julian semble gai maintenant, presque taquin.

Je veux alors sortir de la douche et je fais mine de lui passer devant. Il m'arrête en me barrant le chemin du bras.

— Attends ! dit-il d'une voix douce et en me relevant le menton. Puis il baisse la tête et m'embrasse, ses lèvres sont douces et tendres sur les miennes. Mon corps réagit comme d'habitude, ma température grimpe et j'ai envie de me frotter contre lui comme une chatte en chaleur. Mais il s'arrête vite, relève la tête et me sourit, ses yeux bleus brillant de satisfaction.

— Et maintenant, tu peux y aller.

Totalement déroutée, je sors de la douche, je me sèche et je m'enfuis dans ma chambre à toute vitesse.

CHAPITRE TREIZE

Cette nuit, je me suis aperçue que Julian faisait des cauchemars.

Après la douche, il me rejoint au lit, son corps musclé m'étreint par-derrière, il a posé son bras lourd sur mon torse. D'abord, je me raidis en me demandant ce qui va se passer, mais il se contente de s'endormir en me tenant près de lui. J'entends le rythme de sa respiration tout en gardant les yeux ouverts dans l'obscurité puis petit à petit je m'endors à mon tour.

C'est un bruit étrange qui m'a réveillée. Ce bruit me sort brusquement d'un profond sommeil et quand j'ouvre les yeux d'un coup, une giclée d'adrénaline accélère les battements de mon cœur.

Qu'est-ce qui s'est passé ? Pendant un instant, je n'ose respirer puis je m'aperçois que ça vient de l'autre côté du lit, de celui qui dort près de moi.

Je m'assieds dans le lit et je le scrute des yeux. Il a dû rouler et s'écarter de moi pendant la nuit en prenant toutes les couvertures. Je suis complètement nue et j'ai même un peu froid, la climatisation est à fond.

Les sons qui s'échappent de sa poitrine sont étouffés, mais ils ont quelque chose de violent qui me donne la chair de poule. On a l'impression d'un animal qui souffre. Il a du mal à respirer comme s'il luttait pour reprendre haleine.

— Julian ? ai-je dit avec inquiétude. Je ne sais vraiment pas que faire dans cette situation. Est-ce que je devrais le réveiller ? Visiblement, il fait un mauvais rêve. Je me souviens de ce qu'il m'a dit à propos de sa famille, ils ont tous été assassinés, et je ne peux m'empêcher d'avoir pitié de ce bel homme pervers.

Il se met à crier, sa voix est grave et rauque, puis il se retourne sur le dos avec un bras sur l'oreiller, il n'est qu'à quelques centimètres de moi.

— Hum, Julian ? Je tends la main avec précaution et touche la sienne.

Il marmonne quelque chose et tourne la tête sans se réveiller. Si nous n'étions pas ici, ce serait l'occasion idéale de s'enfuir. Mais dans les circonstances actuelles, il ne servirait vraiment à rien d'aller où que ce soit si bien que je continue à regarder Julian avec prudence en me demandant s'il va se réveiller de lui-même ou si je devrais essayer plus énergiquement de le faire.

Ensuite, j'ai l'impression qu'il est moins agité et que sa respiration commence à se calmer un peu. Puis tout d'un coup, il se met à crier.

C'est fois-ci, je reconnais un prénom.

— Maria, crie-t-il d'une voix rauque, Maria…

Pendant un instant, je suis choquée de ma propre réaction, j'ai senti une vague brûlante de jalousie déferler sur moi. *Maria…* Il rêve d'une autre femme.

Puis mon côté rationnel reprend le dessus. Maria pourrait parfaitement être sa mère ou sa sœur, et même si ce n'est pas le cas, qu'est-ce que ça peut me faire s'il rêve d'elle ? Après tout, Julian n'est pas mon petit ami.

J'avale donc ma salive et je tends de nouveau la main vers lui en réprimant les pointes de jalousie qui me restent.

— Julian ?

Dès que mes doigts touchent son bras, il m'attrape d'un geste si brusque qu'il me prend au dépourvu, je n'ai que le temps de laisser échapper un petit cri quand il m'attire vers lui. L'étau de ses bras se resserre, son étreinte me fait presque suffoquer et je le sens trembler quand il me serre tout contre lui, mon visage appuyé contre son épaule. Il a froid, il est couvert de sueur et j'entends son cœur battre à tout rompre dans sa poitrine.

— Maria, marmonne-t-il encore, la bouche dans mes cheveux. Il s'agrippe si fort à mon dos que j'en suis certaine, demain j'aurai des bleus. Et pourtant ça m'est égal parce que je sais qu'il ne le fait pas exprès. Il est en plein cauchemar, il a besoin de réconfort, et je suis seule à pouvoir l'aider en ce moment.

Après quelques instants, je l'entends respirer plus paisiblement. Ses bras se détendent un peu et ses battements de cœur commencent à retrouver un rythme plus normal.

— Maria, murmure-t-il encore, mais sa voix est moins triste cette fois comme s'il revivait des moments plus heureux avec elle.

Je reste dans ses bras, sans bouger pour ne pas le réveiller maintenant que son sommeil est paisible. Ce n'est pas seulement pour le réconforter. Malgré tout ce qu'il m'a fait subir, je dois avouer qu'une part de moi veut recevoir de lui cette sensation d'intimité et de sécurité. Il représente tout ce dont je dois avoir peur, d'un point de vue rationnel je le sais bien ; mais ça n'a pas d'importance parce que pour le moment il me semble que c'est aussi lui qui me protège des ténèbres et qui me protège d'autres monstres qui pourraient rôder au-dehors.

Tout comme je le protège de ses cauchemars.

* * *

Quand je me réveille le lendemain matin, Julian est parti.

— Où est-il ? ai-je demandé à Beth au petit déjeuner en la regardant me préparer une mangue. Je sens encore quelque chose de désagréable quand je marche, un souvenir des tendances sexuelles peu orthodoxes de mon ravisseur.

— C'est son travail, quelque chose d'urgent, dit-elle. Les mouvements de ses mains ont une grâce et une efficacité que je ne peux m'empêcher d'admirer. Mais il devrait être de retour dans deux ou trois jours.

— Quelle sorte d'urgence ?

Beth hausse les épaules.

— Je ne sais pas. Tu pourras le demander à Julian quand il reviendra.

Je la regarde pour essayer de comprendre quelles sont ses motivations… et celles de Julian.

— Tu as dit que je suis la première qu'il ait amenée ici, dans cette île, ai-je dit en m'efforçant de parler d'un ton neutre. Alors qu'a-t-il fait des autres ?

— Il n'y en a pas eu d'autres. Elle a fini de préparer la mangue et l'a placée sur une assiette devant moi avant de s'asseoir pour prendre son petit déjeuner.

— Alors, pourquoi me faire ça à moi ? Je sais qu'il a des goûts spéciaux, mais il y a évidemment des femmes à qui ça plait aussi…

Beth me sourit et montre des dents blanches très régulières.

— Bien sûr. Mais c'est de toi dont il a envie.

— Pourquoi ? Qu'est-ce que j'ai de si particulier ?

— C'est à Julian qu'il faudra le demander.

Toujours cette réponse qui n'en est pas une. Sa manière de se dérober à mes questions me donne envie de hurler. Je pique un morceau de mangue avec ma fourchette et je la mâche lentement en réfléchissant.

— C'est à cause de Maria ? Je ne suis pas certaine de savoir ce qui me pousse à le lui demander, mais je n'arrive pas à m'ôter ce nom de la tête.

Visiblement, c'est exactement la question qu'il fallait poser parce que Beth s'arrête tout net.

— Julian t'a parlé de Maria ? Elle semble stupéfaite.

— Il m'a dit son nom. Ce n'est pas vraiment un mensonge. J'ai entendu ce nom, même si Julian l'ignore. Pourquoi cela te surprend-il ?

Elle hausse de nouveau les épaules et semble moins surprise.

— Non, en y réfléchissant ça ne m'étonne pas tant que ça. S'il en parle à quelqu'un, ce sera sans doute à toi.

Moi ? Pourquoi ? Je brûle de curiosité, mais j'essaie de rester impassible comme si je le savais déjà.

— Évidemment, ai-je dit calmement en continuant de manger.

— Alors tu comprends de quoi il s'agit, Nora. En tout cas, tu en comprends une partie. Tu lui ressembles tellement. Je l'ai vue en photo, elle aurait pu être ta petite sœur.

— À ce point-là ? Mon cœur bat la chamade. Je ne me serais jamais attendue à ça, Beth vient de me donner ces renseignements sur un plateau.

Elle fronce les sourcils.

— Il ne te l'avait pas dit ?

— Non, ai-je répondu. Il ne m'a pas dit grand-chose. Juste quelques mots.

Juste son nom qu'il a crié quand il faisait un cauchemar.

Beth ouvre grands les yeux en s'apercevant qu'elle vient de m'en dire trop. Elle semble d'abord mal à l'aise puis elle retrouve sa sérénité.

— Tant pis, dit-elle. Eh bien, maintenant tu le sais. Évidemment, il faudra que je le dise à Julian.

J'avale ce que j'ai dans la bouche et ça ne passe pas. Je ne veux pas qu'elle dise quoi que ce soit à Julian. Je ne sais pas ce qu'il va me faire quand il saura que j'ai entendu parler de Maria, que je l'ai vu être aussi vulnérable.

Toujours ma stupide curiosité.

— Pourquoi ? ai-je dit. C'est à toi qu'il va en vouloir, pas à moi.

— Je n'en suis pas certaine, Nora, dit Beth avec un sourire légèrement malicieux. Et d'ailleurs, je ne cache jamais rien à Julian. Il a un don pour obliger les gens à dire leurs secrets.

Et elle se lève pour faire la vaisselle.

* * *

Je passe les deux jours qui suivent tantôt à me poser des questions sur Maria tantôt à m'inquiéter à propos du retour de Julian.

Qui est donc Maria ? Visiblement quelqu'un qui me ressemble. Qui me ressemble tellement qu'elle pourrait être ma petite sœur, a dit Beth. Alors quel âge a-t-elle ? Et quel est son lien avec Julian ? Ces questions m'obsèdent tellement qu'elles m'empêchent de dormir. Il m'a enlevée à cause de cette ressemblance, voilà au moins quelque chose d'évident. Mais pourquoi ? Que lui est-il arrivé ? Pourquoi apparait-elle dans ses cauchemars ?

Je veux savoir, je veux comprendre, et pourtant je redoute les réactions de Julian quand il reviendra et qu'il s'apercevra que j'ai essayé d'en savoir plus. Je pourrais toujours essayer de lui expliquer que je l'ai appris par hasard, sans avoir l'intention de m'immiscer dans son intimité, mais je suis vraiment convaincue que mon ravisseur ne sera pas particulièrement compréhensif.

Beth ne m'en dit pas davantage au sujet de Maria. En fait, elle me parle très peu. Elle fait partie de ces rares personnes qui semblent contentes d'être seules. À sa place, je deviendrais folle, coincée ici sur cette île à se contenter de faire la cuisine, le ménage et de s'occuper du petit jouet sexuel de Julian, mais elle semble parfaitement satisfaite de son sort.

Mais *moi* par contre je suis tout sauf satisfaite. Je pense sans cesse à ma vie d'avant, ma famille et mes amis me manquent. Ils pensent sans doute que je suis morte maintenant. J'imagine qu'on a dû lancer d'importantes recherches pour me retrouver, mais sans doute sans le moindre résultat.

Je pense aussi à Jake, je me demande s'il s'est remis de son agression. Le complice de Julian l'a tabassé avec une telle brutalité… Est-ce que Jake sait que c'est de ma faute ? Est-ce qu'il sait que c'est à cause de moi qu'il a été agressé chez lui ?

Je respire profondément en me disant que ça n'a pas d'importance qu'il le sache ou pas. Ce qui a pu se passer entre Jake et moi est terminé. Maintenant, j'appartiens à Julian et ça ne sert à rien de penser à quelqu'un d'autre.

D'une certaine manière, j'ai de la chance. Je le sais. Je suis certaine qu'il y a beaucoup de filles qui sont moins bien loties que moi. Un jour, j'ai vu un documentaire sur l'esclavage sexuel et les images de ces femmes aux yeux caves m'ont hantée des jours durant. Elles semblaient brisées, totalement détruites par ce qu'on leur avait infligé, et même le fait d'avoir été sauvées ne semblait pas effacer la souffrance de leur visage.

Ma captivité est différente. Elle est plus agréable et plus confortable. Julian n'essaie pas de me détruire et je lui en suis reconnaissante. J'ai beau être son esclave sexuelle, au moins il est mon seul maître. La situation pourrait être bien pire.

Ou du moins, c'est ce que je me dis en attendant son retour et en espérant éperdument que ses réactions quand il apprendra mon indiscrétion ne seront pas aussi terribles que je le crains.

CHAPITRE QUATORZE

Julian revient au milieu de la nuit. Mon sommeil devait être léger parce que je me suis réveillée dès que j'ai entendu le petit murmure d'une conversation au rez-de-chaussée. La voix grave de mon ravisseur alterne avec les intonations plus féminines de Beth et je me doute bien de quoi ils parlent.

Je m'assieds dans le lit, mon cœur bat à tout rompre. Je me lève, j'enfile rapidement les vêtements que j'ai portés hier et je cours me rafraîchir à la salle de bain. Je ne sais pas pourquoi j'ai envie de me laver les dents maintenant, mais c'est comme ça. Je veux être aussi réveillée et aussi prête que possible pour affronter ce que Julian décidera de me faire.

Et puis je me rassieds sur le lit et j'attends.

Finalement, la porte de ma chambre s'ouvre et Julian entre. Il a l'air plus fatigué que d'habitude, avec des cernes sombres sous les yeux et une barbe de deux ou trois jours alors qu'il est toujours rasé de frais. Ces imperfections devraient le rendre moins beau, mais elles ne font que l'humaniser un peu et d'une certaine manière ça rend encore plus séduisant.

— Tu es réveillée. Il parait surpris.

— J'ai entendu parler, lui ai-je expliqué en le regardant avec méfiance.

— Et tu as décidé de m'accueillir. Comme c'est gentil de ta part, mon chat.

Je sais qu'il est ironique, je ne dis donc rien et je continue de le regarder. Mes mains sont moites, mais je fais de mon mieux pour lui donner une impression de calme.

Il s'assied sur le lit à côté de moi et lève une main pour me toucher les cheveux.

— Quel mignon petit chat, murmure-t-il en soulevant une mèche épaisse et en me chatouillant la joue avec de manière taquine. Ce petit chaton trop curieux…

J'avale ma salive, ma respiration est courte et haletante. Que va-t-il me faire ?

Il se lève et commence à se déshabiller pendant que je continue à le regarder, pétrifiée par un mélange de peur et d'étrange impatience. Une fois ses vêtements enlevés, je vois son puissant corps viril et je sens une vague de désir déferler sur moi et me brûler de l'intérieur.

Je le désire. Malgré tout ce qui s'est passé, je le désire, et c'est la sensation la plus perverse qui soit. Il va sans doute me faire quelque chose de terrible, mais je le désire quand même plus que je n'ai jamais désiré qui que ce soit.

Au point où j'en suis…

— C'était pareil avec Maria ? lui ai-je demandé à voix basse. Vous la gardiez aussi comme un petit animal de compagnie ?

Il me regarde, ses yeux sont aussi bleus et aussi profonds que l'océan.

— Tu es sûre que tu veux en parler, Nora ? Sa voix est douce et donne une fausse impression de calme.

Je le fixe, contrairement à mon habitude je me sens pleine de témérité.

— Mais oui Julian, j'en suis sûre. Je lui parle d'un ton amer et sarcastique et je m'aperçois qu'une partie de mon audace vient de ma jalousie, parce que je déteste l'idée que cette Maria compte pour Julian. Mais il ne suffit pas de m'en apercevoir pour me taire.

— Qui est-ce ? Une autre fille dont vous avez abusé ?

Son visage s'assombrit et je retiens mon souffle pour voir ce qu'il va faire. D'une certaine manière, j'ai envie de le provoquer. Je veux qu'il me punisse, qu'il me fasse mal. Je le veux parce que j'ai besoin qu'il ne soit qu'un monstre et parce que j'ai besoin de le haïr pour ne pas devenir folle.

Il se dirige vers le lit et s'assied à côté de moi. J'évite de broncher quand il tend la main vers moi et me serre le cou. Il m'attrape la gorge, se penche sur moi, m'effleure la joue à plusieurs reprises comme s'il savourait la douceur de ma peau contre sa mâchoire hérissée de poils durs. Ses doigts ne me font pas mal, mais le geste est menaçant et je me mets d'avance à trembler et à respirer plus vite tellement je suis terrifiée.

Il a un petit rire et je sens son souffle sur mon oreille. Malgré son apparence négligée, son haleine est fraîche et douce comme s'il venait de mâcher un chewing-gum. Je ferme les yeux et j'essaie de me convaincre que Julian ne risque pas de me tuer, qu'il se contente de jouer avec moi.

Il m'embrasse l'oreille en me mordillant légèrement le lobe. En me touchant à cet endroit très sensible il m'envoie des frissons de plaisir dans le dos, ma respiration change encore, elle ralentit et s'intensifie au fur et à mesure que s'accroît mon désir. Je sens le parfum chaud et musqué de sa peau et mes tétons se raidissent à le sentir si près. J'ai de plus en plus mal entre les cuisses et je me tortille un petit peu pour essayer de soulager la tension que je sens monter en moi.

— Tu me désires, n'est-ce pas ? me murmure-t-il à l'oreille en glissant la main sous ma robe et en me caressant doucement le sexe. Je sais qu'il sent que je suis mouillée et je réprime un gémissement quand il introduit son long doigt à l'intérieur et se met à le frotter et à le faire glisser contre mes parois intimes.

— N'est-ce pas, Nora ?

— Oui. Quand il touche un endroit particulièrement sensible, j'en perds le souffle.

— Comment ça, oui ? Sa voix est dure, exigeante. Il veut ma reddition complète.

— Oui, je vous désire, j'admets en balbutiant. Je ne peux le nier plus longtemps. Je désire Julian. Je désire celui qui m'a enlevée, qui me fait souffrir. Je le désire, et à cause de ça, je me déteste.

Alors il retire son doigt et me lâche la gorge. Stupéfaite, j'ouvre les yeux et je croise son regard. Il lève la main vers mon visage et m'appuie le doigt contre les lèvres. C'est celui avec lequel il vient de me pénétrer.

— Suce-le ! ordonne-t-il et j'ouvre la bouche pour lui obéir et pour lui sucer le doigt.

Quand il est satisfait et que son doigt est propre, il le sort de ma bouche et m'attrape le menton en me forçant à le regarder dans les yeux. Je le regarde fixement, fascinée par les stries bleu foncé de ses iris. Mon corps vibre de désir. Je meurs d'envie qu'il me prenne, je le veux, je veux qu'il vienne combler le vide douloureux qui est en moi.

Mais il se contente de me regarder avec un demi-sourire moqueur sur ses belles lèvres.

— Tu crois que je vais te punir ce soir, Nora ? demande-t-il d'une voix douce. C'est ça que tu attends de moi ?

Je cligne des yeux, déroutée par sa question. Bien sûr, c'est à ça que je m'attends. J'ai fait quelque chose qui lui a déplu et il n'hésite pas à me punir même quand je me conduis bien.

Visiblement, il lit la réponse sur mon visage et il a un grand sourire.

— Eh bien, désolé de te décevoir, mais je suis bien trop épuisé ce soir pour te punir comme il le faudrait. La seule chose dont j'ai envie en ce moment c'est de ta bouche.

Et sur ces paroles, il agrippe mes cheveux et m'oblige à me mettre à genoux entre ses jambes si bien que son sexe en érection est à la hauteur de mes yeux.

— Suce-le ! murmure-t-il en baissant les yeux vers moi. Comme tu m'as sucé le doigt.

Ce n'est pas la première fois que je ferai une pipe, j'en ai souvent fait à mon ex, je sais ce qu'il faut faire. Je ferme les lèvres sur toute la largeur de sa verge et je tortille la langue sur son gland. Il est un peu salé, un peu musqué et je relève les yeux vers lui tout en prenant ses bourses dans la main et les caressant doucement. Il gronde, ferme les yeux et sa main se resserre dans mes cheveux alors je continue en laissant monter et descendre ma bouche le long de sa verge et en le prenant plus profondément chaque fois.

Sans trop savoir pourquoi, ça ne me gêne pas de lui donner ce genre de plaisir. En fait, bizarrement, ça me plait. Même si c'est une illusion, j'ai l'impression que c'est lui qui est à *ma* merci en ce moment, que c'est moi qui détiens le pouvoir. J'aime les grondements éperdus qui s'échappent de sa gorge alors que mes mains, mes lèvres et ma langue l'amènent tout près de jouir avant de ralentir encore. J'aime l'expression de souffrance sur son visage quand je prends ses bourses dans ma bouche et que je les suce jusqu'à les sentir se contracter. J'aime sa manière de frissonner quand je passe légèrement mes ongles sous celles-ci et quand finalement il explose j'aime sa manière de prendre ma tête et de me maintenir en place quand il jouit et que sa verge se secoue et vibre dans la bouche.

Quand il me relâche, je me lèche les lèvres pour en enlever les traces de sperme sans le quitter des yeux.

Il baisse les yeux vers moi, sa respiration est toujours haletante.

— C'était bon, Nora. Sa voix est grave et rauque. Très bon. Qui t'a appris à faire ça ?

Je hausse les épaules.

— Je n'étais pas une sainte nitouche avant de vous rencontrer, ai-je dit sans réfléchir.

Il plisse les yeux et je m'aperçois que je viens de commettre une erreur. Voilà un homme qui semble savourer le fait d'avoir pris ma virginité, qui aime le fait que je lui appartienne et que je n'appartienne qu'à lui. Mieux vaut garder pour moi toute allusion à mes ex.

Je suis soulagée de voir qu'il n'a pas l'air de vouloir me punir de cette transgression non plus. En fait, il me relève et me met sur le lit. Puis il me déshabille, éteint la lumière, met son bras autour de moi et me garde près de lui tout en s'endormant

* * *

Ma punition ne m'est infligée que le lendemain soir. De nouveau, Julian passe la journée dans son bureau et je ne le revois qu'au dîner.

Quelle qu'en soit la raison, je n'ai plus aussi peur de lui. Le petit interlude de la nuit dernière et le fait d'avoir dormi entre ses bras ont calmé mon anxiété et me font croire que cette punition ne sera pas aussi terrible que je l'ai d'abord cru. Il ne semble pas particulièrement furieux de savoir que j'ai découvert l'existence de Maria, ce qui est un grand soulagement. J'espère qu'il va même m'épargner, surtout si je me conduis de mon mieux aujourd'hui.

Nous dînons encore tous les trois et j'écoute Julian et Beth parler des dernières nouvelles du Moyen-Orient. Je suis étonnée de voir à quel point ils connaissent bien le sujet. Avant mon enlèvement, je suivais d'assez près l'actualité, mais la plupart des noms d'hommes politiques dont ils parlent me sont inconnus. Mais si Julian dirige vraiment une compagnie d'import-export à l'international, il est logique qu'il se tienne au courant des évènements politiques dans le monde.

Une fois de plus, ma curiosité prend le dessus et je demande à Julian si sa compagnie travaille beaucoup avec le Moyen-Orient.

Il me sourit en piquant un morceau de crevette de sa fourchette.

— Oui, mon chat, on travaille beaucoup avec eux.

— Et c'était là-bas que vous étiez cette fois-ci ?

— Non, dit-il en mordant dans la savoureuse crevette, cette fois-ci j'étais à Hong-Kong.

J'enregistre cette information. Hong-Kong doit être suffisamment près d'ici pour pouvoir y aller en avion, faire ce qu'il a à faire et revenir, le tout en deux jours. J'imagine une carte de l'océan Pacifique. Elle est assez floue, je ne suis pas très forte en géographie, mais il me semble que nous devons être assez près des Philippines.

Beth me propose des pommes de terre au curry pour aller avec les crevettes et je me sers en la remerciant d'un sourire. J'ai remarqué que chaque fois que Julian revient de voyage notre nourriture est plus variée. Je devine qu'à chacun de ses déplacements il rapporte des provisions.

Beth me sourit à son tour et je me rends compte qu'elle est de bonne humeur. En général, elle semble plus heureuse quand Julian est là, plus gaie. Je sais bien que ce ne doit pas être drôle pour elle de devoir toujours supporter mon attitude. On pourrait presque avoir de la sympathie pour elle, mais il faudrait vraiment insister sur le mot « presque ».

— Je ne suis jamais allée en Asie, je dis à Julian. Est-ce que Hong-Kong ressemble à ce que l'on en voit au cinéma ?

Julian me sourit.

— Mais oui, c'est un endroit extraordinaire, sans doute l'une des villes que je préfère. L'architecture est fascinante, et la cuisine… Il feint de se pourlécher. La cuisine est à tomber. Il se frotte le ventre et je me mets à rire, séduite malgré moi.

Le reste du repas se passe tout aussi agréablement. Julian me raconte des histoires drôles sur les différents endroits d'Asie où il est allé et je l'écoute, fascinée ; les histoires les plus incroyables me font rire et m'exclamer. De temps en temps, on entend aussi le rire de Beth, mais c'est surtout comme si c'était Julian et moi qui nous amusions bien ensemble, comme deux amoureux.

Comme la fois où nous avons dîné en tête à tête je m'aperçois que je tombe sous le charme de Julian. D'ailleurs, il ne s'agit pas seulement de charme, il m'hypnotise complètement. Son pouvoir de séduction ne se limite pas à son apparence physique, bien que je ne puisse nier l'attirance physique entre nous deux. Quand il rit ou quand il me sourit sincèrement, je sens une douce chaleur, comme s'il était mon soleil et que je me prélasse sous ses rayons. Chez lui, tout m'attire, sa manière de parler, les gestes qu'il fait pour insister sur quelque chose, les petits plis qu'il a aux coins des yeux quand il me sourit. Et comme c'est aussi un excellent conteur, trois heures entières passent en un éclair quand il me raconte ses aventures au Japon où il a vécu un an pendant son adolescence.

Je ne voudrais pas que ce dîner se termine alors j'essaie de le prolonger autant que possible en reprenant deux, trois, quatre fois de la salade de fruits que Beth a préparée pour le dessert. Je suis certaine que Julian se rend compte de mes tactiques dilatoires, mais ça n'a pas l'air de le déranger.

Finalement, il ne reste plus rien à manger et Beth se lève pour faire la vaisselle. Julian me sourit, et pour la première fois de la soirée je sens un peu revenir ma peur. De nouveau, je devine la nuance ténébreuse de son sourire et je m'aperçois qu'elle n'a jamais cessé d'être là, qu'elle est toujours là chez Julian. L'homme charmeur avec lequel je viens de passer les trois dernières heures n'est pas plus réel que les chimères de mon imagination.

Toujours avec le sourire aux lèvres il me prend la main. C'est un geste de courtoisie, mais je ne peux m'empêcher d'avoir froid dans le dos en voyant une lueur familière dans ses yeux bleus. De nouveau, il ressemble à un ange des ténèbres, sa beauté sublime se colore d'une ombre légèrement maléfique.

J'avale ma salive pour m'éclaircir la gorge, je mets ma main dans la sienne et je le laisse me conduire dans l'escalier. C'est mieux comme ça, c'est plus civilisé. Et ça me permet de faire semblant encore quelques instants, de garder encore un peu l'illusion d'avoir le choix.

Quand nous entrons dans ma chambre, il me demande de me déshabiller et de me coucher sur le lit à plat ventre. Puis il me ligote à nouveau, il m'attache les poignets derrière le dos. Il me met un bandeau sur les yeux et un oreiller sous les hanches. C'est exactement dans cette position qu'il m'a prise la dernière fois et je ne peux m'empêcher de me raidir en pensant à ce que j'ai souffert… et au plaisir qu'il m'a donné.

Va-t-il refaire la même chose ? Va-t-il de nouveau me sodomiser ? Si c'était le cas, ça ne serait pas dramatique. Je n'en suis pas morte la dernière fois et je suis sûre qu'aujourd'hui ça ira aussi.

Si bien qu'en sentant le froid du lubrifiant entre mes fesses j'essaie de me détendre et de lui laisser faire ce qu'il voudra. Il me glisse un godemiché dont la pénétration me prend de cours, mais ne me fait pas particulièrement mal. Comme la dernière fois il laisse l'accessoire à l'intérieur pendant qu'il me fait un massage qui me détend et m'excite. Il m'embrasse dans la nuque, mordille l'endroit si sensible de ma clavicule puis ses lèvres descendent le long de mon dos et embrassent chaque vertèbre. En même temps, un de ses doigts glisse à l'entrée de mon vagin ce qui accroît la tension naissante dans mon bas-ventre.

Quand ma délivrance arrive, elle est si puissante que je me cabre contre le matelas, mon corps est secoué de frissons convulsifs. Et quand je me remets des ondes de choc, Julian retire son doigt et je sens la fraîcheur de l'air sur mon dos quand il s'écarte une seconde.

La langue de feu qui me brûle les fesses est aussi vive qu'elle est inattendue. Stupéfaite, je me mets à crier, j'essaie de me débattre, mais je ne vais pas loin et alors un second coup me frappe, il me fait plus mal que le premier et m'atteint aux cuisses. J'ai compris qu'il me fouettait. Je ne sais pas avec quoi, mais j'entends un sifflement dans l'air chaque fois qu'il frappe mon derrière sans défense tandis que je sanglote et que j'essaie de lui échapper en roulant sur le lit.

Comme il en a assez de me poursuivre, il me détache les mains et les rattache au-dessus de ma tête en accrochant mes poignets à la tête de lit en bois.

— Julian, je vous en prie, je suis désolée ! l'ai-je supplié tellement je désire qu'il s'arrête. Je vous en prie, je suis désolée de m'être mêlée de ce qui ne me regarde pas. Je vous en prie, je ne recommencerai pas, c'est promis…

— Mais si, tu recommenceras, mon chat, me murmure-t-il à l'oreille. Je sens son souffle chaud dans mon cou. Tu es aussi curieuse qu'un petit chat. Mais parfois, tu devrais laisser tomber, c'est pour ton bien, tu comprends ?

— Oui ! Oui, je comprends. Je vous en prie, Julian…

— Chut ! dit-il pour me calmer en m'embrassant de nouveau le cou. Tu dois bien sagement accepter de te faire punir. Et sur ses mots, il se relève encore, laissant mon dos et mes fesses sans défense.

J'essaie de me relever pour lui échapper, mais il m'attrape les jambes en me retenant d'une main par les chevilles. Il est fort, beaucoup plus fort que je n'aurais pu l'imaginer, parce qu'il est capable de maintenir d'une main mes jambes qui se débattent et de me fouetter de l'autre.

J'entends les sifflements de ce qui lui sert de fouet et je ne peux réprimer mes hurlements chaque fois qu'il me frappe. J'ai les fesses et les cuisses en feu et le bandeau qu'il m'a mis sur les yeux est trempé de larmes. Je veux qu'il arrête, je le supplie d'arrêter, mais il reste sourd à mes prières.

J'ai l'impression que ça n'en finira jamais et finalement je suis trop enrouée pour crier et trop épuisée pour me débattre. Je ne peux même plus mobiliser assez d'énergie pour contracter mes muscles et en fait cela atténue un peu la douleur. Je me détends encore, je me relâche davantage et la douleur devient plus supportable, désormais chaque coup de fouet ressemble moins à une morsure et davantage à une caresse.

Tandis que Julian continue de me fouetter, l'univers qui est le mien se réduit tellement qu'il n'y a plus que l'instant présent. Je ne réfléchis plus. Je me contente de sentir et d'exister. C'est une expérience irréelle et pourtant incroyablement hypnotique. Chaque coup de fouet amène avec lui une vive sensation qui m'entraîne encore plus loin dans cet état second où j'ai l'impression de flotter. La souffrance est devenue supportable, elle est même réconfortante, ce qui ne manque pas de perversité. Elle me ramène sur terre et me donne ce dont j'ai besoin en ce moment. Quand une chaleur douce et lumineuse m'envahit, tous mes soucis, toutes mes peurs disparaissent avec elle. C'est une impression d'euphorie comme je n'en ai jamais connu de ma vie.

Quand Julian arrête enfin et me détache, je me raccroche à lui en tremblant de tout le corps. Sans le bandeau et les liens, je me sens perdue, dépassée. Comme s'il savait ce dont j'ai besoin, il me prend sur ses genoux et me berce doucement dans ses bras en me laissant pleurer sur son épaule jusqu'à ce que je me reprenne un peu.

Petit à petit, je me rends compte que son sexe en érection appuie sur mes fesses qui sont endolories par les coups de fouet. J'ai toujours le petit godemiché bien en sécurité au fond de moi et je m'aperçois que la douce chaleur que je ressens commence à changer et à prendre une teneur sexuelle.

Julian remarque visiblement mon changement d'humeur et me soulève avec précaution pour me mettre face à lui tout en restant sur ses genoux. J'ai les mains sur ses épaules et sous sa peau je sens jouer ses muscles puissants. Avec mes cuisses grandes ouvertes, son gland me frotte le sexe. Il glisse aisément entre mes replis et me frotte le clitoris, ce qui accroît mon excitation. Je me mets à gémir et je renverse la tête en arrière, alors il me pénètre lentement en avançant centimètre par centimètre. Avec la présence du godemiché, il me semble encore plus volumineux que d'habitude et je perds le souffle quand il va plus loin et m'emplit de toute sa largeur.

C'est bon, incroyablement bon et je gémis encore en resserrant mes muscles intimes autour de sa verge. Il gronde, ferme les yeux et je recommence pour éprouver à nouveau la même sensation.

Il ouvre les yeux et me regarde fixement, le visage tendu par le désir et les yeux brillants. Je soutiens son regard, fascinée par la force du désir que j'y vois. En ce moment il est autant en mon pouvoir que je suis sous le sien, m'en apercevoir accroît mon propre désir et attise le feu qui brûle en moi.

Il lève la main, la pose sur ma joue pour effacer du pouce des restes de larmes. Puis il penche la tête et m'embrasse, c'est le baiser le plus tendre que j'aie jamais reçu, un baiser que je savoure ; à cet instant, l'affection de Julian me fait l'effet d'une drogue, sans tout à fait comprendre pourquoi j'en ai éperdument besoin.

Je ferme les yeux et ma main remonte sur son épaule et arrive dans ses cheveux. Ils sont épais et doux sous mes caresses, comme du satin. En me serrant tout contre lui je frotte mes seins nus contre son torse puissamment musclé, j'adore sentir sa peau velue contre mes tétons si sensibles. Ses lèvres sont fermes et chaudes sur les miennes et sa verge en moi est incroyablement dure, elle m'étire et me comble.

Sans cesser de m'embrasser, il commence à se balancer d'avant en arrière ce qui fait très légèrement bouger sa verge et m'envoie des ondes brûlantes dans tout le corps. Mais chacun de ses mouvements me rappelle aussi le moment où il me fouettait et un gémissement de douleur s'échappe de ma gorge quand la dureté de ses cuisses se frotte contre mon fessier endolori. Il avale mes plaintes, sa bouche dévore maintenant la mienne avec une avidité sans borne.

Ses mains glissent dans mes cheveux, il me tient fermement tout en me dévorant de baisers, ses hanches vont et viennent de plus en plus vite, amplifiant la pression que je sens monter en moi. Son autre main descend le long de mon corps et il appuie sur le godemiché pour me l'enfoncer encore plus profondément.

J'explose de plaisir. Mon orgasme est d'une telle intensité que je ne fais pas un bruit. Pendant quelques secondes exquises, je suis complètement submergée par le plaisir, par une telle extase qu'elle en est presque douloureuse. Je frissonne et je frémis tout contre Julian et ces mouvements provoquent sa propre délivrance.

Ensuite, il me tient dans ses bras et caresse mes cheveux trempés de sueur. Je sens sa verge se ramollir en moi puis il met la main entre mes fesses et en retire doucement le godemiché.

Finalement, il m'aide à me lever et m'emmène prendre une douche.

CHAPITRE QUINZE

Dans la douche il prend de nouveau soin de moi, il me lave et me réconforte de ses caresses. Il fait particulièrement attention là où j'ai mal, aux cuisses et au derrière, pour ne pas faire empirer les choses. Je suis soulagée de constater que je ne suis écorchée nulle part. Mon derrière est rose avec des traînées rougeâtres et je suis sûre que j'aurai des bleus, mais je ne saigne pas.

Quand je suis lavée et séchée, il me ramène vers le lit. Il ne dit rien et moi non plus. Je n'ai pas encore tout à fait émergé de l'état second dans lequel j'étais tout à l'heure. C'est comme si mon esprit était en partie détaché de mon corps. Seul Julian maintient un lien entre les deux avec ses caresses étrangement douces.

Nous sommes tous les deux couchés et Julian éteint la lumière ; nous sommes enveloppés par l'obscurité. Je suis couchée sur le ventre, toute autre position me ferait trop mal. Il m'attire près de lui si bien que ma tête repose sur sa poitrine et qu'il a le bras replié sur ma cage thoracique et je ferme les yeux, ne voulant rien de plus que l'oubli que donne le sommeil.

— Mon père était l'un des plus puissants barons de la drogue en Colombie. La voix de Julian est à peine audible, son souffle joue avec les petits cheveux de mon front. Je m'étais déjà endormie, mais maintenant je suis tout à fait réveillée, mon cœur bat à se rompre dans ma poitrine.

Il a commencé à me préparer pour lui succéder quand j'avais quatre ans. J'ai tenu mon premier revolver quand j'en avais six. Julian s'interrompt, il me caresse légèrement les cheveux. J'ai tué pour la première fois à l'âge de huit ans.

Je suis tellement horrifiée que je reste sans bouger, pétrifiée par le choc que je viens de recevoir.

Maria était la fille de l'un des hommes appartenant à l'organisation de mon père, continue Julian d'une voix basse et dépourvue d'émotion. Je l'ai rencontrée quand j'avais treize ans et qu'elle en avait douze. Elle était tout le contraire de moi. Jolie, gentille… innocente. Tu vois, contrairement à mon père, ses parents l'avaient protégée de la réalité de leur vie. Ils voulaient qu'elle vive comme une enfant, sans rien savoir de la laideur de notre monde.

Mais elle était intelligente, comme toi. Et curieuse. Tellement, tellement curieuse… Il se tait un instant, comme perdu dans ses souvenirs. Puis il les repousse et reprend son histoire. Un jour, elle a suivi son père pour voir ce qu'il faisait. Elle s'était cachée à l'arrière de sa voiture. Je l'ai dénichée parce que c'était mon boulot de monter la garde au lieu de rendez-vous.

J'ai du mal à respirer, je n'arrive pas à croire que Julian me raconte tout ça. Pourquoi maintenant ? Pourquoi ce soir ?

J'aurais pu le dire à son père, elle aurait passé un mauvais quart d'heure, mais elle m'a supplié avec tant de grâce, elle m'a regardé si gentiment avec ses grands yeux marron que je n'ai pas pu. À la place j'ai demandé à l'un des gardes de mon père de la ramener chez elle.

Après, elle venait exprès pour me voir. Elle disait qu'elle avait envie de mieux me connaître. Pour que nous soyons amis. Il y a une note d'incrédulité dans les souvenirs de Julian, comme si quelqu'un de censé ne pouvait avoir un tel souhait.

J'avale ma salive, bêtement mon cœur saigne pour le jeune garçon qu'il a été. A-t-il pu avoir des amis ou son père l'en a-t-il aussi empêché, tout comme il a détruit son enfance ?

J'ai essayé de lui dire que ce n'était pas une bonne idée, qu'elle ne devrait pas fréquenter quelqu'un comme moi, mais elle ne m'écoutait pas. Presque chaque semaine, elle réussissait à me retrouver, si bien que je n'ai plus eu le choix, j'ai cédé et j'ai commencé à la voir. Nous allions pêcher ensemble et elle m'a appris à dessiner. Il s'arrête une seconde tout en continuant à me caresser les cheveux. Elle dessinait très bien.

— Et que lui est-il arrivé ? ai-je demandé. Depuis une minute, il ne parlait plus. Ma voix est étrangement rauque. Je m'éclaircis la gorge et je répète ma question. Qu'est-il arrivé à Maria ?

— L'un des rivaux de mon père a appris qu'elle me fréquentait. Nous venions de dévaliser son entrepôt et il en a eu assez. Alors il a décidé de donner une leçon à mon père… par mon intermédiaire.

Tout le duvet de mon corps se hérisse et j'ai la chair de poule. Je devine déjà la direction que va prendre son récit et je veux dire à Julian d'arrêter, mais j'ai la gorge tellement serrée que je n'arrive pas à prononcer un mot.

On a retrouvé son corps dans une allée près d'un bâtiment appartenant à mon père. Sa voix ne tremble pas, mais je peux sentir sa peine bien qu'elle soit profondément enfouie en lui. Maria avait été violée puis mutilée. C'était un message qui m'était adressé ainsi qu'à mon père. *Foutez-nous la paix*, disait-il.

Je referme les paupières pour empêcher les larmes qui me brûlent les yeux de couler, mais ça ne sert à rien. Je sais que Julian sent probablement que sa poitrine est mouillée.

— Un message adressé à un garçon de treize ans ?

— J'en avais déjà quatorze quand c'est arrivé. Je ne vois pas le sourire amer de Julian, mais je le sens. Et mon âge n'avait pas d'importance. Ni pour mon père… ni pour son rival.

— Je suis navrée. Je ne sais que dire d'autre. J'ai envie de pleurer, pour lui, pour Maria, pour ce jeune garçon qui a perdu son amie dans des circonstances aussi brutales. Et j'ai aussi envie de pleurer pour moi ; maintenant que je comprends mieux mon ravisseur, je m'aperçois que la noirceur de son âme est pire que tout ce que j'aurais pu imaginer.

Je sens bouger Julian sous moi et je me rends compte que ma main est maintenant sur son épaule et que je le griffe. Je me force à arrêter et je respire profondément. Il faut me reprendre, sinon je vais éclater en sanglots.

— Ces hommes, je les ai tués. Désormais, son ton est dégagé, c'est presque celui de la conversation, bien que je peux sentir la tension de son corps. Ceux qui l'avaient violée. Je les ai poursuivis et je les ai tués, l'un après l'autre. Ils étaient sept. Ensuite, mon père m'a éloigné, il m'a d'abord envoyé aux États-Unis puis en Asie et enfin en Europe. Il redoutait que tous ces meurtres nuisent à ses affaires. Je ne suis revenu que des années plus tard, quand ma mère et lui furent assassinés par un autre rival.

Je me concentre pour contrôler le rythme de ma respiration et éviter de vomir.

— C'est la raison pour laquelle vous n'avez pas un accent espagnol ? Ma question semble complètement incongrue. Je ne sais même pas pourquoi je lui demande quelque chose d'aussi banal à un moment pareil.

Mais visiblement, c'était ce qu'il fallait faire parce que Julian se détend un peu, ses muscles semblent moins contractés.

— Oui, mon chat, en partie. Mais aussi parce que ma mère était américaine et m'a appris l'anglais quand j'étais petit.

— Elle était américaine ?

— Oui, elle était modèle quand elle était jeune, elle était belle, grande et blonde. Mes parents s'étaient rencontrés à New York quand mon père y faisait un voyage d'affaires. Elle a eu le coup de foudre pour lui et ils se sont mariés avant qu'il ne lui révèle la nature de ses affaires.

— Et qu'a-t-elle fait quand elle l'a découvert ? Je ne m'intéresse peut-être pas à ce qu'il faudrait, mais j'ai besoin d'oublier les images sanglantes qui ont envahi mon esprit, des images représentant une jeune morte qui me ressemble comme une petite sœur…

— Elle n'a rien pu faire, dit Julian. Elle l'avait déjà épousé et elle habitait la Colombie.

Il n'en dit pas davantage, mais ça serait inutile. Je comprends que sa mère était prisonnière comme moi, sauf qu'au début en tous cas elle avait choisi de devenir captive.

Nous nous taisons pendant quelques minutes, nous sommes couchés sans rien dire. Je n'ai plus sommeil. Je ne sais pas si je pourrai dormir cette nuit. Les douleurs de mon corps ne sont rien en comparaison avec le désespoir qui m'emplit le cœur.

— Et maintenant qu'est-ce que vous faites ? Vous êtes trafiquant de drogue ? ai-je demandé quand je romps finalement le silence. Ce n'est pas très différent de ce que j'avais d'abord supposé quand je pensais qu'il appartenait à la Mafia ou à une autre organisation criminelle du même genre.

— Non, dit-il, ce qui me surprend. Cette partie de ma vie a pris fin quand mes parents furent assassinés. J'ai orienté les affaires de la famille dans une autre direction.

— Laquelle ? Je me souviens qu'il m'a parlé d'import-export, mais je n'imagine pas Julian s'occuper de quelque chose d'inoffensif comme de vendre des appareils électroniques. En tout cas, pas après avoir appris comment il a été élevé.

Il se met à rire comme si mon insistance l'amusait.

— L'armement, dit-il, je suis trafiquant d'armes, Nora.

Surprise, je cligne des yeux. Je connais un peu -ou du moins, je crois connaître- le monde des trafiquants de drogue grâce à des feuilletons télévisés. Mais celui des trafiquants d'armes m'est totalement inconnu. Dans le cas de Julian, je soupçonne fortement qu'il ne s'agit pas de vendre quelques revolvers ici ou là. Il y a un million de questions que j'aimerais lui poser sur sa profession, mais d'abord il y a quelque chose que j'ai besoin de savoir pendant que Julian est d'humeur à s'épancher.

— Pourquoi m'avez-vous enlevée ? Est-ce parce que je vous rappelle Maria ?

— Oui, dit-il d'une voix douce qui m'enrobe comme une écharpe en cachemire. La première fois que je t'ai vue à la boîte de nuit, tu lui ressemblais tellement, c'était troublant. Sauf que tu avais quelques années de plus et que tu étais encore plus belle. Et je voulais que tu sois à moi. J'avais *besoin* de toi. C'était la première fois depuis des années que je ressentais vraiment quelque chose. Évidemment les émotions que tu as provoquées chez moi n'avaient rien à voir avec ce que j'éprouvais pour elle. C'était mon amie, mais toi… Il respire profondément, je sens sa poitrine se soulever sous ma tête. Il fallait tout simplement que tu sois à moi, Nora. Quand je t'ai touchée ce jour-là, quand j'ai senti ta peau soyeuse, j'ai tellement eu envie de te prendre, de t'arracher ces vêtements moulants que tu portais et de te baiser comme un fou sans plus attendre, par terre dans cette boîte de nuit. Et je voulais te faire mal… comme j'aime quelquefois faire mal aux femmes, comme elles me demandent de leur faire mal… je voulais t'entendre crier de douleur et de plaisir.

Sa main continue de jouer avec mes cheveux et ses caresses me rendent assez de calme pour me permettre de l'écouter. Dans l'obscurité, rien de ce qu'il me dit ne semble réel. Il n'y a que Julian et sa voix qui me dit des choses qui feraient peur à quelqu'un de normal, des choses qui trouvent cependant le moyen de m'exciter.

Je t'ai amenée ici, dans mon île, pour que tu sois en sécurité. Mes associés passent leur temps à chercher des signes de faiblesse, et toi, mon chat, tu es une de mes faiblesses. Je n'ai jamais rien senti de tel pour une autre femme. Je n'ai jamais été aussi… Il s'interrompt un instant pour trouver le mot juste. Putain, je n'ai jamais été aussi obsédé par quelqu'un. Imaginer qu'un autre homme puisse te toucher ou t'embrasser m'a rendu fou. J'ai essayé de ne plus te voir, de t'oublier, mais je n'ai pas pu résister à la tentation de te revoir encore une fois à la remise des diplômes. Et quand je t'y ai vue, j'ai su que toi aussi tu le sentais, ce lien entre nous, et alors j'ai compris que c'était inévitable… que je devais t'enlever et que tu serais à moi pour toujours.

Ses paroles déferlent sur moi comme les vagues de l'océan, elles apportent avec elles une trépidation et une sorte d'excitation malsaine. Quelque chose de pervers chez moi savoure le fait d'être unique pour Julian, de m'apercevoir qu'il est aussi désespérément attiré par moi que je le suis par lui.

Sans trop savoir pourquoi, je me sens obligée de faire preuve de la même sincérité.

— J'avais peur de vous, lui ai-je dit à voix basse. Quand je vous ai vu à la boîte de nuit puis à la remise des diplômes, j'avais peur.

— Seulement peur ? Il semble amusé et légèrement sceptique.

— Il y avait à la fois de la peur et de l'attirance, ai-je admis. J'ai l'impression que cette nuit est propice aux confidences. Et d'ailleurs, il sait déjà la vérité. Malgré ma peur, je le désire. J'ai eu envie de lui dès la première minute, et aucune de ses actions n'y a rien changé.

— Bien. Il me caresse légèrement le dos. C'est très bien, mon chou, ça nous facilitera la vie à tous les deux.

Nous faciliter la vie ? Je réfléchis à ce qu'il vient de dire. Sans doute pour lui. Mais pour moi ? Je n'en suis pas certaine.

— Avez-vous pris contact avec ma famille comme vous l'aviez promis ? je lui demande en pensant à la promesse qu'il m'a faite il y a déjà longtemps. Mes parents savent que je suis en vie ?

— Oui. Sa main s'arrête en haut de mes reins. Ils le savent.

Je me demande ce qu'il leur a dit, et comment ils ont réagi. Je me demande si ça valait mieux pour eux ou pas.

— Me laisserez-vous partir un jour ? Je connais déjà la réponse, mais j'ai quand même besoin de l'entendre le dire.

— Non, Nora, répond-il, et je sais qu'il sourit dans l'obscurité. Jamais.

Alors il m'attire plus près de lui et me garde dans ses bras jusqu'à ce que nous nous endormions tous les deux.

CHAPITRE SEIZE

Pendant les quelques mois qui suivent, ma vie sur l'île s'installe dans une sorte de routine. Quand Julian est là, ma vie gravite autour de lui. Ses sautes d'humeur, ses besoins et ses désirs déterminent le déroulement de mes jours et de mes nuits.

C'est un amant imprévisible, plein de douceur un jour et cruel le lendemain. Et parfois les deux à la fois, une combinaison que je trouve particulièrement ravageuse. Je comprends ce qu'il me fait, mais le comprendre ne le rend pas moins efficace. Il m'apprend à associer la douleur et le plaisir, à jouir de tout ce qu'il m'inflige, quel que soit son degré de perversité. Et ensuite, il y a toujours cette tendresse désarmante. Il me met dans tous mes états, me fait voler en éclats puis me reconstruit, et cela en l'espace d'une nuit.

Et cette éducation est un succès. Désormais, je vais dans ses bras de mon propre gré parce que je désire l'état second que me donne une séance particulièrement brutale avec lui. Julian me dit que ma nature est de me soumettre et que j'ai des tendances cachées au masochisme. Je ne sais pas si je le crois, je sais que je n'ai pas vraiment *envie* de le croire, mais je ne peux nier que sa manière particulière de faire l'amour trouve quelque part un écho chez moi. Les accessoires sexuels, les fouets, les cannes, il a tout utilisé, et je trouve toujours du plaisir dans une certaine part de ce qu'il m'inflige.

Évidemment il n'est pas toujours sadique. Quelquefois, il est presque tendre, il me masse des pieds à la tête, il m'embrasse jusqu'à ce que je fonde puis il me fait l'amour jusqu'à ce que je devienne presque folle de désir. Ces jours-là, je n'ai pas envie de partir. Je ne désire qu'une chose, que Julian me garde dans ses bras, qu'il me caresse… qu'il m'aime, quelle que soit la manière dont il en est capable.

C'est peut-être ce qu'il y a de plus troublant, le désir que j'ai maintenant d'être aimée de mon ravisseur. J'ignore même s'il est capable d'une telle émotion, mais ça ne m'empêche pas d'en avoir besoin. Je sais qu'il me désire, mais ça ne me suffit pas. À un moment donné, j'ai cessé de le haïr et je ne sais même pas quand ni comment. Ma captivité continue à me peser, mais désormais c'est un sentiment distinct de ceux que je ressens pour Julian.

Au lieu de redouter sa présence sur l'île, je l'attends désormais avec impatience. Ses affaires l'éloignent plus souvent que je ne le voudrais et je commence à comprendre ce que sentent les animaux de compagnie qui attendent que leur maître revienne de son travail.

— Pourquoi ne pouvez-vous pas davantage travailler en restant ici ? lui ai-je demandé un matin quand nous nous sommes réveillés ensemble. Maintenant, il dort toujours avec moi. Il aime me tenir dans ses bras pendant la nuit, ça le protège de ses cauchemars.

— J'en fais le plus possible en ligne. Pourquoi ? Tu préfères que je sois ici, mon chat ? Il tourne la tête pour me regarder et ses yeux sont froids et moqueurs. Il n'aime pas que je lui pose des questions sur ses affaires. C'est une part de sa vie qu'il semble vouloir garder distincte du reste. En général, j'ai l'impression qu'il souhaite nous protéger Beth et moi de ce qu'il y a de plus laid dans son univers. Évidemment, Beth sait exactement ce qu'il fait, mais je me demande si elle est plus renseignée que moi sur le trafic d'armes.

— Oui, lui ai-je sincèrement répondu. Je veux que vous soyez ici. Il serait inutile de prétendre le contraire; Julian sait exactement ce que je ressens. Il est doué pour lire mes émotions, et pour me manipuler. Je n'en ai aucun doute, il est content de me voir m'attacher à lui et il fait vraisemblablement de son mieux pour le faciliter.

Comme je m'y attendais, ce que je viens d'admettre le fait sourire, un sourire sensuel sur ses lèvres.

— Entendu, bébé, dit-il d'une voix douce, j'essaierai d'être plus souvent ici. Puis il me tend les bras et m'attire vers lui pour m'étreindre et me donner un baiser qui me fait fondre.

* * *

Chaque jour qui passe éloigne encore davantage ma vie d'avant, elle disparait dans ce temps nébuleux qu'on appelle le passé. En l'absence de Julian, je m'occupe en lisant, en nageant, en partant en randonnée tout autour de l'île et quelquefois en allant pêcher avec Beth. Julian nous a rapporté un grand écran de télévision, un DVD et des centaines de films pour que Beth et moi puissions aussi nous distraire quand il pleut.

Beth et moi ne sommes pas vraiment devenues des amies, mais incontestablement nous devenons plus proches l'une de l'autre. C'est en partie parce qu'elle apprécie le fait que je ne cherche plus à m'échapper. Depuis ma tentative ratée pour l'assommer et ce qui est arrivé d'horrible à Jake à cause de ça, je suis devenue une prisonnière exemplaire.

D'ailleurs, il serait stupide d'agir autrement. Même quand Julian est là et son avion aussi, il est enfermé dans le hangar que j'ai trouvé de l'autre côté de l'île. Je suis convaincue qu'il garde les clés du hangar dans son bureau, et lui seul y a accès. Et même si je réussissais à mettre la main dessus, ça m'étonnerait beaucoup que les instructions de pilotage se trouvent justement dans l'avion pour me permettre d'en prendre les commandes.

C'est clair, mon ravisseur savait exactement ce qu'il faisait en m'amenant dans son île. C'est une prison à sécurité maximale.

Au fil du temps, j'essaie de trouver de nouvelles activités pour occuper mes moments de loisir et pour que Julian ne me manque pas trop quand il n'est pas là.

D'abord, je me remets à courir.

Je commence par de petites distances pour ne pas me fatiguer le genou et puis petit à petit j'augmente la vitesse et la distance. Je vais courir le matin ou le soir quand il fait moins chaud, et bien vite je retrouve la forme que j'avais quand je faisais de l'athlétisme. Je cours cinq kilomètres en moins de dix-sept minutes, et cette réussite me fait incroyablement plaisir.

Et puis je me suis mise à la peinture. Ce n'est pas parce que je me souviens que Julian m'a dit que Maria dessinait bien, mais parce que ça me plait et que ça me distrait. Au lycée, j'aimais les cours de dessin, mais j'ai toujours été trop occupée avec mes amis et mes autres activités pour faire sérieusement de la peinture. Maintenant que j'ai beaucoup de temps libre, je peux apprendre sérieusement à dessiner et à peindre. Julian me rapporte des tonnes de matériel et plusieurs vidéos éducatives et bientôt je me retrouve absorbée à essayer de rendre sur la toile la beauté de cette île.

— Tu sais, tu es vraiment douée, me dit un jour Beth d'un ton pensif. Elle était venue me rejoindre sur la véranda pendant que je finissais de peindre un coucher de soleil sur l'océan.

Je me retourne vers elle avec un grand sourire.

— Tu le penses vraiment ?

— Absolument, dit-elle sérieusement. Tu te débrouilles vraiment bien, Nora.

J'ai l'impression qu'elle ne parle pas seulement de ce que je peins.

— Merci, ai-je dit d'un ton sec.

Est-ce que je devrais ajouter à la liste de mes réussites ma capacité à m'épanouir en captivité ?

Elle me sourit en guise de réponse, et pour la première fois j'ai l'impression que nous nous comprenons vraiment.

— Je t'en prie.

Elle se dirige vers la chaise longue, s'y allonge et prend son livre. Je la regarde quelques instants, puis je retourne peindre en essayant de reproduire toutes les profondeurs scintillantes de l'eau et en réfléchissant à l'énigme que Beth représente pour moi.

Elle ne m'a pas encore dit grand-chose de son passé, mais elle me donne l'impression que pour elle cette île est une sorte de retraite, un sanctuaire. Elle considère Julian comme son sauveur et le monde extérieur comme un lieu désagréable et hostile.

— Ça ne te manque pas d'aller faire des courses ? lui ai-je demandé un jour. De dîner avec des amis ? D'aller danser ? Tu n'es pas prisonnière ici, tu pourrais partir quand tu voudrais. Pourquoi ne demandes-tu pas à

Julian de t'emmener pendant un de ses voyages ? D'aller t'amuser quelque part avant de revenir ici ?

Elle s'est mise à rire en entendant ces questions.

— Danser ? S'amuser ? Laisser des hommes me tripoter, c'est censé me distraire ? Sa voix devient moqueuse. Et je devrais aussi mettre des vêtements sexy, me maquiller et me faire belle pour eux ? Et la pollution, la violence urbaine et la délinquance, ça aussi ça devrait me manquer ? Elle continue de rire en secouant la tête. Non merci. Je suis parfaitement heureuse ici.

Et elle n'a pas dit un mot de plus à ce sujet.

Je ne sais pas ce qui lui est arrivé pour la rendre aussi amère, mais je me doute vraiment qu'elle n'a pas dû avoir une vie facile. Quand nous regardions le film *Pretty woman* elle n'a pas arrêté de faire des commentaires insidieux pour comparer la réalité de la prostitution au conte de fées qu'on montrait à l'écran. Sur le moment, je ne lui ai pas posé de questions, mais depuis je me demande ce qu'il en est. Se pourrait-il qu'elle se soit prostituée quand elle était plus jeune ?

Je pose mon pinceau, je me retourne et je la regarde.

— Est-ce que je pourrais faire ton portrait ?

Elle lève les yeux de son livre, prise au dépourvu.

— Tu voudrais faire mon portrait ?

— Oui, j'aimerais bien.

Ça me changerait de tous ces paysages que j'ai faits depuis un certain temps, et ça pourrait aussi me donner l'occasion de mieux la connaître.

Elle me fixe des yeux quelques instants puis hausse les épaules.

— Alors pourquoi pas ?

Elle semble encore hésiter et je l'encourage d'un sourire.

— Tu n'auras rien besoin de faire, il suffit que tu restes assise comme ça, avec ton livre ; ça rend très bien.

Et c'est vrai. Les rayons du soleil couchant embrasent sa chevelure et avec ses jambes repliées sous le corps elle semble plus jeune et plus vulnérable. Beaucoup plus accessible que d'habitude.

Je mets de côté le tableau sur lequel je travaillais et je prends une nouvelle toile. Puis je commence une esquisse en essayant de capter les angles symétriques de son visage, les lignes minces et les courbes de son corps. C'est une tâche absorbante et je ne m'arrête que quand il fait trop sombre pour y voir.

— Tu as fini pour aujourd'hui ? demande Beth, et je m'aperçois qu'elle est restée assise dans la même position depuis une heure.

— Oh, oui, absolument, merci d'avoir aussi bien posé.

— Aucun problème. Elle m'offre un vrai sourire en se levant. Tu es prête pour le dîner ?

∗ ∗ ∗

Pendant les trois jours qui suivent, je travaille au portrait de Beth. Elle pose patiemment pour moi et je suis si occupée que je pense à peine à Julian. Il ne me manque que la nuit quand je sens le froid et le vide du grand lit où je couche et où je désire violemment ses étreintes. Je suis devenue tellement accro qu'une semaine sans lui me semble une cruelle punition, une punition infiniment pire aux tortures sexuelles que mon ravisseur m'a infligées jusqu'ici.

— Est-ce que Julian a dit quand il reviendrait ? ai-je demandé à Beth en mettant les dernières touches au portrait. Il est déjà parti depuis une semaine.

Elle secoue la tête.

— Non, mais il sera là dès que possible. Il ne peut rester loin de toi, Nora, tu le sais bien.

— Vraiment ? Il te l'a dit ? J'entends l'empressement de ma voix et je m'en veux. C'est pitoyable, jusqu'où vais-je aller ? Autant me mettre une étiquette sur le front : *encore une idiote qui est tombée amoureuse de son ravisseur.* Évidemment, ça m'étonnerait que tous les ravisseurs aient le charme dévastateur de Julian, mais je pourrais quand même être moins dépendante.

Heureusement, Beth ne me taquine pas au sujet de mon entichement.

— Il n'a pas besoin de le dire, répond-elle à la place. C'est parfaitement clair.

Je pose un instant mon pinceau.

— Comment ça, parfaitement clair ? Cette conversation comble un vide dont je n'avais pas pris conscience, un besoin de se confier entre filles, de parler des hommes et de leurs émotions mystérieuses.

— Oh, je t'en prie ! Beth commence à avoir l'air exaspéré. Tu sais bien que Julian est raide dingue de toi. Chaque fois que je parle avec lui au téléphone, c'est Nora par ci, Nora par là… Est-ce que Nora a besoin de quoi que ce soit ? Est-ce que Nora mange comme il faut ? Elle s'amuse à prendre une voix plus grave et à imiter les intonations de Julian.

Je lui souris.

— Vraiment ? Je ne savais pas. Et c'est vrai. Je savais que Julian adore me baiser, et il m'a clairement avoué que je l'obsédais à cause de ma ressemblance avec Maria, mais je ne savais pas qu'il pensait à moi autrement qu'au lit.

Beth roule des yeux.

— C'est ça ! Tu es loin d'être aussi naïve que tu veux en donner l'impression. Je t'ai vu faire battre tes longs cils à son intention pendant le dîner pour essayer de l'embobiner.

Je la regarde de l'air le plus innocent possible.

— Comment ? Non !

— Mais si ! Beth n'est absolument pas dupe.

Évidemment, elle a raison. C'est vrai que je flirte avec Julian. Maintenant que mon ravisseur me fait moins peur, je fais de nouveau de mon mieux pour être dans ses petits papiers. Inconsciemment, je n'ai pas cessé d'espérer que si un jour il me fait suffisamment confiance, et que si je compte assez pour lui, il me fera peut-être quitter cette île.

Quand j'ai eu l'idée de ce plan pour la première fois, pendant les premiers jours terrifiants de ma captivité, je jouais la comédie. Dès que je me suis retrouvée ici, j'aurais fait tout ce qui était en mon pouvoir afin de m'enfuir, malgré mes promesses. Mais maintenant, je ne sais pas ce que je ferais si Julian m'emmenait avec lui. Est-ce que j'essaierais de le quitter ? Et d'ailleurs, est-ce que je *veux* le quitter ? Franchement, je n'en sais rien.

— Est-ce que tu as déjà été amoureuse ? Je demande à Beth en reprenant mon pinceau.

À ma surprise, un nuage sombre lui passe sur le visage.

— Non, dit-elle sèchement. Jamais.

— Mais il t'est arrivé d'aimer quelqu'un… non ? Je ne sais pas ce qui me pousse à lui poser une telle question, mais j'ai visiblement touché un point névralgique parce que Beth se raidit tout entière comme si je venais de lui porter un coup.

Cependant, à ma surprise, au lieu de m'envoyer promener elle fait juste un signe de tête.

— Oui, dit-elle à voix basse. Oui, Nora, j'ai aimé quelqu'un. Ses yeux brillent d'une manière inhabituelle comme si des larmes les faisaient scintiller.

Et c'est alors que je m'aperçois qu'elle souffre, que ce qui lui est arrivé a laissé des cicatrices définitives dans son âme. Son apparence bourrue n'est qu'un masque, une manière de se protéger d'autres souffrances. Et maintenant, quelle qu'en soit la raison, ce masque a glissé et laisse voir la véritable personne qui est derrière.

— Que lui est-il arrivé ? Je demande d'une voix douce et affectueuse. Qu'est-il arrivé à la personne que tu aimais ?

— Elle est morte. Beth parle sur un ton neutre, mais je sens la peine immense qui s'exprime dans cette simple phrase. Ma fille est morte quand elle avait deux ans.

Je respire d'un coup.

— Je suis navrée, Beth. Oh, mon Dieu, je suis vraiment navrée… Je repose mon pinceau, je vais vers sa chaise longue et je la prends dans mes bras.

D'abord, elle reste figée, toute raide, comme si elle n'avait pas l'habitude que quelqu'un d'autre la touche, mais elle ne me repousse pas. Elle a besoin de réconfort en ce moment ; mieux que personne, je sais à quel point on peut être réconforté par une étreinte chaleureuse quand on est submergé d'émotion. Julian adore me bouleverser pour pouvoir me venir en aide et me reconstruire.

— Je suis navrée, je répète d'une voix douce en lui frottant lentement le dos d'un geste circulaire. Je suis tellement navrée.

Petit à petit, Beth se détend un peu. Elle se laisse apaiser par mes gestes. Après un moment, elle semble retrouver son équilibre et je m'écarte, ne voulant pas qu'elle soit gênée de se retrouver dans mes bras.

Elle recule légèrement et m'adresse un petit sourire gêné ;

— Je suis désolée, Nora, je ne voulais pas…

— Mais non, je t'en prie, l'ai-je interrompu. C'est moi qui suis désolée de t'avoir posé cette question. Je ne savais pas…

Alors nous nous sommes regardées toutes les deux en comprenant que nous pourrions nous excuser indéfiniment et que ça ne changerait absolument rien.

Beth ferme un instant les yeux et quand elle les ouvre de nouveau elle a repris son masque. Elle est redevenue ma geôlière, aussi indépendante et aussi réservée que d'habitude.

— On va dîner ? demande-t-elle en se levant.

— On pourrait manger le poisson qu'on a pris ce matin, ai-je dit simplement en allant ranger mes affaires de peinture.

Et nous continuons comme si de rien n'était.

CHAPITRE DIX-SEPT

À partir de ce jour, ma relation avec Beth s'est transformée de manière subtile, mais sensible. Elle ne cherche plus autant à me repousser et progressivement je commence à mieux connaître celle qui se cache derrière cette muraille infranchissable.

— Je le sais, tu penses ne pas avoir de chance, dit-elle un jour que nous sommes allées ensemble à la pêche. Mais crois-moi, Nora, Julian tient vraiment à toi. Et tu as beaucoup de chance d'avoir quelqu'un comme lui.

— De la chance, pourquoi ?

— Parce que quoi qu'il ait fait, Julian n'est pas vraiment un monstre, dit sérieusement Beth. Il ne se comporte pas toujours selon les règles admises par la société, mais il n'est pas cruel.

— Ah bon ? Alors comment définirais-tu la cruauté ? Je suis sincèrement curieuse de savoir ce qu'en pense Beth. Pour moi, Julian agit exactement comme quelqu'un de cruel, et peu importe ce que j'ai la bêtise de ressentir à son égard.

— La cruauté, c'est d'assassiner un enfant, dit Beth en fixant le bleu de la mer. La cruauté, c'est de vendre sa fille de treize ans à un bordel au Mexique… Elle s'interrompt un instant puis ajoute : Julian n'est *pas* cruel. Tu peux me faire confiance là-dessus.

Je ne sais que dire et je me contente de regarder les vagues venir s'écraser sur la plage. Il me semble que ma poitrine est prise dans un étau.

— Est-ce que Julian t'a sauvée de cette cruauté ? ai-je demandé après un moment quand j'ai la certitude de pouvoir suffisamment contrôler le tremblement de ma voix.

Elle tourne la tête pour me regarder.

— Oui, dit-elle à voix basse. Il m'a sauvée. Et il a détruit le mal qui était en moi. Il m'a donné une arme et il m'a laissé m'en servir contre ces hommes, ceux qui avaient tué mon bébé. Tu vois, Nora, il a pris une putain qui n'avait plus rien et il lui a rendu la vie.

Je regarde Beth droit dans les yeux, j'ai l'impression de me désintégrer complètement. J'ai envie de vomir. Elle a raison : je ne sais pas ce que c'est que de souffrir. Ce qu'elle a vécu est inimaginable pour moi.

Elle me sourit, visiblement le choc que je ressens et mon silence lui font plaisir.

— La vie n'est rien d'autre qu'un jeu de roulette détraqué, dit-elle doucement, la roue ne s'arrête pas de tourner et ce sont toujours les mauvais numéros qui sortent. On a beau pleurer, il n'y a aucune chance de tirer le bon numéro.

J'ai la gorge nouée et j'avale ma salive.

— Ce n'est pas vrai, ai-je dit d'une voix un peu rauque. Ce n'est pas toujours comme ça. Il existe un autre monde, un monde où vivent des gens normaux, où personne n'essaye de faire de mal aux autres…

— Non, dit durement Beth. Tu rêves. Ce monde est aussi réel qu'un conte de fées de Walt Disney. Tu as peut-être vécu comme une princesse, mais ce n'est pas le cas de la plupart des gens. Les gens normaux souffrent. Ils ont mal, ils meurent et ils perdent ceux qu'ils aiment. Et ils se font mal les uns aux autres. Ils se déchirent comme des prédateurs sauvages et c'est ce qu'ils sont. Il n'y a pas de lumière sans ténèbres, Nora. Et finalement, la nuit s'empare de nous tous.

— Non. Je ne crois pas ce qu'elle dit. Je ne veux pas le croire. Cette île, Beth, Julian, ce sont des anomalies, les choses ne sont pas comme ça d'habitude. Non, ce n'est pas…

— Si, c'est vrai, dit Beth. Tu ne t'en rends peut-être pas encore compte, mais c'est vrai. Tu as besoin de Julian autant qu'il a besoin de toi. Il peut te protéger, Nora. Il peut veiller sur ta sécurité.

Elle en semble profondément convaincue.

* * *

— Bonjour, mon chat. Une voix familière me murmure à l'oreille et me réveille ; quand j'ouvre les yeux, je vois Julian assis sur le lit, penché sur moi. Il doit être venu directement d'un rendez-vous d'affaires parce qu'il est encore en costume au lieu des vêtements sport qu'il porte d'habitude. Je suis comme embrasée de bonheur. En souriant, je lève les bras et je le prends par le cou pour l'attirer plus près de moi.

Il m'embrasse le cou, le poids de son corps lourd et chaud m'enfonce dans le matelas et je me cambre vers lui en ressentant les signes coutumiers du désir. Mes tétons se raidissent et au plus profond de moi je me sens fondre de désir, tout mon corps n'est plus que désir en le sentant si près.

— Tu m'as manqué, me murmure-t-il à l'oreille et je frissonne de plaisir en réprimant à peine un gémissement quand sa bouche talentueuse me descend dans le cou et mordille le point sensible que j'ai à la clavicule. J'aime bien quand tu es comme ça, murmure-t-il en me couvrant la poitrine et les épaules de baisers, toute chaude, toute douce, encore endormie… et toute à moi…

Maintenant que sa bouche se referme sur mon téton droit et le suce avec avidité, juste comme il faut, je me mets à gémir. Il glisse la main sous la couverture, arrive entre les jambes et je gémis de plus belle quand il commence à caresser mes plis et que son doigt se met à tourner autour de mon clitoris pour me taquiner.

— Jouis pour moi, Nora, m'ordonne-t-il doucement en appuyant sur mon clitoris et je vole en éclats, mon corps se raidit et se met à jouir comme pour lui obéir.

— C'est bien, murmure-t-il en continuant à jouer avec mon sexe pour m'amener à l'orgasme. C'est bien, tu es tellement douce…

Quand les ondes de choc se sont dissipées, il se dégage et commence à se déshabiller. Je le regarde avec avidité, incapable de détourner les yeux de lui. Il est si beau et j'ai tellement envie de lui. Il enlève d'abord sa chemise et révèle ses larges épaules et ses abdominaux musclés et je n'en peux plus. Alors je m'assieds et j'ouvre la fermeture éclair de son pantalon, la main tremblant d'impatience.

Il respire profondément quand ma main effleure sa verge engorgée. Dès que je réussis à la libérer, je la prends dans la main, je penche la tête et je la mets dans ma bouche.

— Putain, Nora ! gronde-t-il en m'attrapant la tête et en faisant aller et venir ses hanches. Putain, bébé, c'est si bon… Ses doigts glissent dans mes cheveux, ils emmêlent encore plus mes mèches en désordre et lentement je le prends encore plus profondément, aussi loin au fond de ma gorge que possible.

— Oh putain… Ses gémissements rauques me ravissent et j'appuie légèrement sur ses bourses dont je savoure le poids dans ma main. Sa verge se raidit encore plus et je sais qu'il est sur le point de jouir, mais à ma surprise il se dégage et recule d'un pas.

Il a du mal à respirer, ses yeux brillent comme deux diamants bleus, mais il parvient à se contrôler suffisamment pour se déshabiller complètement avant de me grimper dessus. Ses mains pleines de force attrapent mes poignets qu'il relève au-dessus de ma tête, ses hanches tombent entre mes cuisses et son gros gland se frotte comme mon ouverture sans défense. Je le fixe des yeux avec un mélange d'appréhension et d'excitation. Il est superbe comme une bête sauvage avec ses cheveux noirs en désordre et son beau visage tendu de désir. Il ne va pas faire vraiment preuve de douceur aujourd'hui, je le devine déjà.

Et j'ai raison. Il me pénètre d'un seul coup, glissant si profondément en moi que j'en perds le souffle, j'ai l'impression d'avoir été coupée en deux. Et pourtant mon corps répond au sien, se lubrifie davantage pour lui faciliter l'accès. Il me baise brutalement, implacablement, mais quand je crie ce sont des cris de plaisir que je pousse et la tension monte en spirale en moi de plus en plus violemment jusqu'à ce qu'il se mette à jouir.

* * *

Au petit déjeuner, j'ai un peu mal, mais je suis heureuse. Julian est là et tout va bien. En plus, il semble de bonne humeur, il me taquine pour avoir regardé une saison entière du feuilleton *Friends* en une semaine et il me demande quel est mon dernier temps à la course. Il est content que je fasse autant d'exercice depuis quelque temps, ou du moins il est content des résultats.

Physiquement, je n'ai jamais été aussi en forme, et ça se voit. Je suis mince et musclée et je suis la preuve vivante des bienfaits d'un régime sain, avec du grand air et du sport tous les jours. Mes épais cheveux bruns n'ont pas la moindre fourche, ma peau est lisse et bronzée. Je ne me souviens même pas de la dernière fois que j'ai eu un bouton.

— La dernière fois, j'ai couru cinq kilomètres en 16 minutes et vingt secondes, je dis à Julian sans fausse modestie. Je parie qu'il n'y a pas beaucoup de gars qui pourraient faire mieux.

— C'est vrai, en convient-il, et ses yeux bleus sont pleins de gaieté. Je n'y arriverais peut-être pas.

— Vraiment ? L'emporter sur Julian dans un domaine ou dans un autre me plairait. Vous voulez essayer ? J'aimerais bien faire la course avec vous.

— Je te le déconseille, Julian, dit Beth en riant. Elle court vite. Elle était déjà rapide, mais maintenant c'est une vraie fusée.

— Ah ouais ? Une vraie fusée, hein ?

— C'est vrai ! Je le regarde en lui lançant un défi. Vous voulez faire la course avec moi ou vous avez trop peur de perdre ?

Beth commence à glousser et Julian sourit en lui lançant des petits morceaux de pain.

— Ferme-la, tu devrais être de mon côté.

En riant de leurs gamineries, je jette un morceau de pain à Julian et Beth nous réprimande tous les deux.

— C'est moi qui devrai nettoyer vos saletés, grommelle-t-elle, et quand Julian promet de l'aider à balayer, il lui rend sa bonne humeur en lui adressant un de ses sourires éblouissants.

Quand il est comme ça, son charme agit sur moi et me séduit pour me faire oublier la réalité de ma situation. Au fond, je sais que tout ceci est une illusion, que cette impression de connivence, cette camaraderie, n'est rien qu'un mirage, mais au fil des jours ça commence à avoir de moins en moins d'importance. Bizarrement, j'ai l'impression de me dédoubler : je suis à la fois celle qui tombe amoureuse du bel assassin impitoyable assis à la table du petit déjeuner et celle qui observe tout cela avec un sentiment d'horreur et d'incrédulité.

Après le petit déjeuner, je me change pour aller courir (je mets un short et un soutien-gorge de sport) et je vais lire dans la véranda pour digérer avant. Comme d'habitude, Julian va dans son bureau. Ce n'est pas parce qu'il est ici que ses affaires peuvent attendre ; être trafiquant d'armes à l'échelle internationale exige une attention de tous les instants.

Bien qu'il parle rarement de son travail, au fil des mois j'ai réussi à glaner quelques informations. D'après ce que je comprends, mon ravisseur est à la tête d'une organisation mondiale spécialisée dans la production et la distribution d'armes de pointe et de certains types d'appareils électroniques. Il a pour clients les organismes et les individus qui ne peuvent pas acheter des armes légalement.

— Il traite avec des salauds vraiment dangereux m'a dit Beth. Il y a beaucoup de psychopathes parmi eux. On ne peut leur accorder aucune confiance.

— Alors pourquoi le fait-il ? ai-je demandé. Je suis sûre que ce n'est pas par besoin d'argent…

— Non, m'a expliqué Beth, ce n'est pas une question d'argent, c'est pour le plaisir, pour vaincre les difficultés. Les hommes comme Julian ont besoin de défis.

Je me demande parfois si c'est ce que Julian aime avec moi, la difficulté de me plier à ses volontés, de me modeler pour que je devienne ce dont il croit avoir besoin. Est-ce qu'il a du plaisir à savoir que je suis sa prisonnière et qu'il peut faire de moi ce qui lui plait ? Et est-ce que ça l'excite encore plus parce que c'est criminel ?

— Tu es prête ? On y va ? La voix de Julian interrompt mes pensées et quand je lève les yeux de mon livre il est debout devant moi. Il ne porte qu'un short noir et des baskets. Tout son corps semble une invitation à le caresser, son torse nu est extraordinairement musclé et sa peau dorée semble satinée à la lumière du soleil.

— Hum, ouais, allons-y ! Je me lève, je pose mon livre et je commence à faire des mouvements d'élongation tout en regardant du coin de l'œil Julian en faire autant. Il a vraiment un corps superbe et je me demande ce qu'il fait pour se maintenir dans une telle forme. Je ne l'ai jamais vu faire d'exercice quand il est ici.

— Vous faites de l'exercice quand vous êtes en voyage ? lui ai-je demandé en le regardant sans vergogne se pencher et atteindre ses doigts de pied avec une souplesse étonnante. Comment faites-vous pour vous maintenir dans une telle forme ?

Il se redresse et me sourit.

— Je m'entraîne avec mes hommes quand j'en ai la possibilité. J'imagine qu'on peut appeler ça faire de l'exercice.

— Vos hommes ? Je pense immédiatement au truand qui a tabassé Jake. C'est un souvenir qui me rend malade et je l'écarte de mon esprit, ne voulant pas avoir des pensées aussi noires en ce moment. Quelquefois, je dois faire ainsi, répartir cette nouvelle vie qui est la mienne en différents compartiments et séparer les bons moments des mauvais. C'est ma propre manière de résister et je devrais la breveter.

— Mes gardes du corps et certains autres de mes employés, explique Julian tandis que nous nous dirigeons vers la plage en marchant à vive allure pour nous échauffer. Certains sont d'anciens commandos de la Navy, s'entraîner avec eux n'est pas de tout repos, je t'assure.

— Vous vous entraînez avec des commandos de la Navy ? Je m'arrête en regardant sérieusement Julian. Alors ce n'était pas une plaisanterie tout à l'heure ?

Quand vous demandiez si vous pourriez me battre à la course ?

Un sourire légèrement malicieux apparait sur ses lèvres, il le rend tellement séduisant.

— Je ne sais pas, mon chat, dit-il d'une voix douce. Tu crois ? Pourquoi ne pas essayer, on verra bien.

— D'accord, ai-je dit avec l'intention de tout faire pour gagner, allons-y.

* * *

Nous commençons la course près d'un arbre que j'ai identifié exprès. De l'autre côté de l'île, il y a un autre arbre pour délimiter la ligne d'arrivée. En courant sur le sable le long de l'océan il y a exactement cinq kilomètres d'un point à l'autre.

Julian compte jusqu'à cinq, je déclenche mon chronomètre, et c'est parti, chacun court relativement vite, mais pas au maximum de ses forces. En courant, je sens mes muscles s'accoutumer au rythme et au mouvement et petit à petit j'accélère en allant plus vite que d'habitude à ce moment du parcours. Julian court à mes côtés, ses enjambées plus longues que les miennes lui permettent de garder facilement le rythme.

Nous courons en silence, sans parler, et je jette sans cesse de petits coups d'œil de côté à Julian. Nous sommes à mi-parcours, je suis en sueur et ma respiration est haletante, mais mon beau ravisseur ne semble pas vraiment faire d'effort. Il est en très grande forme, ses muscles lisses qui se contractent et se relâchent à chaque enjambée brillent de petites gouttes de sueur. Sa course est légère, sur la plante des pieds, et j'envie l'aisance de ses mouvements, j'aimerais bien avoir un quart de la force et de l'endurance dont il fait preuve.

En arrivant dans la dernière ligne droite j'accélère au maximum, je veux le battre bien que ce soit manifestement impossible. Il respire toujours aussi facilement et j'ai déjà le souffle court. Lui aussi il accélère, et malgré tous mes efforts je ne parviens pas à le devancer. Il me serre de très près.

Quand nous sommes à une centaine de mètres de l'arbre, je ruisselle de sueur et je suis à la limite de l'asphyxie. Je risque de m'effondrer et je le sais, mais je fais encore un effort héroïque pour sprinter jusqu'à la ligne d'arrivée.

Et juste au moment où je vais toucher l'arbre de la main pour gagner, Julian frappe l'écorce, il a exactement une seconde d'avance sur moi.

Je suis tellement déçue que je me retourne d'un coup, le dos appuyé à l'arbre. Julian se penche sur moi.

— Je t'ai bien eue ! dit-il, les yeux brillants et je m'aperçois qu'il respire presque normalement.

En peinant à reprendre mon souffle je le repousse, mais il ne recule pas. Au contraire, il se rapproche et pousse un genou entre mes cuisses. En même temps, sa main m'attrape derrière les genoux et il me soulève contre lui tout en m'ouvrant les cuisses, et il frotte son sexe en érection contre mon pelvis.

Visiblement, notre petite course l'a rempli de désir.

Tout en haletant, je le regarde fixement et je lui attrape l'épaule. J'ai du mal à me tenir debout et il veut baiser ?

Oui, visiblement, parce qu'il me redresse une seconde, m'enlève mon short et ma culotte et se déshabille à son tour. Je titube, les jambes pantelantes après l'effort que je viens de faire. Je n'arrive pas à y croire. Baiser juste après avoir couru ? Alors que je n'ai qu'une envie, m'allonger et boire un litre d'eau.

Mais Julian ne voit pas les choses de la même façon.

— Mets-toi à genou, m'ordonne-t-il d'une voix rauque en me poussant au sol avant même que je puisse lui obéir.

Je tombe lourdement à genou et je me retiens des mains. C'est une position qui me permet de reprendre un peu mon souffle et je suis contente de mieux respirer. Il fait si chaud et la course m'a mise à rude épreuve, si bien que la tête me tourne et j'ai peur de m'évanouir.

Un bras dur et bien musclé me passe sous les hanches et me maintient en place et je sens alors la verge de Julian s'appuyer sur mes fesses. Je suis à la limite de l'évanouissement, je tremble et j'attends la poussée qui va nous unir, mon sexe qui me trahit est déjà mouillé et vibrant d'impatience. Ma manière de réagir avec Julian est absurde et ridicule étant donné mon état physique.

Il écarte mes cheveux trempés de sueur de mon dos et se penche en avant pour m'embrasser le cou en me recouvrant du poids de son corps.

— Tu sais, murmure-t-il, tu es belle quand tu cours. J'ai envie de faire ça depuis le premier kilomètre. Et sur ces mots, il me pénètre d'un coup, l'épaisseur de sa verge m'étire et m'emplit toute entière.

Je pousse un cri, mes mains s'agrippent à la terre quand il commence à pousser, il me tient maintenant les hanches des deux mains pour mieux m'assaillir. Mes sens se limitent à une seule chose, le mouvement rythmique de ses hanches, la douleur exquise de sa possession brutale... Je me sens brûler de l'intérieur, la combinaison violente de la chaleur et du désir me consume. La pression qui monte en moi est vraiment insupportable et je rejette la tête en arrière en hurlant alors que mon corps tout entier explose, la délivrance qui me traverse à la vitesse de l'éclair possède une intensité telle que je m'évanouis.

Quand je reprends connaissance, Julian me berce sur ses genoux. Il s'est adossé à l'arbre qui marquait la ligne d'arrivée et il me fait boire des petites gorgées d'eau en veillant à ce que je ne m'étrangle pas.

— Tout va bien, bébé ? demande-t-il en me regardant avec ce qui semble une inquiétude sincère sur son beau visage.

— Hum... ouais. Ma gorge est encore sèche, mais je me sens vraiment mieux et je suis très gênée de m'être évanouie.

— Je ne m'étais pas rendu compte que tu étais déshydratée à ce point, dit-il en fronçant légèrement les sourcils. Pourquoi as-tu fait un tel effort ?

— Parce que je voulais gagner, ai-je admis en fermant les yeux et en respirant le parfum de sa peau. Il sent le sexe et la sueur, une alliance d'odeurs étrangement enivrante.

— Tiens, bois encore un peu d'eau, dit-il, je rouvre les yeux pour lui obéir et boire quand il met la bouteille entre mes lèvres. La bouteille vient de la glacière que je garde de ce côté de l'île pour boire quand j'ai fini de courir.

Après quelques minutes, et après avoir bu toute une bouteille d'eau, je me sens assez bien pour prendre le chemin du retour. Mais Julian ne me laisse pas marcher. Dès que je suis debout, il se penche et me prend dans ses bras aussi aisément que si j'étais une poupée.

— Tiens-moi par le cou, m'ordonne-t-il et je lui mets les bras autour du cou en le laissant me porter jusqu'à la maison.

CHAPITRE DIX-HUIT

Le lendemain matin, c'est une sensation somptueuse qui me réveille, un massage de pieds. Cette sensation est si extraordinaire que pendant quelques secondes j'ai l'impression de rêver et j'essaie de rester endormie. Mais le massage vigoureux qui est prodigué à mes pieds est bien réel et je gémis de plaisir tandis que chacun de mes orteils est frotté et caressé avec juste ce qu'il faut d'intensité.

En ouvrant les yeux, je vois Julian assis sur le lit, magnifiquement nu et tenant un flacon d'huile de massage. Il en verse quelques gouttes dans la paume de sa main, se penche sur moi et commence ensuite à me masser les chevilles et les mollets.

— Bonjour, dit-il en ronronnant et en me regardant. Je le regarde fixement, muette de surprise. Julian m'a déjà fait des massages, mais d'habitude c'est seulement pour m'aider à me détendre avant de me faire hurler. Il ne m'a encore jamais réveillée d'une manière aussi agréable.

Il y a un demi-sourire sur ses lèvres sensuelles et je ne peux m'empêcher de m'inquiéter.

— Hum, Julian, dis-je en hésitant, qu'est-ce… qu'est-ce que vous faites ?

— Je te fais un massage, dit-il, et ses yeux brillent d'amusement. Pourquoi ne pas te détendre et en profiter ?

Je cligne des yeux en regardant ses mains remonter lentement le long de mes mollets. Il a de grandes mains, puissantes et masculines. Mes jambes semblent incroyablement fines et féminines sous son emprise bien que je sois bien musclée grâce à la pratique de l'athlétisme. Je sens les durillons de ses mains me frotter la peau et j'avale ma salive, sans le vouloir je viens de penser que ses mains sont celles d'un meurtrier.

— Tourne-toi ! dit-il en me tirant par les jambes et je me mets à plat ventre sans cesser d'être inquiète. Qu'est-ce qu'il a l'intention de faire ? Avec Julian, je n'aime pas les surprises.

Il commence à me masser l'arrière des jambes en trouvant infailliblement les endroits les plus douloureux après la course d'hier et je laisse échapper un petit grognement quand mes muscles contractés commencent à se détendre sous ses doigts habiles. Mais je n'arrive toujours pas à lâcher prise ; Julian est bien trop imprévisible pour que je puisse être sereine.

Il sent visiblement mon malaise et se penche vers moi pour me murmurer à l'oreille :

— Ce n'est qu'un massage, mon chat, inutile de t'inquiéter à ce point.

Un peu rassurée, je m'autorise à me détendre et je me laisse aller sur ce matelas confortable. Les mains de Julian sont magiques ; j'ai déjà été massée par des professionnels qui n'étaient pas aussi doués. Il est totalement à l'écoute, prêtant attention au moindre changement de ma respiration, au plus infime tressaillement de l'un de mes muscles… Après quelques minutes, l'étrangeté de son comportement ne me gêne plus, je me contente de savourer les délices d'une telle expérience.

Quand il a massé mon corps tout entier et que je suis pantelante et comblée, Julian s'arrête et m'emmène prendre une douche. Puis il s'allonge sur moi et me donne du plaisir avec ses lèvres jusqu'à ce que j'explose dans une jouissance inimaginable.

Au petit déjeuner, je fredonne presque de satisfaction. C'est la meilleure matinée que j'ai connue depuis des mois, peut-être même depuis des années. Par une étrange coïncidence, Beth a préparé mon plat préféré, des œufs Bénédicte et des croquettes au crabe. Je n'ai rien goûté d'aussi luxueux depuis mon arrivée ici. Ce que prépare Beth est bon, mais en général c'est une cuisine diététique. Les fruits, les légumes et le poisson semblent composer l'essentiel de notre régime. Je ne me souviens pas de la dernière fois que j'ai mangé quelque chose d'aussi savoureux et d'aussi délicieux que la sauce hollandaise que Beth a faite aujourd'hui.

— Mmm, c'est tellement bon, je murmure la bouche pleine. Beth, c'est vraiment extraordinaire. Ce sont probablement les meilleurs œufs Bénédicte que je n'ai jamais mangés.

Elle m'adresse un sourire.

— C'est réussi, n'est-ce pas ? Je n'étais pas certaine d'avoir réussi la recette, mais finalement c'est un succès.

— Oh oui, c'est parfait, je lui dis pour la rassurer avant de me resservir. C'est absolument parfait.

Julian sourit, ses yeux brillent d'amusement et d'affection.

— Tu as faim, mon chat ? Il a déjà beaucoup mangé, mais je suis en train de le rattraper.

— Je meurs de faim, lui ai-je dit en prenant une nouvelle bouchée. C'est que j'ai brûlé pas mal de calories hier.

— C'est certain, dit-il, et il sourit de plus belle avant de raconter à Beth comment j'ai presque failli gagner la course, sans lui dire qu'ensuite nous avons baisé et que je me suis évanouie.

Quand le petit déjeuner est terminé, je suis complètement rassasiée et je serais incapable d'avaler une bouchée de plus. En remerciant Beth pour ce repas je me lève et je m'apprête à aller chercher un livre pour aller me détendre en lisant dans la véranda quand Julian m'attrape le poignet par surprise.

— Attends, Nora, dit-il d'une voix douce et en m'obligeant à me rasseoir. Beth a préparé autre chose aujourd'hui. Et quand il jette un coup d'œil mystérieux à Beth elle se lève immédiatement et va dans la cuisine.

— Bon, d'accord ! Je n'y comprends rien. Elle a préparé autre chose, mais elle ne l'a pas servi pendant le repas ?

À ce moment-là, Beth revient vers la table en portant un plateau sur lequel il y a un gros gâteau au chocolat, un gâteau garni de bougies allumées.

— Joyeux anniversaire, Nora ! dit Julian en souriant quand Beth pose le gâteau devant moi. Et maintenant, fais un vœu avant de souffler tes bougies !

* * *

Je souffle machinalement sur les bougies en m'apercevant à peine que je dois m'y reprendre à trois fois. Beth pousse des petits cris de joie et applaudit, mais j'entends tout cela comme si ça se passait très loin de moi. J'ai le tournis et pourtant je suis étrangement dépourvue de sensation comme si rien ne pouvait m'atteindre en ce moment. Je ne pense qu'à une seule chose, je ne peux me concentrer que sur cette réalité, c'est le jour de mon anniversaire.

Mon anniversaire. C'est mon anniversaire. Aujourd'hui, je viens d'avoir dix-neuf ans.

M'en rendre compte me donne envie de hurler.

J'ai rencontré Julian peu avant mon dernier anniversaire, et il m'a amenée ici quelques jours plus tard. Puisqu'aujourd'hui c'est mon anniversaire, cela veut dire que presque un an s'est écoulé depuis mon enlèvement, depuis que je suis ici, à la merci de Julian et entièrement coupée du reste du monde.

Un an de ma vie vient de passer en captivité.

J'ai l'impression de suffoquer comme s'il n'y avait plus d'air dans la pièce, mais je sais bien que ce n'est pas vrai ; c'est tout simplement que je n'arrive pas à respirer.

— Nora ? La voix de Beth réussit à traverser le vacarme qui emplit mes oreilles. Nora, ça va ?

Finalement, je réussis quand même à respirer, il était temps, et je lève les yeux. Beth me regarde d'un air perplexe et Julian a cessé de sourire. Il a de nouveau l'air d'un inconnu et de quelqu'un de dangereux, son regard est sombre et inquiétant.

En faisant un effort surhumain pour me maîtriser je réussis à esquisser un sourire.

— Bien sûr. Merci pour le gâteau, Beth.

— Nous voulions te faire une surprise, dit-elle un peu rassérénée, elle m'a crue sur parole. J'espère que tu as encore un peu de place pour le dessert. C'est bien ton préféré, le gâteau au chocolat ?

Le bourdonnement s'intensifie dans mes oreilles.

— Hum… oui. Malgré tous mes efforts, ma voix s'étrangle. Et pour une surprise, c'est une surprise.

— Laisse-nous, Beth, dit sèchement Julian en lui jetant un coup d'œil. Nous avons besoin d'être seuls maintenant, Nora et moi.

Beth cligne des yeux, elle est visiblement déconcertée par le ton de Julian. Je ne l'ai jamais entendu lui parler comme ça. Mais elle lui obéit immédiatement et monte presque en courant dans sa chambre.

Il y avait longtemps que je n'avais pas vu Julian dans une telle colère et je sais que je devrais avoir peur, mais en ce moment je n'arrive pas à me préoccuper de ce qui va se passer. Chaque muscle de mon corps est mobilisé pour essayer d'empêcher la terrible tempête que je sens monter en moi de se déchaîner et c'est un soulagement que Beth n'est plus là. *Un an. Putain, ça fait un an...* Je n'ai jamais éprouvé une rage pareille ; c'est comme si un barrage avait été détruit et que rien ne puisse plus résister. Un voile rouge me descend sur les yeux et m'aveugle, et le bourdonnement dans mes oreilles s'amplifie encore tandis que mes émotions se déchaînent.

Dès que Beth a disparu, ma colère explose. Je deviens complètement folle, je suis l'incarnation même de la furie. J'attrape la première chose qui se trouve à portée de main, le gâteau au chocolat, et je le jette à l'autre bout de la pièce, il y a du fondant au chocolat partout. Ensuite, c'est au tour de mon assiette et de mon verre, je les jette contre le mur où ils se fracassent en mille morceaux ; et pendant tout ce temps, j'entends des hurlements venus de loin. La partie de mon cerveau qui réussit encore à fonctionner s'aperçoit que c'est moi qui crie, j'entends mes propres hurlements et mes imprécations, mais je ne peux pas m'en empêcher, pas davantage que je ne pourrais arrêter un typhon. Toute la colère, la terreur et la frustration de l'année qui vient de s'écouler sont remontées à la surface et se déversent comme la lave d'un volcan, ma rage est incontrôlable.

Je ne sais pas combien de temps je reste dans cet état second, avant que des bras referment leur étau sur moi par derrière et m'emprisonnent dans une étreinte qui m'est si familière. Je me débats et je continue à hurler jusqu'à ce que ma voix devienne enrouée, mais mes efforts sont vains. Julian est bien plus fort que moi et en ce moment il utilise sa force pour me maîtriser, pour m'immobiliser jusqu'à ce que je m'épuise complètement et que je m'effondre contre lui, vaincue et en pleurs.

— Tu as fini ? me murmure-t-il à l'oreille et je reconnais les nuances ténébreuses de son intonation. Comme d'habitude, elles me font peur tout en m'excitant, mon corps est désormais conditionné à désirer la douleur qui va lui être infligée et l'extase insensée qui l'accompagne inévitablement.

Je secoue la tête en guise de réponse, mais je sais que *j'ai fini*, que ce qui vient de me submerger s'est éloigné et m'a laissée dans un état d'épuisement et de vide.

Julian me retourne dans ses bras pour que je sois face à lui. Je le fixe du regard, mes yeux embués de larmes ne peuvent s'empêcher de contempler la symétrie parfaite de ses traits. Ses pommettes saillantes ont légèrement rougi et il y a quelque chose d'inquiétant dans sa manière de me regarder, comme s'il voulait me dévorer, arracher mon âme et l'avaler tout entière. Nous nous regardons droit dans les yeux et je sais que je suis au bord du précipice, le sol se dérobe sous mes pieds.

Et à ce moment-là, je retrouve toute ma lucidité.

Ma colère ne vient pas du fait que j'ai été emprisonnée toute une année ici. Non, ma rage va bien plus loin. Ce qui me consume de l'intérieur, ce n'est pas que j'ai été en captivité pendant tout ce temps, c'est que je me suis mise à aimer ma captivité.

Pendant ces derniers mois, je me suis en quelque sorte accoutumée à ma nouvelle vie. Je me suis mise à apprécier le calme, le rythme apaisant de la vie sur cette île. L'océan, le sable, le soleil, ce lieu ressemble autant au paradis qu'il m'est possible de l'imaginer. Désormais, la liberté et tout ce qu'elle implique ne sont plus qu'un rêve vague et inaccessible. J'ai du mal à me souvenir du visage de ceux que j'ai laissés au loin ; leurs traits sont flous, ils ne sont plus que des silhouettes indécises dans mon esprit. Seul compte désormais pour moi celui qui me serre si fort dans ses bras.

Julian, mon ravisseur, mon amant.

— Pourquoi, Nora ? demande-t-il d'une voix à peine audible. Son bras se resserre encore autour de moi, ses doigts s'enfoncent dans la peau douce de mon dos. Comme je ne réponds pas, il s'assombrit encore davantage. Pourquoi ?

Je garde le silence, refusant de faire ce dernier pas qui serait irrévocable. Je ne peux me dévoiler ainsi devant Julian. Il m'a déjà bien trop pris ; je ne peux lui donner aussi cela.

— Dis-le-moi, ordonne-t-il, en glissant une main dans mes cheveux pour les tordre et me renverser la tête en arrière. Dis-le-moi immédiatement.

— Je vous déteste, je dis d'une voix rauque en rassemblant le peu qu'il reste de ma capacité à lui résister. Ma voix est cassée, j'ai tellement hurlé que je suis enrouée. Je vous déteste…

Une flamme bleue s'allume dans ses yeux.

— Vraiment ? murmure-t-il en se penchant sur moi tout en me maintenant renversée en arrière et incapable de bouger. Tu me détestes mon chat ?

Je soutiens son regard et je refuse de battre des paupières. Au point où j'en suis…

— Oui, je siffle, je vous déteste ! Je dois le convaincre de ma haine à son égard parce que le contraire est inconcevable. Il ne faut pas qu'il sache la vérité. C'est impossible qu'il le sache.

Le visage de Julian se durcit et devient glacial. D'un seul geste, en un éclair, il jette par terre ce qui restait sur la table et m'y pousse en me forçant à me pencher, mon visage glisse sur le bois lisse. J'essaie de donner des coups de pied, mais c'est inutile. Il me tient par la nuque d'une main ferme et c'est alors que j'entends le bruit menaçant d'une boucle de ceinture qui s'ouvre.

Je me débats encore plus et je réussis même à lui donner un coup de pied. Mais c'est inutile. Je ne peux pas échapper à Julian. Je ne pourrais jamais échapper à Julian.

Il se penche sur moi et m'appuie sur la table, ses doigts se resserrent violemment sur ma nuque.

— Tu es à moi, Nora, dit-il durement, et son grand corps me domine tout en me remplissant de désir. Je sens son sexe en érection contre mes fesses, sa dureté sans équivoque est à la fois une menace et une promesse.

Il se recule sans me lâcher le cou et j'entends le léger glissement d'une ceinture que l'on enlève de ses passants. Un instant plus tard, ma robe est soulevée, le bas de mon corps est dénudé. Je ferme les yeux de toutes mes forces en me préparant à ce qui va se passer.

Et vlan ! Et vlan ! La ceinture me frappe les fesses sans s'arrêter, chaque coup est une langue de feu qui me lèche les cuisses et les fesses. J'entends mes propres cris, je sens mon corps se raidir à chaque coup puis la douleur m'entraîne dans cet état second où tout s'inverse, où la douleur se mêle au plaisir, où ils ne font plus qu'un, et où mon bourreau devient mon seul réconfort.

Mon corps se détend, je me mets à fondre, chaque coup de ceinture commence à ressembler davantage à une caresse et je sais que d'une certaine manière c'est exactement ce dont j'ai besoin maintenant, Julian a atteint cette ténébreuse part secrète de moi-même qui est le reflet même de ses propres désirs pervers. Cette part de moi qui veut s'abandonner, se perdre totalement et n'être plus *qu'à lui.*

Quand Julian s'arrête et me retourne, toute résistance a disparu de mon corps. Ma tête reçoit la plus puissante giclée d'endorphine que j'aie jamais reçue et je m'agrippe à lui, désirant désespérément être réconfortée, être baisée, recevoir tout ce qui pourrait ressembler à de l'amour et à de l'affection.

Mon bras entoure le cou de Julian et je l'attire avec moi sur la table, je savoure le goût qu'il a dans les baisers profonds et avides dont il me dévore la bouche. Mon derrière est en feu, mais ça ne diminue en rien mon désir, au contraire, ça l'intensifie. Julian a bien réussi mon éducation. Mon corps est conditionné à désirer le plaisir qui va venir.

Il se débat avec la fermeture éclair de son jean et puis il me pénètre en force, d'un seul coup. Je frissonne de soulagement, mon extase est voisine de la souffrance ; j'entoure sa taille de mes jambes pour qu'il me prenne encore plus profondément, j'ai besoin qu'il me baise, qu'il me fasse sienne de la manière la plus primitive qui soit.

— Dis-le-moi, bébé, me murmure-t-il à l'oreille, ses lèvres effleurent mes tempes. Sa main droite se glisse dans mes cheveux pour me maintenir immobile. Dis-moi à quel point tu me détestes. Son autre main trouve l'endroit où nous sommes unis, le frotte, puis va un peu plus loin vers mon autre ouverture. Dis-le-moi…

Quand son doigt me rentre dans l'anus j'en perds le souffle, mes sens sont submergés par toutes ces sensations contradictoires. Tout étourdie, j'ouvre les yeux et je regarde fixement Julian en reconnaissant les ténèbres de mes propres désirs sur son visage. Il veut me posséder, me briser pour me reconstruire et je ne peux plus l'en empêcher.

— Je ne te déteste pas. Je murmure ces paroles d'une voix rauque et j'avale ma salive parce que ma gorge est sèche. Je ne te déteste pas, Julian.

Quelque chose de triomphal apparait sur son visage. Il avance ses hanches et quand sa verge s'enfonce encore plus loin en moi je réprime un gémissement sans cesser de le fixer des yeux.

— Dis-le-moi, m'ordonne-t-il encore, sa voix est plus grave. Il me brûle les yeux des siens et je ne peux plus résister à ce qu'il exige de moi. Il me veut tout entière, et je n'ai pas le choix si bien que je me rends.

— Je t'aime. Ma voix est à peine audible, chaque mot semble avoir été arraché à mon âme. Je ne te déteste pas Julian… ce ne serait pas possible… ce ne serait pas possible parce que je t'aime.

Je vois ses pupilles se dilater, ses yeux devenir plus sombres. Sa verge enfle en moi, elle est encore plus grosse et plus dure qu'avant et puis il se retire et revient de plus belle, la violence de sa possession me fait perdre le souffle.

— Dis-le-moi encore, gronde-t-il, et je répète ce que je viens de dire, cette fois les mots sortent avec moins de peine. Il est inutile de lui cacher plus longtemps la vérité, il n'y a pas de raison de lui mentir. Je me suis follement éprise de mon ravisseur sadique et rien au monde ne pourrait le changer.

— Je t'aime, je murmure tandis que ma main remonte pour se poser sur sa joue. Je t'aime, Julian.

Ses yeux s'assombrissent encore plus puis il penche la tête et me prend la bouche dans un profond baiser, un baiser d'une intensité dévorante.

Désormais, je lui appartiens tout entière, et il le sait.

CHAPITRE DIX-NEUF

Les trois mois suivants passent en un éclair.

Après ce jour mémorable que j'appelle le Jour Anniversaire, ma relation avec Julian se transforme de manière sensible et devient plus… *romantique*, faute d'un terme plus approprié.

C'est une histoire d'amour perverse, je le sais. J'ai beau être accro à Julian, je ne le suis pas au point de ne pas me rendre compte à quel point c'est malsain. Je suis amoureuse de celui qui m'a enlevée, de celui qui continue à me garder prisonnière.

Celui qui semble avoir besoin de mon amour autant que de mon corps.

J'ignore s'il m'aime en retour. J'ignore même s'il est capable d'un tel sentiment. Comment peut-on aimer quelqu'un que l'on prive de sa liberté sans en avoir le moindre remords ? Et pourtant je ne peux m'empêcher de penser qu'il tient à moi, que son obsession à mon égard n'est pas seulement d'ordre sexuel. Je le vois dans la manière dont je surprends certains de ses regards, dans sa manière d'anticiper chacun de mes désirs.

Il m'apporte sans cesse ce que je préfère manger, les livres que j'ai envie de lire, la musique que j'ai envie d'écouter. Il suffit que je dise un mot d'une crème pour les mains et il me l'achète lors de son prochain voyage. Je suis la jeune fille la plus choyée qui soit. Il s'enorgueillit même de mes réussites, il me félicite pour ma peinture et il est même allé jusqu'à emporter plusieurs de mes tableaux pour les accrocher aux murs de son bureau de Hong-Kong.

Et je lui manque quand nous ne sommes pas ensemble. Je le sais parce qu'il me le dit et aussi parce qu'à chacun de ses retours il se jette sur moi avec l'avidité d'un homme qui sort de prison. C'est surtout ça qui me fait espérer que ses sentiments pour moi vont au-delà de ceux d'un propriétaire pour ce qu'il possède.

— Tu vois d'autres femmes ? Là-bas, dans le monde réel ? lui ai-je demandé un jour au petit déjeuner après une nuit où il m'avait prise trois fois de suite. Cette question me ronge depuis des mois et je ne peux tout simplement m'empêcher de la lui poser. Mon ravisseur est tellement beau ; il a un attrait inquiétant, un charme qui doivent séduire tant de femmes. Je l'imagine aisément coucher chaque nuit avec une nouvelle beauté, et cette pensée me donne envie de cogner. Même avec ses goûts sadiques je sais qu'il n'aurait aucun mal à trouver des partenaires pour la nuit; il y a sans doute beaucoup de femmes qui comme moi aiment souffrir en faisant l'amour.

Il me sourit d'un air amusé, mais sombre, mon apparente bouffée de jalousie ne semble en rien le gêner.

— Non, mon chat, dit-il doucement. Il tend la main et prend la mienne pour me caresser le poignet de son pouce. Pourquoi aurais-je envie de baiser une autre femme puisque je t'ai ? Je n'ai pas été avec une autre femme depuis que nous nous sommes rencontrés.

— C'est vrai ? Je ne peux lui cacher ma surprise. Pendant tout ce temps, Julian m'est resté fidèle ?

Il me regarde, ses lèvres dessinent un sourire scandaleusement délicieux.

— Oui bébé, c'est vrai, dit-il, et à cet instant je suis la femme la plus heureuse du monde.

J'adore quand il m'appelle « bébé ». Je sais bien que c'est un petit nom banal, mais quand c'est Julian qui le dit, ça sonne autrement, comme une caresse. J'aime bien mieux qu'il m'appelle « bébé » que « mon chat ».

D'ailleurs, je sais bien que c'est ce que je suis pour lui, un petit animal de compagnie dont il est le propriétaire. Il aime savoir que je lui appartiens, qu'il est le seul homme à me toucher, à me voir. Il aime m'habiller des vêtements qu'il choisit pour moi, me nourrir des aliments qu'il rapporte. Je dépends totalement de lui, je suis entièrement à sa merci et je pense que ça lui plait et que cela apaise les démons que je sens souvent rôder sous le vernis des apparences.

Franchement, ça ne me gêne pas. En prendre conscience n'est pas facile, mais une part de moi semble aimer ce rapport de force. Je me sens choyée et je me sens en sécurité, même si logiquement il est évident que ma sécurité est compromise en vivant avec un trafiquant d'armes qui m'a confessé ses meurtres sans exprimer le moindre regret. Les mains qui me caressent la nuit sont des mains de criminel, mais cela donne du piquant à ma vie. Elle y gagne en plénitude, il me semble vivre plus intensément.

Et d'ailleurs, malgré son besoin de me faire mal, Julian ne m'a jamais vraiment fait souffrir, en tout cas pas physiquement. Quand il est d'humeur sadique, je m'en tire avec des traces de coups et des bleus, mais j'en guéris vite. Il fait attention à ne jamais me laisser de cicatrices même si je sais que le sang et les larmes, mes larmes, excitent son désir.

Quand je me confie à Beth, elle ne semble nullement surprise.

— Dès que je vous ai vus ensemble j'ai su que vous étiez faits l'un pour l'autre tous les deux, dit-elle en me regardant d'un air malicieux. Quand vous êtes dans la même pièce, Julian et toi, l'air devient presque incandescent. Je n'avais encore jamais senti le courant passer entre deux personnes comme entre vous deux. Ce qui se passe entre vous est rare et précieux. Il ne faut pas y résister, Nora. Il t'est destiné comme tu lui es destinée.

Elle en semble profondément convaincue.

* * *

Le soir où ma vie a changé pour toujours tout avait commencé normalement.

Julian est ici et nous partageons un dîner exquis avant qu'il ne m'emmène dans la chambre pour faire l'amour à satiété. Il fait preuve de douceur aujourd'hui, ses caresses sont comme le culte qu'il rendrait à une déesse et je m'endors entre ses bras serrés autour de moi, détendue et comblée.

Quand je me réveille au milieu de la nuit pour aller aux toilettes je m'aperçois d'une douleur sourde près de mon nombril. Je vais aux toilettes, je me lave les mains et je retourne me coucher ; je m'allonge le long de Julian qui est toujours endormi. J'ai également une légère nausée et je me demande si j'ai une indigestion. Est-ce que j'ai mangé quelque chose qui ne passe pas ?

J'essaie de me rendormir, mais de minute en minute la douleur s'intensifie. Elle descend vers le bas de mon ventre, sur la droite, et maintenant c'est une douleur vive qui devient insupportable. Je ne veux pas réveiller Julian, mais je ne peux pas faire autrement, j'ai besoin d'un analgésique, n'importe lequel.

— Julian, je murmure en le touchant, Julian, je ne me sens pas bien.

Il se réveille instantanément et s'assied dans le lit avant d'allumer la lampe de chevet. Il est parfaitement réveillé, aussi lucide à trois heures du matin qu'en plein jour.

— Qu'est-ce qui ne va pas ?

Je me recroqueville, la douleur a encore empiré. Je ne sais pas, ai-je dit, j'ai mal au ventre.

Il fronce les sourcils.

— Où as-tu mal, bébé ? dit-il doucement en me recouchant sur le dos.

— C'est… sur le côté. J'en perds le souffle et des larmes commencent à me ruisseler sur le visage.

— Ici ? demande-t-il en appuyant sur le côté, je secoue la tête en signe de dénégation.

— Ici ?

— Oui ! En fait, il a infailliblement trouvé l'endroit exact où ça me fait si mal.

Il se lève et s'habille immédiatement.

— Beth ! hurle-t-il. Beth, j'ai besoin de toi ! Tout de suite !

Trente secondes plus tard, elle arrive en courant dans la chambre en mettant un peignoir sur son pyjama.

— Qu'est-ce qui se passe ?

Elle semble avoir peur et moi je suis terrifiée. Je n'ai jamais vu Julian dans cet état. Il semble presque… anxieux.

— Prépare-toi, dit-il laconiquement, je l'emmène à la clinique et tu viens avec nous ; ça pourrait être une appendicite.

L'appendicite ! Maintenant qu'il vient de le dire, je m'aperçois que c'est l'explication la plus probable, mais c'est vraiment terrifiant. Je ne suis pas médecin, mais je sais que si mon appendice éclate avant qu'on puisse l'opérer, je suis fichue. Même à une heure d'un centre de soins ça serait inquiétant, mais je suis sur une île au beau milieu du Pacifique. Et si l'on n'arrive pas à l'hôpital à temps ?

Julian doit penser la même chose parce qu'il a l'air sombre quand il m'enveloppe dans un peignoir et me porte dans ses bras pour sortir de la chambre.

— Je peux marcher, ai-je faiblement protesté, et la douleur se déchaîne dans mon ventre tandis que Julian descend l'escalier à toute vitesse.

— Bien sûr que non. Il n'a pas besoin de me parler aussi durement, mais je ne m'en formalise pas. Je sais qu'il s'inquiète pour moi, et malgré mes souffrances, cette pensée me fait plaisir.

Quand nous arrivons au hangar, Beth a déjà ouvert le portail et nous attend à l'arrière de l'avion. Quand Julian m'assied sur le siège du passager et boucle ma ceinture, je m'aperçois que mon rêve le plus cher va être réalisé.

Je quitte cette île.

J'ai un haut-le-cœur et j'attrape le sac en papier qui est justement devant moi. Tout à coup, la nausée me brûle la gorge et je vomis dans le sac, je suis toute en sueur et je frissonne des pieds à la tête.

J'entends les jurons de Julian quand l'appareil décolle et je suis tellement gênée que j'aimerais mieux mourir.

— Je suis désolée… ai-je murmuré ; les yeux me brûlent, jamais je ne me suis sentie aussi mal.

— Ça va, dit sèchement Julian. Ne t'inquiète pas.

— Tiens, dit Beth qui me tend un kleenex par-derrière. Ça devrait t'aider à te sentir un peu mieux.

Mais non. Au contraire, alors que l'appareil prend de la hauteur j'ai de nouveau envie de vomir. En gémissant, je me tiens le ventre, ma douleur au côté droit s'intensifie de plus belle.

— Merde ! marmonne Julian. Merde, merde, et merde ! Quand il saisit le manche, sa main est exsangue.

Je vomis encore une fois.

— Ça va prendre combien de temps ? La voix de Beth est inhabituellement suraigüe.

— Deux heures, dit sombrement Julian. Si les vents sont avec nous.

Ces deux heures compteront parmi les plus longues de ma vie. Quand l'appareil a amorcé sa descente, j'ai vomi cinq fois de suite et il n'était plus question d'être gênée. La douleur que j'ai dans le ventre est une véritable torture et la seule chose dont je me rende compte c'est d'avoir mal jusque dans la moelle de mes os.

On m'attrape fermement et l'on me sort de l'avion et j'ai vaguement l'impression que Julian m'emporte quelque part, il me tient serrée contre son large buste. Il y a un brouhaha de voix en anglais et dans une langue étrangère puis on me place dans une civière sur un charriot qui m'emmène dans un couloir puis dans une pièce blanche qui semble aseptisée.

Plusieurs personnes en blouse blanche s'affairent autour de moi, un homme jette bizarrement des ordres dans plusieurs langues à la fois et je sens une piqûre au bras quand on me pose une intraveineuse au poignet. La tête me tourne, je vois Julian debout dans un coin, le visage étrangement pâle et les yeux brillants… puis je plonge de nouveau dans le noir.

CHAPITRE VINGT

Quand je reprends connaissance, mon état ne s'est que partiellement amélioré. J'ai le cerveau très congestionné et ma douleur lancinante au côté est toujours là, bien qu'elle soit différente maintenant, moins vive et plus supportable. Pendant un instant, je pense que je me suis endormie en ne me sentant pas bien et que tout le reste n'était qu'un mauvais rêve, mais une odeur me détrompe. C'est l'odeur de l'antiseptique, on la reconnaîtrait entre mille, elle ne se trouve que dans le cabinet des médecins et dans les hôpitaux.

Cette odeur signifie que je suis en vie… et que je ne suis plus sur l'île de Julian.

À cette pensée, mon cœur se met à battre la chamade.

— Elle a repris connaissance, dit une voix que je ne reconnais pas en anglais, mais avec un fort accent étranger, visiblement elle s'adresse à une troisième personne qui doit se trouver dans la pièce.

J'entends des bruits de pas et quelqu'un s'assied près de moi sur le lit. Des doigts viennent me caresser la joue, je sens leur chaleur.

— Comment te sens-tu, bébé ?

Après avoir fait des efforts pour ouvrir les yeux, je contemple le beau visage de Julian.

— Comme quelqu'un dont on a ouvert le ventre et qu'on a recousu, je réussis à répondre d'une voix rauque. Ma gorge est tellement sèche et tellement sensible que ça me fait mal de parler et je sens une douleur sourde et lancinante au côté droit.

— Tiens ! Julian me tend un gobelet avec une paille repliée. Tu dois avoir soif.

Il me le rapproche des lèvres et je prends docilement la paille pour boire un peu d'eau. Je n'ai pas encore repris tous mes esprits, et pendant un instant les bons et les mauvais souvenirs se confondent. Je me souviens de mon arrivée sur l'île quand Julian m'a offert une bouteille d'eau, et involontairement j'en ai froid dans le dos. À cet instant précis, Julian n'est plus l'homme que j'aime. Il est redevenu mon ennemi, celui qui m'a enlevée, celui qui m'a prise contre mon gré.

— Tu as froid ? me demande-t-il en reprenant le gobelet et en remontant la couverture pour me recouvrir les épaules.

— Hum, oui, un petit peu. *Je ne suis plus sur l'île. Oh, mon Dieu, je ne suis plus sur l'île.* La tête me tourne. Je suis déchirée, comme écartelée entre la jeune fille terrifiée qui sait bien qu'elle a enfin l'occasion de s'enfuir et la femme qui désire les caresses de Julian.

— On t'a enlevé l'appendicite, dit Julian en remettant en arrière une mèche de mes cheveux qui me chatouillait le front. L'opération s'est bien passée et il ne devrait pas y avoir de complications. N'est-ce pas, Angela ? Il se tourne vers la gauche.

— Oui, Mr Esguerra.

Esguerra ? C'est le nom de famille de Julian ? En reconnaissant la voix que j'ai déjà entendue, je tourne la tête et je vois une jeune femme de petite taille en blouse blanche. Sa peau lisse est café au lait, ses yeux et ses cheveux sombres, presque noirs. J'ai l'impression qu'elle doit être des Philippines ou peut-être de Thaïlande, encore que je ne m'y connaisse pas tellement sur ces deux pays.

Mais ce que je sais, c'est que depuis quinze mois elle est la première personne que je vois en dehors de Julian et de Beth.

Je ne suis plus sur l'île. Oh, mon Dieu, je ne suis plus sur l'île. Pour la première fois depuis mon enlèvement j'ai vraiment la possibilité de m'enfuir.

— Où suis-je ? Je demande en regardant fixement la jeune infirmière. Je n'arrive pas à croire que Julian laisse quelqu'un d'autre s'approcher de moi. Moi, la jeune fille qu'il a enlevée.

— Tu es dans une clinique privée aux Philippines, répond Julian et la jeune femme se contente de me sourire. Angela est l'aide-soignante qui va s'occuper de toi.

À ce moment-là, la porte s'ouvre et Beth entre dans la chambre.

— Alors tu es réveillée ! s'exclame-t-elle en venant à mon chevet. Comment te sens-tu ?

— Bien, il me semble, lui ai-je dit prudemment. *Bon Dieu, je ne suis plus sur leur putain d'île.*

— Les médecins ont dit que Julian t'a amenée ici juste à temps, dit Beth en amenant une chaise et en s'asseyant à côté de mon lit. C'était limite pour ton appendice. On te l'a enlevé et l'on t'a recousue, tu es comme neuve !

Je me mets à rire nerveusement… et immédiatement après je pousse un cri de douleur, en bougeant j'ai tiré sur les points de suture.

— Tu as mal ? Julian me regarde d'un air inquiet. Puis se tournant vers Angela il lui ordonne :

Donnez-lui quelque chose de plus contre la douleur.

— Non, ça va, ça me fait juste un peu mal. J'essaie de la rassurer. Sérieusement, je n'en ai pas besoin.

Je veux absolument rester lucide. Je ne suis plus sur l'île et j'ai besoin de réfléchir à ce que je vais faire. Je fais de mon mieux pour rester calme, mais j'ai besoin de toute ma volonté pour ne pas crier de joie ou faire quelque chose d'idiot. La liberté est tout près, j'en savoure déjà le goût.

— Bien sûr, Mr Esguerra. Angela ne tient aucun compte de mes protestations et vient vers le lit pour ajouter quelque chose dans mon intraveineuse.

Julian se penche sur le lit et m'embrasse légèrement sur les lèvres.

— Tu as besoin de te reposer, dit-il. Je veux que tu sois en bonne santé. Tu m'as compris ?

Je hoche la tête, mes paupières s'alourdissent et je sens agir le médicament. Pendant un instant, j'ai l'impression de flotter sur un petit nuage, je ne souffre plus, et ensuite je ne me rends plus compte de rien.

* * *

Quand je me réveille de nouveau je suis seule dans la pièce. La lumière entre à flots par de grandes baies vitrées et le rebord de la fenêtre est égayé de plantes fleuries. C'est bien confortable : s'il n'y avait pas cette odeur d'hôpital et les différents systèmes de surveillance, j'aurais pu croire que j'étais chez quelqu'un, dans sa chambre. Je ne sais pas ce qu'il en est de cette clinique privée, mais elle est assez luxueuse et je commence seulement à m'en apercevoir.

La porte s'ouvre et Angela entre dans la pièce. Elle me fait un grand sourire et me dit gaiement :

— Comment vous sentez-vous, Nora ?

— Bien, ai-je répondu avec une certaine méfiance. Où est Julian ? Il y a quelque chose chez elle qui ne me revient pas, mais je ne sais pas ce que c'est. Je sais que c'est sans doute grâce à elle que je pourrais m'enfuir, mais je ne sais pas si je peux lui faire confiance. Elle pourrait très bien être au service de Julian, comme Beth.

— Mr Esguerra a dû s'absenter pendant deux ou trois heures, dit-elle en me souriant. Mais Beth est là, elle est juste aux toilettes.

— Bon, merci. Je la fixe des yeux en essayant de prendre mon courage à deux mains. Il faut lui dire que j'ai été enlevée. Je n'ai pas le choix. C'est le moment de m'enfuir. Elle est peut-être loyale à l'égard de Julian, mais il faut quand même essayer, une pareille occasion ne se représentera peut-être pas.

Angela s'approche du lit et m'apporte le gobelet avec la paille recourbée.

— Tenez ! dit-elle de la même voix enjouée. Je vais bientôt vous apporter à manger.

Je lève le bras et prends le gobelet en faisant une petite grimace, en bougeant j'ai de nouveau tiré sur les points de suture.

— Merci, dis-je en buvant goulûment. Il faut absolument lui dire d'appeler la police, ou les forces de l'ordre, peu importe comment on les appelle ici, mais sans savoir pourquoi je ne le fais pas. À la place, je me contente de boire et de la regarder sortir de la pièce pour me laisser de nouveau seule.

Je grommelle en mon for intérieur. Qu'est-ce qui m'arrive ? Pour la première fois depuis plus d'un an je pourrais être libre et me voilà à dire n'importe quoi et à perdre du temps. Je me dis que c'est par prudence, parce que je ne veux pas mettre quelqu'un en danger, ni Angela ni encore moins quelqu'un de ma famille, mais au plus profond de moi-même je sais la vérité.

La liberté a beau m'attirer, elle me fait peur aussi. Il y a si longtemps que je suis en captivité que j'ai envie de me retrouver dans le confort de ma prison ; être ici, dans cet endroit que je ne connais pas, me stresse et m'angoisse et il y a quelque chose en moi qui n'a qu'un désir, retourner dans l'île et y retrouver mes habitudes. Et surtout, la liberté, ce serait quitter Julian et j'en suis incapable.

Je ne veux pas quitter celui qui m'a enlevée.

Au lieu de me réjouir à l'idée que la police vienne l'arrêter, j'en suis horrifiée. Je ne veux pas qu'il se retrouve en prison. Je ne veux pas être séparée de lui, ne serait-ce qu'une minute.

En fermant les yeux, je me dis que je suis idiote, qu'il m'a lavé le cerveau et que je suis idiote, mais ça n'a pas d'importance.

Allongée sur ce lit d'hôpital, j'accepte la réalité, je ne suis plus captive contre mon gré. Au contraire, je suis simplement une femme qui appartient à Julian, exactement comme il m'appartient.

* * *

La semaine suivante, je suis en convalescence à la clinique. Julian vient me voir tous les jours et passe plusieurs heures à mon chevet et Beth en fait autant. C'est surtout Angela qui s'occupe de moi bien que deux ou trois médecins soient passés pour examiner mes feuilles de température et modifier mon traitement contre la douleur.

Je n'ai encore dit à personne que j'ai été victime d'un enlèvement et je n'ai pas l'intention d'en parler. D'ailleurs, j'ai l'impression que le silence des employés de la clinique a été acheté. Personne ne semble se demander ce qu'une jeune Américaine fait aux Philippines et personne ne me pose la moindre question. Les seules choses qu'Angela veut savoir c'est si je souffre, si j'ai faim ou soif, ou si j'ai besoin d'aller aux toilettes. Je suis pratiquement certaine que si je lui demandais d'appeler la police de ma part elle se contenterait de sourire et d'augmenter mes analgésiques.

J'ai aussi vu un certain nombre de gardes du corps stationnés dans le couloir à la porte de ma chambre. Je les aperçois quand la porte s'ouvre. Ils sont armés jusqu'aux dents et ils ont l'air de sacrés salauds, ils me rappellent le truand qui a tabassé Jake.

Quand je demande à Julian qui ils sont, il admet volontiers que ce sont ses employés.

— Ils sont ici pour te protéger, explique-t-il en s'asseyant sur le bord de mon lit. Je t'ai dit que j'ai des ennemis, non ?

Effectivement, il me l'a dit, mais je n'avais pas vraiment pris conscience du danger jusqu'ici. À en croire Beth, il y a une petite armée de gardes du corps à la clinique et tout autour, ils nous protègent de ce que redoute Julian.

— Quels ennemis ? ai-je demandé avec curiosité en le regardant. Qui te menace ?

Il me sourit.

— Tu n'as pas besoin de t'en préoccuper, mon chat, dit-il gentiment, mais il y a quelque chose de froid et de sinistre derrière la chaleur de son sourire. Je vais bientôt leur régler leur compte.

J'ai un petit frisson et j'espère que Julian ne l'a pas remarqué. Quelquefois, mon amant peut devenir vraiment terrifiant.

— Nous rentrons demain à la maison, dit-il en changeant de sujet. Les médecins disent que tu devras te reposer quelques semaines, mais que tu n'as plus besoin de rester ici. Tu peux tout aussi bien continuer ta convalescence à la maison.

Je hoche la tête, mon cœur se serre dans un mélange d'appréhension et d'impatience. Rentrer à la maison… À la maison, sur l'île. Cet étrange interlude à la clinique, avec la liberté toute proche, est presque terminé.

Demain, ma vraie vie va recommencer.

CHAPITRE VINGT-ET-UN

Pan ! *Pan !* Je suis réveillée en sursaut par le bruit d'explosion d'une voiture qui pétarade. Le cœur battant, je m'assieds instantanément puis ma main se serre sur le côté, mes points de suture me font mal.

Pan ! Pan ! Pan ! Comme le bruit continue, je m'immobilise sur le lit. Les voitures ne pétaradent pas comme ça.

Ce sont des coups de feu que j'entends. Des coups de feu, et par intermittence des hurlements.

Il fait sombre, la seule lumière vient des systèmes de surveillance auxquels je suis reliée. Je suis sur le lit au milieu de la pièce, on me verrait immédiatement en entrant dans la pièce. Je me dis que je constitue la cible idéale.

En essayant de contrôler ma respiration haletante, j'arrache l'intraveineuse de mon bras et je me lève. J'ai encore mal en marchant, mais ça n'a pas d'importance. Je suis sûre qu'une blessure par balle serait bien pire.

À pas feutrés et sans mettre de chaussures, je me dirige vers la porte que j'entrouvre pour jeter un coup d'œil dans le couloir. J'ai un haut-le-cœur en m'apercevant que tous les gardes du corps ont disparu ; devant moi, le couloir est entièrement vide.

Merde, merde, merde !

Je regarde désespérément tout autour pour trouver une cachette, mais le seul placard de la chambre est trop petit. Il n'y a aucun autre endroit où je pourrais me dissimuler. Il serait suicidaire de rester ici. Il faut partir, et partir tout de suite.

En refermant ma chemise d'hôpital, je sors prudemment dans le couloir. Sous mes pieds nus, le sol est froid et il accentue encore les frissons qui me parcourent de la tête aux pieds. À l'extérieur de la chambre, je me sens encore plus à découvert, encore plus vulnérable, et mon désir de me cacher est encore plus grand. Quand j'aperçois des portes à l'autre bout du couloir, j'en choisis une au hasard et je l'ouvre doucement. Je suis soulagée de constater qu'il n'y a personne dans la pièce où je suis entrée, puis je referme silencieusement la porte derrière moi.

Les coups de feu se poursuivent à intervalles irréguliers, ils se rapprochent sans cesse. Je me plaque contre le mur dans l'embrasure de la porte en essayant de contrôler la panique qui m'envahit. J'ignore qui tire ces coups de feu, mais ce que j'imagine n'est pas fait pour me rassurer.

Julian a des ennemis. Et si c'était eux ? Et s'il se battait contre eux, avec l'aide de ses gardes du corps ? Je l'imagine blessé ou mort et cette pensée me glace le sang. *Mon Dieu, je vous en prie, non. Tout, sauf ça.* Je préférerais mourir plutôt que de le perdre.

Je tremble comme une feuille, une sueur froide me coule dans le dos. Les coups de feu ont cessé, et le silence est encore plus inquiétant que n'était le bruit. Je sens le goût de la peur dans ma bouche, un goût âcre et métallique, et je me rends compte que je me suis mordu l'intérieur de la bouche jusqu'au sang.

Le temps semble s'être arrêté. Chaque minute semble durer une heure, chaque seconde une éternité. Finalement, j'entends parler près de moi, il y a de lourds bruits de pas dans le couloir. Il me semble qu'ils sont plusieurs et qu'ils parlent une langue que je ne connais pas, une langue qui sonne d'une manière dure et gutturale à mes oreilles.

J'entends des portes s'ouvrir et je comprends qu'ils cherchent quelque chose… ou quelqu'un. N'osant à peine respirer, j'essaie de disparaître dans le mur, de me faire si petite que les tireurs rôdant dans le couloir ne pourront pas me voir.

— Où est-elle ? Cette question impérieuse est posée brutalement par une voix d'homme qui parle anglais avec un fort accent étranger. Elle est censée être ici, à cet étage.

— Non, elle n'y est pas. C'est Beth qui lui répond et je réprime un cri de terreur en réalisant qu'ils ont réussi à la capturer. Elle a l'air de résister, mais sa voix trahit la peur qu'elle ressent. Je vous l'ai dit, Julian l'a déjà prise avec lui.

— Arrête de me dire des conneries, hurle l'individu dont l'accent s'accentue encore. Puis j'entends une gifle suivie des cris de douleur de Beth. Putain, tu vas me dire où elle est?

— Je ne sais pas. Beth sanglote sans pouvoir se contrôler. Elle est partie, je vous dis partie…

L'individu braille quelque chose dans sa propre langue et j'entends s'ouvrir d'autres portes. Ils se rapprochent de la pièce où je me cache et je sais que ce n'est plus qu'une question de minutes avant qu'ils me trouvent. Je ne sais pas pourquoi ils me cherchent, mais je sais bien que c'est moi qu'ils cherchent. Ils veulent me trouver, et ils n'hésiteront pas à faire du mal à Beth pour y parvenir.

Je n'hésite qu'un instant avant de sortir de la pièce. De l'autre côté du couloir je vois Beth affaissée sur le sol, un homme vêtu de noir lui agrippe le bras. Ils sont entourés d'une douzaine d'hommes qui tiennent des fusils d'assaut et des mitraillettes qu'ils dirigent sur moi dès que je sors.

— C'est moi que vous cherchez ? Je dis calmement. Je n'ai jamais eu aussi peur de ma vie, mais ma voix semble assurée, presque amusée. Je ne savais pas que la peur pouvait paralyser, mais c'est ce qui m'arrive en ce moment, je suis tellement terrifiée qu'en fait je ne sens plus ma peur.

Et je suis étrangement lucide si bien que je remarque plusieurs choses en même temps. Ces hommes ont l'air de venir du Moyen-Orient, ils ont le teint olivâtre et les cheveux noirs. Deux ou trois d'entre eux sont glabres, mais la plupart ont d'épaisses barbes noires. Au moins deux d'entre eux sont blessés et saignent. Et bien qu'ils soient lourdement armés, ils semblent assez anxieux, comme s'ils s'attendaient à une attaque d'une minute à l'autre.

Celui qui tient Beth par le bras hurle un autre ordre dans une langue qui me semble être de l'arabe et je reconnais sa voix, c'est lui qui parlait anglais tout à l'heure. Il a l'air d'être leur chef. À ses ordres, deux des hommes viennent vers moi et me prennent le bras puis me traînent vers lui. Je réussis à ne pas trébucher même si mes points de suture me font plus mal que jamais.

— C'est elle ? siffle-t-il à Beth en la secouant brutalement. C'est la petite pute de Julian ?

— Ce doit être moi, lui ai-je dit avant que Beth ne puisse lui répondre. Ma voix n'a pas perdu son calme étrange. Je ne pense pas avoir encore pleinement pris conscience du danger que je cours. La seule chose que je souhaite c'est de l'empêcher de faire souffrir Beth plus longtemps. Dans le même temps, je m'aperçois inconsciemment que s'ils veulent me capturer parce que je suis la maîtresse de Julian, cela ne peut signifier qu'une chose : Julian est en vie et ils ont l'intention de se servir de moi contre lui. Je réprime un frisson de soulagement à cette pensée.

Le chef de la bande me fixe des yeux, il est visiblement aussi surpris par mon courage inattendu que je le suis moi-même. Après avoir lâché Beth, il vient vers moi et m'attrape brutalement la mâchoire, ses doigts me font mal. Il se penche sur moi et m'examine, ses yeux noirs brillent d'un éclat glacial. Il est petit pour un homme, il ne mesure pas plus d'un mètre cinquante, et je reçois son haleine en plein visage, une odeur nauséabonde où se mêlent l'ail et le tabac froid. Je réprime un haut-le-cœur et je réussis à soutenir son regard sans baisser les yeux.

Après quelques instants, il me lâche et dit quelque chose en arabe à ses hommes. Deux d'entre eux se précipitent vers Beth et s'emparent de nouveau d'elle. Elle se met à crier et à se débattre et l'un d'eux la gifle, ce qui la réduit au silence. Au même moment, la main du chef se referme sur mon avant-bras en le serrant brutalement.

— Allons-y, dit-il sèchement, et je me laisse entraîner vers la porte qui se trouve au bout du couloir.

La porte s'ouvre sur un escalier et je m'aperçois que nous sommes au deuxième étage. Les hommes armés m'entourent et nous descendons tous puis nous sortons pour arriver au-dehors dans une cour au sol nu. Il y avait un cadavre dans l'escalier et d'autres gisent dans la cour. Je détourne les yeux en avalant sans cesse ma salive pour ne pas vomir. Le soleil brille, l'air est chaud et humide, mais j'ai si froid que je me rends à peine compte de la température extérieure. Je commence tout juste à prendre conscience de la réalité de ma situation et je me mets à frissonner, de petits frissons de terreur me parcourent le corps.

Plusieurs SUV noirs nous attendent et les hommes nous y traînent, Beth et moi, puis nous obligent à monter sur le siège arrière. Deux d'entre eux nous y accompagnent, nous sommes serrés les uns contre les autres. Je sens Beth trembler et je tends la main pour serrer la sienne, elle est toute froide, mais la toucher me réconforte un peu. Elle me regarde, et la terreur que je lis dans ses yeux me glace le sang. Son visage parsemé de taches de rousseur est pâle, sa joue droite est enflée et un énorme bleu commence à y apparaître. Sa lèvre inférieure est coupée en deux endroits et elle a du sang sur le menton. Je ne sais pas qui sont ces hommes, mais ils n'hésitent pas à s'attaquer à des femmes.

Je brûle d'envie de lui demander ce qu'elle sait, mais je garde le silence. Je ne veux pas attirer inutilement l'attention sur nous deux. Je repense aux cadavres que nous venons de voir et j'ai du mal à me retenir de vomir. Je ne sais pas quel sort nous préparent ces hommes, mais je me doute bien que nos chances de nous en sortir vivantes sont infimes. Chaque minute de vie supplémentaire, chaque minute pendant laquelle ils nous laissent tranquilles est précieuse et nous devons faire en sorte de gagner le plus de temps possible.

La voiture démarre et s'en va. Sans lâcher la main de Beth, je regarde par la vitre et je vois disparaître le bâtiment blanc de la clinique derrière nous. Nous sommes secoués sur une route qui n'est pas goudronnée et dans la voiture la tension est palpable. Les deux hommes qui sont avec nous à l'arrière s'agrippent à leurs armes et de nouveau j'ai l'impression qu'ils ont peur de quelque chose… ou de quelqu'un.

Je me demande si c'est de Julian qu'ils ont peur. Sait-il ce qui s'est passé ? Peut-être est-il même sur le chemin de la clinique ? Je regarde fixement par la vitre, mes yeux sont secs, mais ils me brûlent. Rien ne s'est déroulé comme prévu. Aujourd'hui, je devais retourner dans l'île et reprendre la vie paisible que je mène depuis plus d'un an. Une vie que je désire désormais plus que tout. Je veux être couchée entre les bras de Julian, sentir ses caresses, sa chaleur et le frais parfum de sa peau. Je veux lui appartenir pour qu'il me garde bien en sécurité, qu'il me protège de tout et de tous sauf de lui-même.

Mais il n'est pas là. Et la voiture avance tant bien que mal sur la route, nous entraînant de plus en plus vers le danger. Il y fait chaud et je sens l'odeur aigre et la sueur des corps d'hommes crasseux ; elle envahit la voiture et me donne l'impression de suffoquer. Beth semble sous le choc, son visage est dépourvu de toute expression, elle s'est renfermée sur elle-même. J'ai envie de la prendre dans mes bras, mais nous sommes trop serrés les uns contre les autres si bien que je me contente de lui serrer doucement la main. Dans ma main, ses doigts sont amorphes et moites.

Le trajet semble durer une éternité, mais en fait il n'a dû prendre qu'une heure parce que le soleil n'est pas encore au zénith quand nous arrivons à notre destination. C'est une piste d'atterrissage en rase campagne et un avion de taille moyenne nous y attend. On dirait vaguement un appareil de l'armée. Les hommes nous forcent à descendre de voiture et nous traînent vers l'avion. Je fais de mon mieux pour marcher là où ils nous emmènent pour éviter d'ouvrir mes points de suture. Beth ne se débat pas non plus, mais elle semble trop sonnée pour marcher droit et ils sont presque forcés de la porter.

L'intérieur de l'avion est spartiate. Comme je m'en doutais, c'est un appareil militaire avec des sièges le long des parois au lieu d'être disposés en rangs. J'ai vu ce genre d'avion au cinéma, avec des commandos de la Marine qui en sautent en parachute. Les hommes nous attachent toutes les deux sur des sièges et nous mettent des menottes avant de s'asseoir à leur tour.

Les moteurs montent en régime, l'avion commence à rouler puis décolle, j'ai le soleil en plein dans les yeux.

CHAPITRE VINGT-DEUX

Quand nous atterrissons deux ou trois heures plus tard je meurs de soif et j'ai terriblement envie d'uriner. En jetant un coup d'œil à Beth je m'aperçois qu'elle se sent encore moins bien que moi, ses yeux sont vitreux et fiévreux. Son visage enflé a maintenant un vilain bleu et elle a du sang séché sur les lèvres. Maintenant que j'ai des menottes, je ne peux même plus la réconforter en lui tapotant le bras.

Dès que l'avion touche le sol, les hommes ouvrent nos ceintures de sécurité et nous traînent au-dehors sans nous enlever les menottes. Le chef vient vers nous, il nous examine rapidement avant de désigner un SUV noir garé à quelques mètres. Il jette un ordre à ses hommes et je comprends que notre voyage n'est pas encore fini. Mais avant qu'ils nous poussent dans la voiture, je prends la parole.

— Attendez ! Il faut que j'aille aux toilettes, je dis sans élever la voix.

Beth me jette un regard complètement paniqué, mais je n'en tiens pas compte, ne me concentrant que sur le chef. Je préférerais sans doute mourir au lieu d'uriner dans ma culotte ou dans ma chemise d'hôpital, peu importe. Il hésite un instant, puis il fait un signe du pouce en direction des buissons.

— Vas-y, sale pute, dit-il brutalement. Tu as une minute.

Je me traîne vers les buissons sans tenir compte de l'homme armé d'une mitraillette qui m'y accompagne. Heureusement, il détourne les yeux quand je relève ma chemise et que je m'accroupis pour me soulager, le visage rouge de honte. Du coin de l'œil, je vois Beth en faire autant quelques mètres plus loin.

Quand nous avons fini toutes les deux, nous entrons dans une autre voiture, où il fait trop chaud et où l'on étouffe. Cette fois-ci, le trajet est encore plus long, la route serpente dans une sorte de jungle. Quand nous arrivons finalement dans un bâtiment quelconque qui ressemble à une sorte de hangar, notre destination finale, je suis trempée de sueur et terriblement déshydratée. Et j'ai faim, mais c'est secondaire en comparaison avec la soif qui me consume en ce moment.

En entrant dans ce bâtiment, on nous conduit à deux chaises en fer qui sont dans un coin. On m'enlève les menottes, mais avant que j'aie le temps de m'en réjouir l'homme qui nous a accompagnées derrière les buissons attache mes poignets derrière le dos. Ensuite, il me lie les chevilles à la chaise, une à chaque pied, avant de me ligoter sur la chaise. Quand il me touche, c'est avec une totale indifférence, pour lui je suis une chose, pas une femme. En tournant la tête de côté, je m'aperçois qu'on en fait autant à Beth, sauf que celui qui s'occupe d'elle semble prendre plaisir à la faire souffrir, il lui écarte brutalement les jambes pour les attacher à la chaise. Elle ne fait pas un bruit, mais son visage est encore plus pâle et ses lèvres meurtries tremblent légèrement.

J'assiste à tout cela, impuissante et furieuse, puis quand il la laisse tranquille je me retourne pour examiner l'endroit où nous nous trouvons.

Il semble que ma première impression était juste. Nous sommes dans une sorte de hangar avec de grandes caisses et des étagères en métal entassées dans un incroyable fatras au centre de la pièce. Maintenant que nous sommes bien attachées sur les chaises, les hommes nous laissent tranquilles et se regroupent autour d'une longue table dans un autre coin.

Beth et moi avons enfin la possibilité de nous parler seule à seule.

— Ça va aller ? lui ai-je demandé en prenant garde à ne pas élever la voix. Ils t'ont malmenée ? Avant que je sorte, je veux dire ?

Elle secoue la tête et serre les dents.

— Juste quelques gifles, dit-elle à voix basse. Ce n'est rien. Tu n'aurais pas dû sortir, Nora. C'était idiot.

— De toute façon, ils m'auraient trouvée, ce n'était qu'une question de temps.

J'en suis persuadée.

Est-ce que tu sais qui ils sont ou ce qu'ils nous veulent ?

— Je n'en suis pas sûre, mais je le devine, dit-elle en serrant le poing sur ses genoux. Je pense qu'ils font partie d'un groupe de djihadistes, des terroristes dont Julian m'a parlé il y a deux ou trois mois. Apparemment, ils lui en veulent d'avoir refusé de leur vendre des armes qu'il a mises au point récemment.

— Pourquoi a-t-il refusé ? ai-je demandé avec curiosité. Pourquoi ne pas les leur vendre ?

Elle hausse les épaules.

— Je n'en sais rien. Julian choisit ses clients avec beaucoup de soin et peut-être qu'il ne leur faisait pas suffisamment confiance.

— Alors ils nous ont enlevées pour faire pression sur lui ?

— Oui, je crois, dit-elle doucement. En tout cas, c'est pour cette raison que nous sommes ici. Il devait y avoir quelqu'un à leur service à la clinique parce qu'ils savaient qui tu étais et ce que tu représentes pour Julian. Quand ils m'ont trouvée, je dormais dans une des chambres du rez-de-chaussée, et ils sont immédiatement allés au deuxième étage, dans ta chambre. Je crois qu'ils ont l'intention de se servir de toi pour forcer la main de Julian à leur vendre ces armes.

Je respire avec difficulté.

— Je vois.

Il n'est pas difficile d'imaginer comment des hommes assez fous pour tuer des civils innocents « forceraient la main de Julian ». Des images atroces de corps démembrés me passent par l'esprit et je les repousse avec difficulté, il ne s'agit pas de s'abandonner à la panique qui menace de m'engloutir toute entière.

— Heureusement que Julian n'était pas à la clinique quand ils sont arrivés, dit Beth en interrompant mes sombres pensées. Ils ont tué tout le monde, chacun des seize gardes du corps que Julian avait mis en place pour nous protéger.

J'ai du mal à avaler ma salive.

— Ils en ont tué seize ?

Beth hoche la tête.

— Ils étaient armés jusqu'aux dents et ils étaient une trentaine ou une quarantaine. Tu n'as pas vu le pire parce qu'ils sont entrés par l'arrière. Les cadavres étaient empilés sur presque deux mètres de hauteur dans l'autre escalier, et ils ont perdu beaucoup d'hommes.

Je la regarde fixement en essayant de contrôler ma respiration. Merde, merde, merde. Pour qu'ils acceptent de sacrifier un si grand nombre de leurs camarades, les armes qu'ils veulent acheter à Julian doivent vraiment avoir quelque chose d'exceptionnel. Est-ce qu'il les leur livrera pour nous sauver la vie ? Est-ce que Beth et moi comptons suffisamment pour lui ? Je sais qu'il me désire et que dans une certaine mesure il se préoccupe de mon bien-être, mais j'ignore s'il me fera passer avant ses intérêts commerciaux.

D'ailleurs, même s'il leur donne ce qu'ils veulent, rien ne garantit qu'ils nous laissent la vie sauve. Je me souviens de ce que Julian m'a dit au sujet de la mort de Maria… la manière dont elle a été assassinée pour lui faire payer le cambriolage d'un entrepôt. Dans le monde de Julian, on paye pour ses actions. Et on le paye très cher.

— Crois-tu qu'il va venir à notre secours ? Je demande à Beth à voix basse. J'ai bien perçu l'ironie de la situation. Dorénavant, c'est Julian qui pourrait me sauver, c'est lui qui serait mon vaillant chevalier. Ce n'est plus de lui que j'ai besoin d'être libérée.

Elle me regarde de ses yeux noirs dans son visage blême.

— Bien sûr, répond-elle doucement. Bien sûr qu'il viendra. Mais peut-être que ce sera trop tard pour nous.

* * *

Les deux ou trois heures qui suivent sont interminables. Les hommes ne se préoccupent plus de nous, même si j'en ai vu un ou deux qui regardaient mes jambes nues quand leur chef ne faisait pas attention à eux. Heureusement, la chemise d'hôpital est assez large, son tissu épais, c'est le vêtement le moins attirant qu'on puisse imaginer. La pensée que l'un de ces hommes, ou plusieurs puissent me toucher me donne la chair de poule.

Par ailleurs, ils ne nous donnent ni à manger ni à boire, ce qui n'est pas bon signe : peu leur importe que nous vivions ou que nous mourions. J'ai tellement soif que je ne pense qu'à une seule chose, boire, et mon ventre commence à crier famine. Mais le pire, c'est la peur qui vient m'assaillir en vagues glaciales et les sombres images qui me passent par la tête comme dans un mauvais film d'horreur.

J'essaie de parler à Beth pour ne pas perdre la tête, mais après notre conversation initiale elle est redevenue silencieuse, elle s'est renfermée sur elle-même, et dans le meilleur des cas elle ne me répond que par monosyllabes. C'est comme si mentalement elle n'était plus là. Je l'envie. J'aimerais avoir sa capacité à m'abstraire de la situation, mais ça ne m'est pas possible. Pour ne plus penser à rien, j'ai besoin de Julian et de sa conception particulière de l'érotisme et du sadisme.

Au moment où je suis tellement frustrée que j'ai envie de hurler, deux autres hommes entrent dans le hangar. À ma surprise, l'un d'eux a l'air d'un homme d'affaires ; il a un costume à fines rayures qui est chic et bien coupé et porte un élégant sac en bandoulière. Il est relativement jeune, seulement une trentaine d'années, et semble athlétique. Rasé de près, avec son teint olivâtre et ses cheveux noirs lustrés il pourrait faire la couverture d'un magazine de mode s'il n'était pas un terroriste comme je le suppose.

Je le regarde fixement, mon cœur bat à tout rompre dans ma poitrine. On pourrait objectivement le trouver beau, mais il ne m'attire pas le moins du monde. Je ne ressens qu'une chose, de la peur. En fait, j'en suis soulagée ; je me suis toujours demandé si je fonctionnais différemment des autres, si j'étais destinée à désirer les hommes qui me font peur. Maintenant, je m'aperçois que le phénomène se limite à Julian. Le criminel qui se tient en ce moment devant moi m'effraie et me dégoûte, et cette réaction parfaitement normale me fait plaisir.

— Depuis combien de temps connais-tu Esguerra ? me demande cet homme. Il a un accent anglais avec une petite pointe exotique d'un autre pays. Beth sursaute au son de sa voix et relève les yeux, je constate qu'elle est de nouveau parmi nous.

J'hésite un instant avant de répondre.

— Environ quinze mois, ai-je dit enfin. Je ne vois pas d'inconvénient à lui révéler ça.

Il hausse les sourcils.

— Et il t'a gardée au secret pendant tout ce temps ? C'est impressionnant…

Tout à coup, j'ai envie de ricaner, mais je m'en empêche. Julian m'a pratiquement gardée au secret dans son île si bien que sans le savoir ce type a vu juste. Malgré moi, mes lèvres se mettent à trembloter et je vois un soupçon de surprise sur le visage de cet homme.

— Eh bien, tu es une petite pute très courageuse, non ? dit-il lentement en me regardant de ses yeux noirs. À moins que tu ne prennes tout ça pour une plaisanterie ?

Je ne lui réponds pas. Que pourrais-je dire ? *Non, je ne pense pas que ce soit une plaisanterie. Je sais que vous allez me torturer et probablement me tuer pour vous venger de Julian.* Mais bizarrement, ça ne sonne pas juste.

Il plisse les yeux et je comprends que sans le vouloir j'ai réussi à provoquer sa colère. Il ressemble à un cobra sur le point d'attaquer. Mon cœur s'emballe et je me raidis, prête à recevoir ses coups, mais il se contente de prendre son iPad dans son sac. Les yeux baissés il y tape un message puis relève les yeux vers moi.

— Nous allons voir si Esguerra prend ça pour une plaisanterie, dit-il à voix basse en refermant son sac. J'espère pour toi que ce n'est pas le cas, ma louloute.

Puis il se retourne et s'en va pour rejoindre le coin où sont regroupés les autres hommes.

* * *

J'ai beau être terrifiée et très mal à l'aise, je réussis quand même à m'endormir sur la chaise. Je suis toujours en convalescence depuis mon opération et je suis épuisée à la fois physiquement et mentalement par ce qui vient de se passer aujourd'hui.

Ce sont des voix qui m'ont réveillée. Le type en costume et le petit homme qui m'a semblé être le chef se tiennent devant moi et installent ce qui ressemble à une grosse caméra sur un grand trépied.

J'avale ma salive et je les fixe des yeux. Ma bouche est sèche comme du parchemin et malgré tout le temps qui s'est écoulé je n'ai pas la moindre envie de faire pipi. C'est sans doute que je suis terriblement déshydratée.

En voyant que je suis réveillée, le Patron (c'est comme ça que je décide mentalement de l'appeler) m'adresse un mauvais sourire.

— C'est le moment ou jamais. Voyons quel prix Esguerra est prêt à payer pour revoir sa petite pute.

Mon ventre est vide, mais j'ai la nausée et je tourne la tête pour voir Beth. Elle regarde droit devant elle, le visage blafard et le regard vide. Je ne sais pas si elle a réussi à dormir, mais elle a l'air encore plus sonné qu'avant.

Ils braquent la caméra sur nous, ajustent plusieurs fois son angle, puis le Patron vient se mettre à côté de moi. Dès que la lampe témoin de la caméra est allumée, il me pose la main sur la tête et fourrage brutalement dans mes cheveux.

— Tu sais ce que je veux, Esguerra, dit-il d'une voix calme en regardant dans la direction de la caméra. Tu as jusqu'à demain minuit pour me le donner. Si tu le fais, ta petite pute en sortira indemne. Et même je te la rendrai. Sinon, eh bien… tu la récupéreras aussi. Il marque une pause et sourit cruellement. En petits morceaux.

Je regarde fixement la caméra, sur le point de vomir. Ils ne m'ont pas fait de mal, en tout cas pas encore, mais la violence de ces hommes est tangible. Le mal qui entache l'âme de Julian est aussi en eux. De tels hommes sont différents des autres. Ils n'ont aucun respect pour le contrat social. Ils ne respectent pas les mêmes règles que nous.

La main du patron laisse mes cheveux et fait un pas vers Beth.

— Il est possible que tu ne me prennes pas au sérieux, Esguerra, que tu penses que je n'irai pas jusqu'au bout, dit-il en continuant à parler dans la direction de la caméra. Eh bien, laisse-moi te montrer ce que je ferai à ta petite pute si je n'obtiens pas ce que je veux. Nous allons commencer avec la rousse et nous nous occuperons de celle-là (il me désigne de la tête) demain après minuit.

— Non ! ai-je hurlé en comprenant ce qu'il a l'intention de faire. Je me débats pour essayer de me libérer, mais les cordes sont trop serrées. Je ne peux rien faire si ce n'est le regarder en spectatrice impuissante mettre la main sur la gorge de Beth et commencer à l'étrangler.

— Ne la touchez pas, putain ! Julian vous tuera si vous faites ça ! Putain, il va vous assassiner...

Sans tenir compte de mes hurlements, le Patron braille un ordre en arabe et un homme s'avance pour couper les cordes qui ligotent Beth avec un couteau bien aiguisé. J'entrevois ses yeux terrifiés puis ils la jettent sur le sol la tête la première. Le Patron lui appuie sur le dos du genou et lui tire les cheveux pour l'obliger à se cambrer. Je vois ses jambes marteler le sol en vain et je redouble mes cris quand le Patron sort un petit couteau fin et commence à dépecer la joue de Beth.

Elle hurle et se débat, je vois jaillir du sang partout quand il continue à lui ouvrir le visage, laissant une plaie béante sanglante. J'ai un haut-le-cœur et je suis sur le point de vomir, mais il n'en reste pas là. Il exécute le même geste sur l'autre joue de Beth, puis il passe le couteau sur son avant-bras et découpe un lambeau de chair. Ses cris de douleur résonnent dans tout le hangar, rejoints par mes propres hurlements hystériques. Je ressens sa souffrance comme si c'était moi qu'on attaquait, c'est insupportable.

— Laissez-la tranquille ! ai-je hurlé. Salaud ! Fils de pute ! Laissez-la tranquille !

Évidemment, il n'en fait rien. Il continue de la dépecer, ses yeux noirs brillent d'excitation. Je m'aperçois avec horreur et avec dégoût qu'il y prend du plaisir ; il ne le fait pas uniquement pour la caméra. Beth se débat de plus en plus faiblement, ses cris deviennent des gémissements et des sanglots. Il y a du sang partout. Beth s'y noie presque. Je ne sais pas comment elle réussit à ne pas perdre connaissance. Des points noirs me flottent devant les yeux et il me semble que les murs se referment sur moi, ma cage thoracique se resserre sur mes poumons et m'empêche de respirer.

Tout à coup, le corps de Beth a un soubresaut et elle laisse échapper un étrange gargouillement avant de rester silencieuse. Je n'entends plus que mes halètements et mes sanglots. Beth est allongée, immobile, une flaque de sang s'écoule autour de son cou. Le Patron se relève, essuie son couteau sur son pantalon et fait face à la caméra.

— J'ai accéléré les choses pour toi, Esguerra, dit-il avec un grand sourire. Je ne voulais pas que ça traîne en longueur, je sais que tu as besoin de temps pour me procurer ce que je t'ai demandé. Évidemment si je ne l'obtiens pas, le prochain spectacle durera beaucoup beaucoup plus longtemps. Il fait un pas vers moi et passe un doigt ensanglanté sur ma joue. Ta petite pute est si jolie, je laisserai peut-être mes hommes s'amuser avec elle avant de commencer...

Cette fois-ci, je n'arrive plus à me contrôler. J'ai la gorge pleine de vomi et j'arrive juste à tourner la tête à temps avant de rendre tout ce que j'avais dans le ventre sur le sol en une succession de violentes secousses.

CHAPITRE VINGT-TROIS

Une fois la caméra éteinte ils me laissent de nouveau tranquille. Ils emportent le cadavre de Beth et ils nettoient assez mal le sol où ils laissent des traînées rougeâtres. Je les fixe des yeux, mes pensées sont laborieuses et engourdies comme si j'étais dans un état second. Je ne tremble plus bien que de temps en temps un frisson me secoue encore. J'ai une douleur sourde là où sont mes points de suture et je me demande si je n'en ai pas rouvert un, en me débattant tout à l'heure. Mais je ne vois pas de sang sur ma chemise d'hôpital, ils sont donc peut-être intacts.

Un peu plus tard, ils m'apportent de l'eau. Je bois le verre d'un trait ce qui fait rire certains des hommes, ils disent quelque chose en arabe en se frottant l'entrejambe d'une manière suggestive. Je ne suis pas loin de penser qu'ils espèrent que Julian ne leur donnera pas satisfaction et qu'ils pourront « s'amuser » avec moi avant que le Patron ne se mette au travail.

Mais heureusement, ils me laissent tranquille pour le moment. J'ai même le droit de sortir une minute pour aller aux toilettes et le même type que tout à l'heure, celui qui reste impassible, monte la garde quand je vais dans les buissons. Je le considère maintenant comme mon accompagnateur officiel et en mon for intérieur je commence à le surnommer « le type des toilettes ».

Je donne aussi des noms aux autres. Celui dont la barbe noire descend jusqu'au milieu du buste s'appelle « Barbe Noire ». Celui dont le front est dégarni c'est « le Chauve ». Le petit gars qui a dirigé l'attaque contre la clinique c'est « Mauvaise Haleine ».

J'essaie de ne pas penser à Beth. Il ne faut pas penser à elle pour le moment, sinon je vais perdre la tête. Si je m'en sors, je pourrai pleurer celle qui était devenue mon amie. Si je survis à cette épreuve, je me laisserai aller, je pleurerai, je m'affligerai et je laisserai libre cours à la rage que j'éprouve à cause de la violence insensée de sa mort. Mais pour le moment, je ne peux exister que dans l'instant, en me concentrant sur les choses les plus insignifiantes et les plus ridicules pour éviter de ne pas être anéantie par la brutalité de la situation.

Le temps s'écoule lentement. Quand le jour tombe, je regarde fixement le sol, les murs, le plafond. Il me semble que je m'assoupis même une ou deux fois, mais je me réveille en sursaut au moindre son, le cœur battant. Ils ne m'ont toujours rien donné à manger et la faim tenaille douloureusement mon ventre. Mais ça n'a pas d'importance. J'ai déjà bien de la chance d'être en vie, ce qui ne va pas durer longtemps, je le sais, sauf si Julian leur livre les armes.

En fermant les yeux, je fais comme si j'étais chez moi, dans l'île, et que je lisais un livre sur la plage. J'essaie d'imaginer qu'à n'importe quel moment je peux retourner à la maison et que Beth y est, elle nous prépare le dîner. J'essaie de me convaincre que Julian est simplement parti comme d'habitude en voyage d'affaires et que je vais bientôt le revoir. J'imagine son sourire, la manière dont ses cheveux noirs bouclent autour de son visage, encadrant la perfection virile et dure de son visage, la chaleur et la sensation de sécurité que mes donnaient ses étreintes pleines de vigueur me manquent, même si petit à petit je réussis tant bien que mal à m'endormir.

* * *

Une grande main se referme sur ma bouche et me réveille en sursaut. J'ouvre les yeux brusquement, l'adrénaline coule à flots dans mes veines. Terrifiée, j'essaie de me débattre… mais j'entends une voix familière chuchoter à mon oreille.

— Chut, Nora. C'est moi. Il ne faut pas faire de bruit, d'accord ? Je hoche légèrement la tête tout en tremblant de soulagement et la main se retire. En tournant les yeux vers lui j'ai du mal à croire que Julian est bien là.

Il est accroupi à côté de moi, habillé de noir de la tête aux pieds. Son torse est recouvert d'un gilet pare-balles et son visage est camouflé de bandes noires peintes en diagonales. Il a une mitraillette à l'épaule et un véritable arsenal à la ceinture. Il est si menaçant que je peine à le reconnaître. Seuls ses yeux me sont familiers, ils illuminent son visage peint de noir.

Pendant un instant, je suis persuadée qu'il s'agit d'un rêve. Ce n'est pas possible que ce soit lui, qu'il soit dans ce hangar en rase campagne et qu'il me parle. Alors que ses ennemis ne sont qu'à une vingtaine de mètres de nous. Le cœur battant, je jette un coup d'œil éperdu autour du hangar.

Dans le coin opposé, les hommes ont l'air de dormir, allongés par terre sur des couvertures. J'en compte huit, ce qui veut dire que d'autres sont sans doute dehors et montent la garde devant le bâtiment. Je ne vois pas le Patron ; il doit être dehors lui aussi.

Revenant à Julian, je vois qu'il coupe les cordes qui m'attachent les chevilles avec un redoutable couteau.

— Comment as-tu réussi à entrer ? ai-je murmuré en le fixant des yeux, abasourdie et stupéfaite. Il s'arrête un instant et lève les yeux vers moi.

— Tais-toi, dit-il d'une voix à peine audible. Il faut que je te sorte de là avant qu'ils se réveillent.

Je hoche la tête et je me tais tandis qu'il finit de couper les cordes. Malgré la gravité de notre situation, je suis presque ivre de joie. Julian est là, avec moi. Il est venu à ma rescousse. Mon élan de gratitude et d'amour envers lui est si fort que j'ai du mal à le contenir. Je voudrais lui sauter dans les bras, mais je reste immobile pendant qu'il enlève les dernières cordes.

Dès que je suis libre, il m'aide à me lever et me prend dans ses bras en me serrant très fort. Je sens un léger tremblement dans son corps vigoureux puis il me relâche et recule d'un demi-pas. Il prend mon visage dans sa main et me regarde, ses yeux bleus sont durs et farouchement possessifs. Nous réussissons à communiquer sans parler et je comprends. Je comprends ce qu'il voudrait me dire en ce moment.

Je comprends qu'il viendra toujours à ma rescousse.

Je comprends qu'il est prêt à tuer pour moi.

Je comprends qu'il est prêt à mourir pour moi.

Il baisse le bras et me prend la main.

— Allons-y, dit-il à voix basse sans cesser de me regarder. Nous n'avons pas de temps à perdre.

Je serre fort sa main et je le laisse me guider vers la zone d'ombre proche du mur opposé à l'endroit où dorment les hommes. Bientôt, le fatras d'étagères et de caisses qui sont au milieu du hangar nous dissimule et Julian s'arrête à cet endroit, il s'accroupit de nouveau et me lâche la main. J'entends un bruit de tâtonnement comme s'il cherchait quelque chose sur le sol, puis il y a un léger craquement quand il soulève une lame du plancher et la pose de côté.

Sur le sol devant nous se trouve une vaste ouverture de forme carrée.

Je m'agenouille au bord et je baisse les yeux pour scruter l'obscurité.

— Descend ! me murmure Julian à l'oreille en posant sa main sur mon genou et en le serrant légèrement. Le sentir me toucher me calme un peu. Il y a une échelle.

J'avale ma salive en tendant la main pour chercher l'échelle en question. Comment sait-il qu'il y en a une ?

— J'ai piraté leur ordinateur et j'ai retrouvé les plans du bâtiment, m'explique-t-il à voix basse comme s'il lisait dans mes pensées. Au sous-sol, il y a un entrepôt avec un conduit de vidange qui ressort à l'extérieur. Trouve-le et sors par là en rampant. Il retire sa main et maintenant que je ne sens plus son contact et que je me sens abandonnée, je ne peux plus échapper à la gravité de notre situation.

Mes doigts trouvent l'échelle de métal, je l'attrape et je la rapproche de moi. Julian me tient le bras tandis que je cherche le barreau du pied et je commence à descendre avec précaution. On n'y voit absolument rien et d'habitude j'hésiterais à descendre dans une cave où je ne suis jamais allée, mais pour le moment rien ne peut m'effrayer davantage que les hommes que nous essayons de fuir.

Je continue de descendre quelques barreaux puis je relève la tête pour voir que Julian est encore en haut. Il semble concentré et attentif comme quelqu'un qui est à l'affut d'un bruit.

Alors je l'entends aussi, d'abord des murmures puis des cris en arabe.

Ils se sont aperçus que j'avais disparu.

Julian se lève d'un bond et baisse les yeux vers moi, la main serrée sur la mitraillette.

— Vas-y ! m'ordonne-t-il en chuchotant d'une voix dure. Vas-y, Nora. Va vers le conduit et sors de là. Je vais te couvrir.

— Quoi ? Non ! Je le fixe des yeux, horrifiée et bouleversée. Viens avec moi…

Il me jette un regard furieux.

— Vas-y, siffle-t-il. Vas-y maintenant sinon nous mourrons tous les deux. Je ne peux pas à la fois m'inquiéter pour toi et me battre contre eux.

J'hésite un instant, déchirée. Je ne veux pas le laisser derrière moi, mais je ne veux pas non plus le gêner.

— Je t'aime, je murmure en le regardant et je vois briller ses dents blanches en guise de réponse.

— Vas-y, bébé, dit-il d'une voix beaucoup plus douce cette fois. Je vais bientôt te rejoindre.

Le cœur serré, je fais ce qu'il me dit et je descends l'échelle aussi vite que possible. Les cris sont de plus en plus forts et je sais que les hommes fouillent le hangar, en commençant par le fatras entreposé au centre. Ce n'est qu'une question de temps, ils vont bientôt arriver à la zone d'ombre qui se trouve le long du mur.

Tout mon corps tremble, c'est la peur mêlée à l'adrénaline, et je me concentre pour ne pas tomber en descendant plus profondément dans l'obscurité.

Ra-ta-ta-ta ! Je sursaute en entendant les coups de feu au-dessus de moi et je descends encore plus vite en ayant du mal à respirer, le souffle entrecoupé. Dès que mes pieds touchent le sol, je tends les mains devant moi et je cherche à tâtons dans le noir pour trouver le mur et le conduit.

Encore des coups de feu. Des cris, des hurlements. Mon cœur bat si fort que j'ai l'impression qu'on bat le tambour dans mes oreilles.

Quelque chose couine sous mes pieds et de toutes petites pattes courent sur mes orteils nus. Je n'y prête pas attention, je continue éperdument à chercher le conduit. Peu importe les rats pour le moment. Là-haut, Julian risque sa vie. Je ne sais pas s'il est seul ou s'il a amené des renforts, mais la pensée qu'il puisse être blessé ou mourir est si insupportable que je dois l'écarter. C'est une question de vie ou de mort.

Mes mains touchent le mur, mais je ne trouve pas d'ouverture. Il fait trop sombre. En haletant, je me glisse le long du mur et j'en parcours la surface lisse de haut en bas. Mes points de suture me font mal, mais je m'en aperçois à peine. Il faut trouver le moyen de sortir. S'ils me rattrapent je ne donne pas cher de ma peau.

Une nouvelle salve de coups de feu est suivie par de nouveaux hurlements.

Je continue à chercher, de plus en plus tourmentée et de plus en plus terrorisée. *Julian. Julian est là-haut.* J'essaie de ne pas y penser, mais c'est impossible. Je ne peux rien faire pour l'aider ; c'est logique, je le sais bien.

Je suis pieds nus, en chemise d'hôpital et complètement désarmée. Alors qu'il est armé jusqu'aux dents et qu'il porte un gilet pare-balles.

Mais évidemment, la peur terrible que je ressens à l'idée de le perdre n'a rien à voir avec la logique.

Je me dis qu'il va s'en tirer et je continue à chercher le conduit. Julian sait ce qu'il fait. Il est dans son domaine, sa spécialité. C'est de cette partie de sa vie qu'il me protégeait en me gardant sur l'île.

Mes mains touchent quelque chose de dur sur le mur près de mes genoux et entrent dans une ouverture.

C'est le conduit, je l'ai trouvé !

Il y a encore un couinement aigu et quelque chose sort à toute vitesse du conduit en se dirigeant vers moi. Apeurée, je recule d'un saut, mais je me mets à quatre pattes et je commence à ramper sans hésiter en me préparant à rencontrer d'autres rongeurs.

Le conduit est assez large pour s'y glisser à quatre pattes et je rampe aussi vite que possible sans prêter attention à l'odeur fétide d'égout et de rouille. Heureusement, ce n'est pas trop mouillé à l'intérieur et j'essaie de ne pas penser à ce qui s'y écoule.

Finalement, j'arrive à l'autre bout. En me mettant en boule, je réussis à me retourner et j'en sors par les pieds.

Je fais quelques pas et j'examine l'endroit où je me trouve. Au-dessus de moi, le ciel est rempli d'étoiles et l'air est saturé par une odeur de terre chaude et de végétation tropicale. Je vois le hangar sur une petite colline, il est à moins de cinquante mètres.

Je le fixe des yeux, malade de peur en pensant à Julian. Il y a une nouvelle salve accompagnée de brillants éclats de lumière. L'échange de coups de feu se poursuit, ce qui est bon signe, me semble-t-il : si Julian était mort, si les terroristes l'avaient emporté, il n'y aurait plus de combat.

Il a donc dû venir avec des renforts.

Je me recroqueville et je m'appuie contre un arbre, mes jambes tremblent toujours de ce mélange de peur et d'adrénaline.

À ce moment-là, le ciel s'embrase, le bâtiment explose… et une rafale d'air incandescent me projette dans les buissons à plusieurs mètres de là.

CHAPITRE VINGT-QUATRE

Les vingt-quatre heures qui suivent sont floues dans ma mémoire.

Après m'être relevée, j'ai le tournis et je ne sais plus où je suis, j'ai des élancements dans la tête et mon corps n'est plus qu'un énorme hématome. Mes oreilles bourdonnent et tout ce que je perçois me semble lointain.

L'explosion a dû me faire perdre connaissance, mais je n'en suis pas sûre. Quand je suis de nouveau capable de marcher, l'incendie qui a consumé le bâtiment est presque éteint.

Tout hébétée, je vais tant bien que mal sur la colline et je commence à fouiller dans les ruines fumantes du hangar. De temps en temps, je trouve quelque chose qui ressemble à un bras ou une jambe carbonisée et deux ou trois fois je vois un cadavre presque intact dont il ne manque que la tête ou un bras. D'une certaine manière, je prends conscience de ces découvertes, mais sans en tirer pleinement les conséquences. Je me sens étrangement détachée de ce qui se passe, comme absente. Rien ne me touche. Rien ne préoccupe. Même mes sensations physiques sont émoussées par le choc.

Je le cherche pendant des heures. Quand je m'arrête, le soleil est au zénith et je dégouline de sueur.

Je n'ai plus le choix maintenant, il faut accepter la vérité.

Il n'y a aucun survivant. C'est aussi simple que ça.

Je devrais pleurer. Je devrais hurler. Je devrais ressentir quelque chose.

Et pourtant rien.

À la place, je suis dépourvue de toute émotion.

Je quitte le hangar et je commence à marcher. Je ne sais pas où je vais, et ça m'est égal.

La seule chose que je suis capable de faire c'est de mettre un pied devant l'autre.

Quand la nuit commence à tomber, je tombe sur un groupe de petites maisons faites avec des piquets de bois et des cartons. Un ruisseau peu profond traverse le hameau et j'y vois deux ou trois femmes y laver du linge.

Le choc sur leur visage est la dernière chose dont je me souvienne avant de m'évanouir à quelques mètres d'elles.

* * *

— Miss Leston, vous sentez-vous en mesure de répondre à quelques-unes de mes questions ? Je suis l'agent du FBI Wilson et voici l'agent Bosovsky.

Je lève les yeux vers l'homme assez corpulent d'âge moyen qui est debout à côté de mon lit. Il ne ressemble pas à l'image que j'ai des agents du FBI. Son visage est rond, presque angélique, avec des joues roses et des yeux bleus très mobiles. Si l'agent Wilson avait une capuche rouge et une barbe blanche, il serait un Père Noël idéal. Par contre, son partenaire, l'agent Bosovsky, est terriblement maigre et son visage long est profondément ridé.

Depuis deux jours, je me remets dans un hôpital de Bangkok. Visiblement, l'une des lavandières a prévenu les autorités locales de la présence d'une jeune fille errant dans son village. Je me souviens vaguement qu'on m'a interrogée, mais je ne pense pas avoir fait preuve de la moindre cohérence. En tout cas, on en savait assez pour prendre contact avec l'ambassade des États-Unis et les autorités américaines se sont chargées du reste.

— Vos parents vont bientôt arriver, dit l'agent Bosovsky alors que je continue à regarder fixement sans dire un mot. Leur avion atterrira dans quelques heures.

Je cligne des yeux, ses paroles ont réussi à pénétrer la couche de glace qui me sépare de tout et de tous depuis l'explosion.

— Mes parents ? Je demande d'une voix cassée, ma gorge me semble étrangement enflée.

Bosovsky hoche la tête.

— Oui, Miss Leston. On les a prévenus hier et ils ont pris le premier vol pour Bangkok. Ils auraient voulu vous parler, mais on vous avait donné un calmant.

Je comprends ce qu'il me dit. Les médecins m'ont déjà expliqué que je souffre d'une légère commotion cérébrale ainsi que de brûlures au premier degré et d'écorchures aux pieds. À part ça, ils sont impressionnés par mon bon état général, si l'on ne tient pas compte de la déshydratation, des hématomes et de ma récente opération. Malgré tout, ils ont dû m'administrer des calmants pour me permettre de me reposer.

— Pensez-vous pouvoir répondre à mes questions avant l'arrivée de vos parents ? me demande doucement l'agent Wilson alors que je continue à me taire.

Je hoche légèrement la tête, c'est un mouvement à peine visible, et il rapproche une chaise de mon lit. L'agent Bosovsky en fait autant.

— Miss Leston, vous avez été enlevée en juin de l'année dernière, dit l'agent Wilson, son visage rond a une expression chaleureuse et compréhensive. Pourriez-vous nous parler de votre enlèvement ?

J'hésite un instant. Devrais-je leur dire quoi que ce soit au sujet de Julian ? Et puis je me souviens qu'il est mort et que tout cela n'a plus d'importance. Pendant une seconde, je souffre tellement que j'en ai le souffle coupé, puis le mur de glace me recouvre de nouveau et m'engourdit.

— Bien sûr, ai-je dit d'un ton calme. Que voulez-vous savoir ?

— Connaissez-vous le nom de votre ravisseur ?

— Julian Esguerra. C'est… (j'ai du mal à avaler ma salive), *c'était* un trafiquant d'armes.

Les agents du FBI ouvrent grands les yeux.

— Un trafiquant d'armes ?

Je fais un signe de tête et je leur dis ce que je sais des activités de Julian. L'agent Bosovsky griffonne des notes à toute vitesse tandis que l'agent Wilson continue de me poser des questions sur ce que faisait Julian et sur les terroristes qui m'ont enlevée à lui. Ils semblent déçus qu'il soit mort -et que j'en sache si peu- et je leur explique que depuis mon enlèvement je n'ai pas quitté l'île.

— Il vous y a maintenue en captivité pendant toute la durée de ces quinze mois ? Demande l'agent Bosovsky, et les rides de son visage maigre se creusent. Il n'y avait que cette femme, Beth, et vous ?

— Oui.

Les agents se regardent et je continue à les fixer des yeux, je sais bien ce qu'ils pensent. *La pauvre, on l'a gardée comme un animal en cage pour servir de distraction à un criminel.* C'est effectivement ce que j'ai ressenti au début, mais ce n'est plus le cas. Maintenant, je ferais tout au monde pour revenir en arrière et redevenir la captive de Julian.

L'agent Wilson se tourne vers moi et s'éclaircit la gorge.

— Miss Leston, nous demanderons à une psychologue spécialiste des violences sexuelles de venir vous voir cet après-midi. Elle est très compétente…

— Ce n'est pas la peine, l'ai-je interrompu. Je vais bien.

Et c'est vrai. Je ne suis pas une victime et l'on n'a pas abusé de moi. Je suis seulement incapable de ressentir quoi que ce soit.

Ils me laissent tranquille après m'avoir posé quelques questions supplémentaires. Je ne leur donne aucun détail concernant ma relation avec Julian, mais il me semble qu'ils ont compris de quoi il retournait.

Le dessinateur du FBI leur succède et je lui décris Julian. Il n'arrête pas de me jeter des regards bizarres quand je corrige sa manière d'interpréter mes descriptions.

— Non, ses sourcils sont un petit peu plus épais, un peu plus droits… Ses cheveux sont un peu plus bouclés, comme ça…

C'est la bouche de Julian qui lui donne le plus de mal. Il n'est pas facile de décrire la beauté sombre de son sourire angélique.

— Dessinez la lèvre supérieure plus charnue… non pas tant que ça, elle doit être plus sensuelle, presque gracieuse…

Finalement, on y arrive et sur la feuille de papier le visage de Julian me regarde. Un éclair de souffrance revient me transpercer, mais comme avant l'insensibilité revient immédiatement à mon secours.

— Il est beau, ce type, dit le dessinateur en examinant ce qu'il a fait. Ce n'est pas tous les jours qu'on voit des hommes comme ça.

Je serre légèrement les poings, mes ongles s'enfoncent dans ma chair.

— Non, ce n'est pas tous les jours.

La personne qui vient ensuite dans ma chambre est la psychologue spécialiste des violences sexuelles dont on m'a parlé. C'est une petite brune bien en chair qui semble avoir presque cinquante ans, il y a quelque chose dans son regard qui me fait penser à Beth.

— Je m'appelle Diane, dit-elle pour se présenter en rapprochant une chaise de mon lit. Puis-je vous appeler Nora ?

— Si vous voulez, je dis sans enthousiasme. Je n'ai pas particulièrement envie de lui parler, mais la détermination que je lis sur son visage m'indique qu'elle ne partira pas avant que je ne le fasse.

— Nora, pouvez-vous me parler de la période que vous avez passée sur cette île ?

— Que voulez-vous savoir ?

— Tout ce que vous aurez envie de me dire.

Je réfléchis un moment. En fait, j'ai envie de ne rien lui dire. Comment puis-je décrire ce que je ressens à l'égard de Julian ? Comment puis-je expliquer les hauts et les bas de notre étrange relation ? Je sais ce qu'elle va penser, que je suis folle de l'aimer. Que mes sentiments ne sont pas réels, qu'ils ont été provoqués par ma captivité.

Et elle aurait sans doute raison, mais cela n'a plus d'importance. Il y a le bien et le mal, et il y a ce qui se passait entre Julian et moi. Rien ni personne ne pourra combler le vide laissé en moi. Aucune aide psychologique ne pourra faire disparaître la douleur de l'avoir perdu.

Je souris poliment à Diane.

— Je suis désolée, ai-je dit à voix basse. Je préférerais ne pas vous parler pour le moment.

Elle hoche la tête sans montrer la moindre surprise.

— Je comprends. Nous, les victimes, nous nous tenons souvent pour responsables de ce qui s'est passé. Nous pensons avoir fait quelque chose pour le provoquer.

— Je ne crois pas, je dis en fronçant les sourcils. D'accord, j'ai peut-être eu cette impression lors de mon enlèvement, mais ça n'a pas duré, et en connaissant mieux Julian j'ai changé d'avis. C'était simplement un homme qui prenait ce qu'il voulait, et c'était moi qu'il voulait.

— Je vois, dit-elle d'un air légèrement déconcerté. Puis son visage s'éclaire quand elle semble avoir résolu ce mystère.

— Il était très beau, n'est-ce pas ? devine-t-elle en me fixant des yeux.

Je ne détourne pas le regard et je garde le silence, ne voulant rien dévoiler. Il m'est impossible de parler de ce que je ressens en ce moment, sinon je risque de compromettre cette distance glacée qui me permet de ne pas perdre la tête.

Elle me regarde quelques instants puis se lève en me tendant sa carte.

— Si vous vous sentez capable de parler, Nora, je vous en prie, appelez-moi, dit-elle d'une voix douce. Vous ne pouvez pas tout garder en vous sans rien dire, ça va finir par vous tuer…

— D'accord, je vous appellerai, je réponds en lui coupant la parole et en posant sa carte sur ma table de nuit. Je mens comme un arracheur de dents et je suis certaine qu'elle s'en rend compte.

Un léger sourire se dessine sur ses lèvres puis elle sort de la pièce me laissant enfin seule avec mes pensées.

* * *

Pour accueillir mes parents, j'insiste pour me lever et pour m'habiller normalement. Je ne veux pas qu'ils me voient dans un lit d'hôpital. Je suis sûre qu'ils ont déjà passé beaucoup de temps à s'inquiéter pour moi et je ne veux surtout pas accroître leur anxiété.

L'une des infirmières me donne un jean et un tee-shirt et je les mets avec gratitude. Ils me vont bien. Cette nurse est une petite thaïlandaise et nous faisons à peu près la même taille. C'est bizarre de porter à nouveau ce genre de vêtements. J'étais tellement habituée à mettre des robes d'été légères que le jean me semble rêche et inconfortable. Mais je ne mets pas de chaussures, mes pieds ne sont pas encore guéris des brûlures que je me suis faites en errant dans les ruines du hangar.

Quand mes parents entrent enfin dans la pièce, je suis assise sur une chaise pour les attendre. C'est ma mère qui entre en premier. Dès qu'elle me voit, son visage se décompose et elle se précipite en courant, le visage ruisselant de larmes. Mon père est juste derrière elle et bientôt ils me serrent dans leurs bras, parlent à toute vitesse, et sanglotent de joie.

Je leur fais de grands sourires en les serrant dans mes bras à mon tour et je fais de mon mieux pour les rassurer en leur disant que je vais bien, que mes blessures sont superficielles et qu'ils n'ont pas besoin de s'inquiéter. Mais je ne pleure pas. Je ne peux pas. Tout me semble vide et distant et même mes parents ressemblent davantage à des souvenirs chéris qu'à des êtres en chair et en os. Pourtant je fais un effort pour me comporter normalement ; je leur ai déjà causé tant de stress et d'angoisse.

Après un petit moment, ils retrouvent leur calme et s'assoient pour bavarder.

— Il a bien pris contact avec vous, non ? Je demande en me souvenant de la promesse de Julian. Il vous a dit que j'étais en vie ?

Mon père hoche la tête, son visage se ferme.

— Une quinzaine de jours après ta disparition, nous avons reçu un virement sur notre compte bancaire, dit-il à voix basse. Un virement d'un million de dollars venu d'un compte étranger impossible à localiser. Nous étions censés l'avoir gagné au loto.

J'en reste bouche bée.

— Comment ?

Julian avait donné de l'argent à mes parents ?

— Au même moment, nous avons reçu un mail, continue mon père dont la voix tremble. L'objet était : « De la part de votre fille qui vous aime ». C'était une photo de toi. Tu étais allongée sur la plage et tu lisais. Tu étais si belle, tu semblais si sereine… Il avale sa salive avec peine. Le message disait que tu allais bien et que tu étais avec quelqu'un qui prenait soin de toi, et que nous devrions utiliser cet argent pour rembourser l'emprunt de la maison. Il disait aussi que nous te mettrions en danger si nous communiquions cette information à la police.

Je suis tellement interloquée que je le fixe des yeux en essayant d'imaginer ce qu'ils ont dû penser à ce moment-là. *Un million de dollars…*

— Nous ne savions pas quoi faire, dit ma mère qui se tord les mains tant elle est anxieuse. Nous pensions que ça pourrait aider à faire avancer l'enquête, mais en même temps nous ne voulions pas te mettre en danger, où que tu sois…

— Alors qu'est-ce que vous avez fait ? Je leur demande, médusée. Le FBI n'a pas mentionné le million de dollars, mes parents n'ont donc pas dû leur en parler. En même temps, je ne peux pas imaginer mes parents se contenter d'empocher cet argent et de ne rien faire d'autre.

— Nous avons utilisé l'argent pour engager une équipe de détectives privés, explique mon père. La meilleure possible. Ils ont pu remonter à une société fictive aux îles Cayman, mais la piste s'arrêtait là. Il se tait et me regarde. Et depuis, nous avons utilisé cette somme pour essayer de te retrouver.

— Que s'est-il passé, ma chérie ? demande ma mère en se penchant en avant. Qui t'a enlevée ? D'où venait cet argent ? Où étais-tu pendant tout ce temps ?

Je souris et je commence à répondre à leurs questions. Au même moment, je les regarde, savourant leurs traits familiers. Mes parents font un beau couple, ils sont tous les deux en bonne santé et en bonne forme. Je suis née quand ils n'avaient qu'une petite vingtaine d'années et ils sont encore relativement jeunes. Mon père n'a que quelques cheveux gris dans sa chevelure noire, mais ils sont plus nombreux qu'avant.

— C'était donc vrai, tu nageais dans l'océan et tu lisais au bord de la plage ? Ma mère me fixe des yeux avec incrédulité tandis que je lui décris mes journées sur l'île.

— Oui ! Je lui fais un grand sourire. D'une certaine manière, c'était comme de grandes vacances qui se prolongeaient. Et il prenait bien soin de moi, comme il vous l'avait dit.

— Mais pourquoi t'avait-il enlevée, demande mon père avec un air frustré. Pourquoi t'avoir kidnappée ?

Je hausse les épaules, je ne veux pas entrer dans les détails au sujet de Maria et de l'instinct de possession exacerbé de Julian.

— Tout simplement parce qu'il était comme ça, j'imagine, je dis d'un air détaché. Parce qu'étant donnée sa profession il ne pouvait pas vraiment sortir avec moi comme n'importe qui.

— Est-ce qu'il t'a fait du mal, ma chérie, demande ma mère dont les yeux noirs sont remplis de compassion. Était-il cruel envers toi ?

— Non, ai-je dit d'une voix douce. Il n'a jamais été cruel.

Comme il m'est impossible d'expliquer la complexité de ma relation avec Julian à mes parents, je n'essaie même pas de le faire. À la place, j'embellis bien des aspects de ma captivité en me concentrant sur ses bons côtés. Je leur parle de mes expéditions matinales pour aller pêcher avec Beth et de ma découverte de la peinture. Je décris la beauté de l'île et je leur dis que j'ai recommencé à courir. Quand je m'interromps pour reprendre haleine ils me regardent tous les deux d'une manière étrange.

— Nora, ma chérie, me demande ma mère d'un ton hésitant, es-tu amoureuse de ce Julian ?

Je me mets à rire, mais mon rire sonne faux.

— Amoureuse ? Non, bien sûr que non !

Je me demande ce qui a pu leur donner cette impression, j'ai évité de dire le moindre mot sur Julian.

Plus je pense à lui, plus je redoute que le mur de glace se mette à craquer et que la douleur m'engloutisse.

— Bien sûr que non, répète mon père en me regardant attentivement, et je m'aperçois qu'il ne me croit pas.

D'une manière ou d'une autre, mes parents devinent la vérité, je suis bien plus traumatisée par mon sauvetage que par mon enlèvement.

CHAPITRE VINGT-CINQ

Pendant les quatre mois qui suivent, j'essaie de reprendre le cours normal de ma vie.

Après un jour de plus à l'hôpital de Bangkok on considère que je vais assez bien pour prendre l'avion et je rentre chez moi dans l'Illinois avec mes parents. Deux agents du FBI nous escortent pendant le voyage de retour, les agents Wilson et Bosovsky, et ils profitent du voyage pour continuer à m'interroger. Ils restent tous les deux sur leur faim parce que leurs banques de données ne contiennent aucun Julian Esguerra.

— Vous ne l'avez jamais entendu utiliser un autre nom ? me demande l'agent Bosovsky pour la troisième fois quand la demande qu'ils ont faite à Interpol reste sans réponse.

— Non, je réponds patiemment. Je ne le connaissais que sous le nom de Julian. Ce sont les terroristes qui l'appelaient Esguerra.

Beth avait raison quand elle avait deviné l'identité des hommes qui nous ont enlevées à Julian à la clinique. Ils faisaient effectivement partie d'un groupe de djihadistes particulièrement dangereux qui s'appelle Al-Quadar, c'est ce que le FBI a réussi à déterminer.

— Mais c'est absurde, dit l'agent Wilson dont les joues rondes tremblotent d'agacement. Quelqu'un de cette stature aurait dû être signalé chez nous. S'il était à la tête d'une organisation produisant et distribuant des armes de pointe, comment se fait-il qu'aucun organisme officiel ne soit au courant de son existence ?

Je ne sais que lui dire, si bien que je me contente de hausser les épaules en guise de réponse. Les détectives privés que mes parents avaient engagés n'avaient rien trouvé non plus sur lui.

Mes parents et moi avons discuté pour savoir si nous parlions de l'argent de Julian au FBI et finalement nous avons décidé de ne rien leur dire. Révéler cette information à ce stade de l'histoire ne risquerait que de faire du tort à mes parents et pourrait faire croire au FBI que j'étais complice de Julian. Après tout, un ravisseur n'envoie pas d'argent à la famille de sa victime !

Quand nous arrivons à la maison, je suis épuisée. J'en ai assez d'être couvée par mes parents et je ne supporte plus que le FBI me pose des milliers de questions auxquelles je ne peux pas répondre. Et surtout, la présence de tant de gens me fatigue. Après avoir passé plus d'un an sans voir personne, la foule des aéroports me donne le tournis.

Chez mes parents, ma chambre d'autrefois n'a pratiquement pas changé.

— Nous avons toujours gardé l'espoir que tu reviendrais, dit ma mère dont le visage s'illumine de bonheur. Je lui souris et je la serre dans mes bras avant de la faire sortir gentiment de la pièce. Plus que tout au monde, ce dont j'ai besoin en ce moment, c'est d'être seule parce que je ne sais pas combien de temps encore je vais pouvoir sauver les apparences.

Ce soir-là, en prenant une douche dans la vieille salle de bain de mon enfance, je laisse enfin cours à mon chagrin et je pleure.

* * *

Quinze jours après mon arrivée aux États-Unis je quitte la maison de mes parents. Ils essaient de m'en dissuader, mais je les persuade que j'en ai besoin, que j'ai besoin d'être seule et indépendante. En vérité, j'ai beau aimer mes parents, je ne peux pas être avec eux continuellement. Je ne suis plus la jeune fille insouciante dont ils se souviennent et ça m'épuise trop de leur donner cette impression.

C'est beaucoup plus simple d'être seule dans le minuscule studio que je loue à côté.

Mes parents, essaient en vain de me donner le reste de l'argent que Julian leur a envoyé, un demi- million de dollars et des poussières, mais je refuse. Je considère que cet argent est destiné à payer l'emprunt de leur maison et je veux qu'il soit utilisé de cette manière. Après de nombreuses disputes, nous parvenons à un accord : ils rembourseront l'essentiel de l'emprunt et échelonneront le reste et la différence servira à payer mes études.

Bien que techniquement je n'ai pas besoin de travailler pendant un certain temps, je prends quand même un emploi de serveuse. C'est une distraction et ce n'est pas particulièrement exigeant, ce qui est exactement ce dont j'ai besoin en ce moment. Il y a des nuits où je ne dors pas et des jours où c'est une torture de me lever le matin. Le vide qui est en moi me dévore, le chagrin m'étouffe presque et j'ai besoin de toutes mes forces pour fonctionner à peu près normalement.

Et quand je dors, j'ai des cauchemars. Je me repasse sans cesse la mort de Beth dans ma tête ainsi que l'explosion du hangar, jusqu'à ce que je me réveille trempée de sueur froide. Après ces cauchemars, je reste éveillée, la chaleur et la sécurité des étreintes de Julian me manquent terriblement. Sans lui, je me sens perdue, comme un navire sans gouvernail dans l'océan. Son absence est une plaie infectée qui refuse de se fermer.

Et Beth me manque aussi. Son bon sens, son détachement à l'égard de la vie me manquent. Si elle était là, elle serait la première à me dire que la vie n'est pas un long fleuve tranquille et qu'il faut m'y faire. Elle voudrait que je tourne la page.

Et j'essaie de le faire… mais la violence insensée de sa mort me ronge. Julian avait raison, avant j'ignorais ce que c'était la haine. J'ignorais ce que l'on ressentait quand on avait envie de faire du mal à quelqu'un, quand on désirait sa mort. Mais maintenant, je le sais. Si je pouvais revenir en arrière et tuer le terroriste qui a assassiné Beth avec une telle brutalité, je le ferais sans hésiter une seconde. Je ne me contente pas de savoir qu'il est mort dans l'explosion du hangar. J'aurais aimé être celle qui met fin à sa vie.

Mes parents insistent pour que je voie un thérapeute. Pour leur faire plaisir, je vais à quelques séances. Elles ne servent à rien. Je ne suis pas prête à dévoiler mon cœur et mon âme à un inconnu, et ces séances s'avèrent être une perte de temps et d'argent. Je ne suis pas dans un état d'esprit propice à me soigner, ma perte est trop récente, mes émotions trop vives.

Je recommence à peindre, mais je ne peux plus faire de paysages ensoleillés comme avant. Maintenant, mes tableaux sont plus sombres, plus chaotiques. Je peins sans cesse la scène de l'explosion pour essayer de ne plus y penser, et chaque fois elle apparaît sous une forme un peu différente, de plus en plus abstraite. Je fais aussi le portrait de Julian. Je le fais de mémoire, et je souffre de ne pas parvenir à rendre la perfection ravageuse de ses traits. J'ai beau essayer, je n'y arrive pas.

Toutes mes amies sont parties à l'université et pendant les deux premières semaines je n'ai de contact avec elles qu'au téléphone et par Skype. Elles ne savent pas trop comment se comporter avec moi, et ça se comprend. J'essaie de parler de choses sans importance avec elles, et surtout me concentrer sur ce qui leur est arrivé depuis la remise des diplômes, mais je sais qu'elles ont du mal à parler des ennuis qu'elles ont avec leur petit ami et de leurs examens avec quelqu'un qu'elles considèrent comme la victime d'un crime horrible. Elles me considèrent avec pitié et je lis une curiosité gênante dans leurs yeux si bien que je n'arrive pas à leur parler de ce qui s'est passé sur l'île.

Pourtant, quand Leah revient de l'Université du Michigan, nous nous retrouvons pour passer un moment ensemble. Après nous être embrassées il ne reste presque plus rien de la gêne initiale et je retrouve celle qui fut ma meilleure amie depuis l'école primaire.

— C'est bien chez toi, dit-elle en faisant le tour de mon studio et en regardant mes tableaux. Ils sont vraiment superbes ces tableaux, où les as-tu trouvés ?

— C'est moi qui les ai faits, je lui dis en mettant mes bottes. Nous allons dîner dans un restaurant italien du quartier. Je porte un jean moulant et un haut noir et j'ai l'impression d'être au bon vieux temps.

— C'est toi ? Leah me regarde avec surprise. Depuis quand peins-tu ?

— Pas depuis longtemps, je fais en prenant mon imperméable. C'est déjà l'automne et il commence à faire froid. Je m'étais habituée au climat tropical de l'île et même 15° me paraît frais.

— Merde alors, Nora, c'est vraiment très beau ! dit-elle en s'approchant de l'une des scènes d'explosion pour la regarder de plus près. Ce sont les seuls tableaux que j'ai accrochés, mes portraits de Julian ne sont que pour moi. Je ne t'en aurais pas cru capable !

— Merci ! Je lui souris. Tu es prête, on y va ?

* * *

Le dîner se passe vraiment bien. Leah me parle de ses études à l'Université du Michigan et de Jason, son nouveau petit ami. Je l'écoute attentivement et nous nous moquons des garçons et de leur prédilection incompréhensible pour les beuveries.

— Quand vas-tu t'inscrire à la fac ? demande-t-elle au milieu du dessert. Tu devais rester sur place au début. C'est toujours ton intention ?

Je hoche la tête.

— Oui, je crois que je vais m'inscrire au deuxième semestre. Bien que maintenant je puisse me permettre de m'inscrire dans n'importe quelle faculté, je n'ai pas l'intention de modifier mes projets. L'argent qui dort sur mon compte en banque ne me semble pas vraiment réel et j'ai une réticence étrange à le dépenser.

— C'est génial, dit Leah en souriant. Elle me semble un peu survoltée, comme si elle était surexcitée pour une raison que j'ignore.

Je vais bientôt la découvrir.

— Salut, Nora, dit une voix que je reconnais derrière moi au moment où nous allons régler l'addition.

Je sursaute de surprise. En me retournant, je découvre Jake, le garçon avec qui j'avais rendez-vous le soir fatidique où Julian m'a enlevée.

Le garçon que Julian a fait tabasser pour me faire filer doux.

Il n'a pratiquement pas changé : une tignasse de cheveux blondis par le soleil, des yeux marron affectueux, une belle carrure. Mais l'expression de son visage n'est pas la même. Elle est tendue, il a les traits tirés, et la méfiance que je lis dans son regard m'assène un coup de pied dans le ventre.

— Jake… J'ai l'impression d'être en face d'un fantôme. Je ne savais pas que tu étais ici. Je croyais que tu étais au Michigan…

Alors je comprends ce qui se passe. Je me retourne et regarde Leah d'un air accusateur auquel elle répond par un grand sourire.

— J'espère que tu ne m'en veux pas, Nora, dit-elle gaiement. J'ai dit à Jake que je venais te voir ce week-end et il m'a demandé de se joindre à moi. Je n'étais pas sûre de ce que tu en penserais, étant donnée la situation… Elle rougit légèrement. Alors je lui ai seulement dit que nous serions ici ce soir.

Je cligne des yeux, mes mains sont moites. Leah ne sait pas que Jake a été tabassé à cause de moi. Je n'ai dévoilé ce détail qu'au FBI. Elle a peut-être peur que revoir Jake ne réveille chez moi des souvenirs pénibles de mon enlèvement, mais elle ne peut absolument pas deviner la culpabilité et l'anxiété qui me donnent la nausée en ce moment.

Par contre, Jake sait que je suis responsable de son agression. Je peux le voir dans la manière dont il me regarde.

Je me force à sourire.

— Bien sûr que non, je ne t'en veux pas. Je mens sans la moindre difficulté. Je t'en prie, assieds-toi. On va demander du café. Je vais vers le siège d'en face et je m'assieds. Qu'est-ce que tu deviens ?

Il me rend mon sourire, le coin de ses yeux marron se plisse de cette manière qui me plaisait tant autrefois. Il est toujours un des garçons les plus mignons que je connais, mais il ne m'attire plus du tout. Le béguin que j'ai eu pour lui est insignifiant par rapport à l'obsession de Julian, une obsession dévorante, un désir funeste et désespéré qui m'empêche de dormir la nuit.

Quand je n'arrive pas à dormir, je pense souvent à ce que Julian et moi faisions ensemble, à ce qu'il me faisait faire… à ce qu'il m'a appris à faire. Dans l'obscurité de la nuit, je me masturbe en pensant à ces fantasmes interdits. Des fantasmes d'une douleur exquise et d'un plaisir forcé, des fantasmes de violence et de désir. Le besoin d'être prise, d'être utilisée, d'être mise à mal et d'être possédée me tenaille. Julian me manque, c'est lui qui a éveillé cet aspect de ma personnalité.

Et maintenant, il est mort.

En mettant de côté cette pensée insoutenable, je me concentre sur ce que me dit Jake.

— Pendant des mois, il m'a été impossible d'aller dans ce parc, dit-il, et je réalise qu'il me parle de ce qui lui est arrivé après mon enlèvement. Chaque fois que j'y allais, je pensais à toi et je me demandais où tu étais… La police disait que c'était comme si tu avais disparu de la surface du globe…

Je l'écoute, la honte et la haine envers moi-même se recroquevillent au plus profond de moi. Comment puis-je avoir de tels sentiments pour quelqu'un qui a commis de tels actes et a fait tant de mal en les commettant ? À quel degré de perversité suis-je parvenue pour aimer quelqu'un capable de telles atrocités ? Julian n'était pas un héros torturé et incompris contraint par les circonstances de commettre des méfaits contre son gré. C'était purement et simplement un monstre.

Un monstre qui me manque de toutes les fibres de mon corps.

— Je suis vraiment navré, Nora, dit Jake qui m'arrache à cette autoflagellation. Je suis navré de ne pas avoir pu te protéger ce soir-là…

— Attends… Qu'est-ce que tu racontes ? J'ai du mal à le croire. Tu es fou ? Est-ce que tu sais qui était en face de toi ? Tu ne pouvais strictement rien faire…

— J'aurais quand même dû essayer. La voix de Jake est pleine de culpabilité. J'aurais dû faire quelque chose, n'importe quoi…

Je tends la main au-dessus de la table et sans réfléchir je prends la sienne.

— Non, lui ai-je dit fermement. Ce n'est absolument pas de ta faute.

Du coin de l'œil, je vois Leah tripoter son téléphone et faire comme si elle n'était pas là. Je ne m'occupe pas d'elle. Il faut convaincre Jake que ce n'est pas de sa faute et l'aider à surmonter ce qui s'est passé.

Sous mes doigts, je sens la chaleur de sa peau et la tension qui le raidit.

— Jake, je lui dis d'une voix douce en le regardant droit dans les yeux, personne n'aurait pu empêcher ce qui s'est passé. Personne. Julian a -ou plutôt avait- à sa disposition des ressources que les forces de l'ordre lui auraient enviées. Si quelqu'un est coupable, c'est moi. C'est à cause de moi que tu t'es retrouvé dans cette histoire et j'en suis vraiment navrée. Ce n'est pas seulement pour la nuit dans le parc que je m'excuse et il le sait bien.

— Non, Nora, dit-il à voix basse, et ses yeux marron s'assombrissent. Tu as raison, c'est de *sa* faute et pas de la nôtre. Et je m'aperçois qu'il me pardonne aussi, que lui aussi veut me libérer de ma culpabilité.

Je lui souris et presse sa main pour accepter son pardon en silence.

Si seulement il m'était aussi facile de me pardonner à moi-même, mais je n'y arrive pas.

Parce que même maintenant, alors que je suis là et que je tiens la main de Jake dans la mienne, je ne peux m'empêcher d'aimer Julian.

Quoi qu'il ait fait.

CHAPITRE VINGT-SIX

— Tu sais, je pense qu'il est encore vraiment amoureux de toi, dit Leah en me raccompagnant en voiture à la maison. Je suis étonnée qu'il ne t'ait pas donné rendez-vous tout de suite.

— Me donner rendez-vous ? Jake ? Je la regarde avec incrédulité. Il sortira avec n'importe qui sauf moi.

— Oh, je n'en suis pas aussi sûre, dit-elle d'un ton pensif. Vous n'êtes sortis qu'une seule fois ensemble tous les deux, mais il a été profondément déprimé après ta disparition. Et sa manière de te regarder ce soir…

Je laisse échapper un rire nerveux.

— Je t'en prie, Leah, c'est ridicule. C'est compliqué ce qui s'est passé entre Jake et moi. Ce soir, il voulait seulement arriver à une conclusion, c'est tout.

L'idée de sortir avec Jake, de sortir avec qui que ce soit me semble étrange et incongrue. Dans mon esprit je continue d'appartenir à Julian et la pensée de laisser un autre me toucher provoque en moi une anxiété inexplicable.

— Une conclusion, mon œil ! La voix de Leah est très sarcastique. Il a passé la soirée à te regarder comme s'il n'avait jamais vu de fille aussi sexy. Ce n'est pas une conclusion qu'il cherche, je t'assure.

— Oh, arrête…

— Non, sérieusement, dit Leah en me jetant un coup d'œil quand elle s'arrête à un feu rouge. Tu devrais sortir avec lui. Il est adorable et je sais qu'avant il te plaisait…

Je la regarde et je suis partagée entre le désir de lui faire comprendre ce que je ressens et un profond besoin de me protéger.

— Leah, c'était avant, ai-je dit lentement en décidant de lui révéler une partie de la vérité. Je ne suis plus la même maintenant. Je ne peux pas sortir avec quelqu'un comme Jake. Pas après avoir rencontré Julian.

Elle se tait et se concentre sur la route quand le feu devient vert.

Quand elle s'arrête devant mon immeuble elle se tourne vers moi.

— Je suis navrée, dit-elle. J'ai fait une bêtise, j'ai manqué de tact. Tu me semblais aller si bien que pendant un moment j'ai oublié… Elle avale sa salive, des larmes brillent dans ses yeux. Si jamais tu veux en parler, tu sais que je suis là, tu le sais, d'accord ?

Je hoche la tête en lui souriant. J'ai de la chance d'avoir une amie comme elle et peut-être que je pourrai bientôt répondre à son invitation. Mais pas encore, pas tant que mon cœur est aussi à vif et déchiré.

* * *

Les semaines suivantes sont interminables. Je vis, heure après heure, prenant chaque jour comme il vient. Chaque matin, je fais une liste des choses que je veux accomplir ce jour-là et je m'y tiens scrupuleusement, même si je n'ai envie que de rester sous la couette et ne jamais en sortir.

La plupart du temps, ma liste comprend des choses banales comme manger, courir, aller travailler, acheter des provisions et appeler mes parents. Parfois, j'ajoute une tâche plus ambitieuse comme de m'inscrire à l'université pour le deuxième semestre comme je l'avais dit à Leah.

Je m'inscris aussi pour suivre des cours de tir. À ma surprise, je me révèle très bonne dans le maniement d'une arme. Mon instructeur dit que je suis douée et je commence à chercher ce qu'il faut faire pour acquérir un port d'armes dans l'Illinois. Je prends aussi des cours d'autodéfense et je commence à apprendre quelques prises de base pour savoir me défendre. Je ne pourrai jamais l'emporter contre quelqu'un comme Julian ou contre les hommes qui nous ont enlevées Beth et moi, mais savoir tirer et me battre m'aide à me sentir mieux et de mieux maîtriser ma vie.

Avec toutes ces nouvelles activités, sans parler de mon travail et de ma peinture, je n'ai pas le temps de sortir, ce qui ne me gêne pas. Je ne suis pas d'humeur à me faire de nouveaux amis et les autres sont loin.

Jake et Leah sont retournés à Michigan. Il m'envoie des messages sur Facebook et nous nous parlons de temps en temps. Mais il ne m'invite pas à sortir avec lui.

J'en suis contente. Même s'il n'était pas dans une université qui se trouve à trois heures et demie de route, ça ne pourrait jamais marcher entre nous. Jake est assez intelligent pour comprendre que rien de bon ne pourrait arriver s'il sortait avec quelqu'un comme moi, quelqu'un qui est de toute façon toujours la captive de Julian.

Je rêve de mon ancien ravisseur presque chaque nuit. Comme un vampire, Julian ne m'apparaît qu'à la nuit tombée, quand je suis le plus vulnérable. Il s'empare de mon esprit aussi impitoyablement qu'il s'emparait de mon corps. Quand ce n'est pas sa mort que je revis, mes rêves sont d'une nature sexuelle inquiétante. Je rêve de sa bouche, de sa verge, de ses mains. Ils sont partout, tout autour de moi, à l'intérieur de moi. Je rêve de son beau sourire terrifiant, de sa manière de m'étreindre et de me caresser.

De sa manière de me torturer jusqu'à ce que j'oublie tout le reste et que je me perde en lui.

Je rêve de lui… et je me réveille mouillée et tout excitée, le corps béant, et désirant qu'il me possède.

Comme une droguée en manque, je ferais n'importe quoi pour me shooter, pour atténuer l'intensité de mon désir.

Je ne suis pas prête pour sortir avec quelqu'un, mais mon corps s'en moque et finalement je décide de céder.

Je me pomponne, je prends mon ancienne fausse carte d'identité et je vais dans un bar du quartier.

* * *

Les hommes bourdonnent autour de moi comme des mouches. Putain, c'est facile, tellement facile… Une fille toute seule dans un bar, ils n'ont pas besoin d'encouragement supplémentaire. Comme des loups qui reniflent leur proie, ils sentent que je suis à bout, que cette nuit je désire autre chose qu'un lit froid et solitaire.

Je laisse l'un d'entre eux m'offrir à boire. Un verre de vodka, puis un verre de téquila… Quand il me demande si je veux partir, j'ai le tournis. Je hoche la tête et je le laisse me conduire à sa voiture.

C'est un bel homme d'une trentaine d'années aux cheveux blonds vénitien et aux yeux bleus-gris. Il n'est pas particulièrement grand, mais assez costaud. Il est avocat, me dit-il en conduisant dans la direction d'un motel du quartier.

Je ferme les yeux alors qu'il continue de parler. Peu m'importe qui il est ou ce qu'il fait. Je veux seulement qu'il me baise, qu'il comble le vide qui est en moi. Qu'il me débarrasse du froid glacial qui a pénétré jusque dans la moelle de mes os.

Il retient une chambre à l'accueil et nous montons. Quand nous arrivons dans la chambre, il m'enlève mon manteau et commence à m'embrasser. Je sens la bière et un soupçon d'épices mexicaines dans son haleine. Il me serre contre lui, ses mains chaudes et impatientes partent à la découverte de mon corps et tout à coup je n'en peux plus.

— Arrêtez ! Je le repousse de toutes mes forces. Pris de surprise, il recule de quelques pas en trébuchant.

— Qu'est-ce qui t'arrive, putain ? Il me dévisage et reste bouche bée de stupeur.

— Je suis désolée, je dis à toute vitesse en attrapant mon manteau. Ce n'est pas de votre faute, je vous assure.

Et avant qu'il n'ait le temps de répondre, je m'enfuis de la chambre.

Je prends un taxi et je rentre chez moi avec la gueule de bois et terriblement malheureuse. Rien ne peut combler mon manque, rien ne peut étancher ma soif.

Même après avoir trop bu je ne peux supporter qu'un autre homme me touche.

CHAPITRE VINGT-SEPT

Ça a commencé comme un rêve érotique de plus.

Des mains fortes et dures glissent le long de mon corps nu, des paumes calleuses se frottent contre ma peau tandis qu'il me presse les seins et que ses pouces caressent mes tétons raidis et délicats. Je me cambre contre lui, je sens la chaleur de sa peau, le poids de son corps puissant qui m'appuie sur le matelas. Ses jambes musclées obligent mes cuisses à s'ouvrir et son sexe en érection se frotte contre le mien, son gros gland avance entre la douceur de mes plis et il pousse légèrement contre mon clitoris.

Je gémis et je me frotte contre lui, mes muscles intimes se contractent pour le prendre plus profondément en moi. Je suis toute mouillée, haletante, et ma main s'agrippe à son derrière bien musclé pour essayer de le forcer à me pénétrer, pour l'obliger à me baiser.

Il rit, un rire grave et séduisant qui vient de sa poitrine, et ses grandes mains me prennent les poignets pour les plaquer au-dessus de ma tête.

— Je t'ai manqué, mon chat ? me murmure-t-il à l'oreille, son haleine chaude me faisant frissonner de plaisir des pieds à la tête.

Mon chat ? D'habitude, Julian ne parle jamais dans mes rêves.

J'en ai le souffle coupé et j'ouvre les yeux d'un coup. Alors, dans la faible lueur du petit matin, je *le* vois.

Julian.

Nu et en pleine érection, il est allongé sur moi et me maintient sur le lit. Ses cheveux noirs sont coupés plus courts qu'avant et son visage splendide est plein de désir, ses yeux brillent comme des joyaux bleus.

Je me fige, le fixe et mon cœur bat à tout rompre dans ma cage thoracique. Pendant quelques secondes, je crois que c'est encore un rêve et que mon esprit me joue un mauvais tour. Ma vision s'obscurcit et devient floue, je m'aperçois que je me suis même arrêtée un instant de respirer, que le choc a vidé mes poumons.

Je respire d'un coup, toujours immobile, et il baisse la tête, sa bouche rejoint la mienne.

Sa langue glisse entre mes lèvres entrouvertes, elle m'envahit et son goût familier qui m'a hantée si longtemps me fait tourner la tête.

Cette fois, il n'y a plus le moindre doute.

C'est vraiment Julian, il est vivant et aussi énergique qu'avant.

Une colère furieuse, vive et soudaine, se déchaîne en moi. Il est vivant, il est vivant depuis tout ce temps ! Pendant que je le pleurais, pendant que j'essayais de retrouver mon âme, il était sain et sauf, et mes efforts lamentables pour continuer à vivre devaient sans doute le faire rire.

Je lui mords violemment la lèvre, animée d'un intense désir de lui faire mal, de le faire saigner dans sa chair comme il m'a fait saigner le cœur. Le goût âcre du sang m'emplit la bouche et il se dégage d'un bond avec un juron, les yeux noirs de colère.

Mais je n'ai pas peur. Je n'ai plus peur.

— Lâche-moi ! Je crie en sifflant de colère, me débattant pour me libérer. Salaud ! Fils de pute ! Tu n'étais pas mort ! Putain, tu n'étais pas mort… Cette dernière phrase m'échappe entre deux sanglots étouffés, ma voix se brise au dernier mot et mon humiliation est complète.

Il serre la mâchoire en me fixant, la perfection sensuelle de ses lèvres est compromise par la marque sanglante que mes dents y ont laissée. Il n'a aucun mal à me maintenir en place, son sexe en érection se dresse insolemment à l'ouverture de mon corps. Au comble de la rage, je me tords de côté pour essayer de le mordre encore et il prend mes poignets dans sa main gauche, me maîtrisant d'une main et m'attrapant les cheveux de l'autre. Maintenant ? Il m'est complètement impossible de bouger : la seule chose que je puisse faire c'est le regarder, et des larmes de rage, d'amertume et de frustration me brûlent les yeux.

Étrangement, l'expression de son visage se radoucit.

— J'ai l'impression que les griffes de mon petit chaton ont bien poussé, murmure-t-il d'une voix pleine d'un sombre amusement. Et ça a l'air de me plaire !

Alors je vois rouge.

— Va te faire foutre ! Je hurle en me cabrant contre lui sans prêter attention à nos corps nus qui se frottent l'un contre l'autre. Va te faire foutre, toi et ce qui te plait…

Sa bouche fond sur la mienne et avale mes paroles furieuses, je lui donne un coup de dents pour essayer de le mordre de nouveau. Mais il m'échappe in extremis avec un petit rire.

— Chut ! murmure-t-il à l'oreille sans tenir compte de mes cris assourdis par ses baisers, nous ne voudrions pas que tes voisins nous entendent, n'est-ce pas ?

En ce moment précis, le monde entier pourrait bien nous entendre, ça me serait égal. Je suis prise d'un besoin instinctif de l'attaquer, de lui faire autant de mal qu'il m'en a fait. Si j'avais une arme, j'aurais plaisir à lui tirer dessus pour me venger des souffrances qu'il m'a fait endurer.

Mais je n'ai pas d'arme. Je n'ai rien, et il avance plus profondément en moi et sa grosse verge m'étire, me pénètre de son ardeur et de sa dureté. Je suis encore humide du « rêve » que je viens de faire, mais la colère me crispe et mon corps proteste contre cette intrusion et tous mes muscles se contractent pour l'empêcher d'aller plus loin. C'est comme notre première fois, sauf que les émotions qui font rage dans mon cœur en ce moment sont infiniment plus complexes que la peur que j'avais ressentie à l'époque. Finalement, je me débats de moins en moins et je le contemple en silence, sonnée par le choc provoqué par son retour.

Quand il m'a pénétrée jusqu'au bout, il s'arrête et enlève lentement la main qu'il m'avait mise sur la bouche.

Je garde le silence, les larmes coulent au coin de mes yeux.

Il baisse la tête et m'embrasse doucement comme pour s'excuser de me prendre aussi brutalement. Je n'arrive plus à respirer ; comme toujours, cet étrange mélange de cruauté et de tendresse me bouleverse et plonge mon esprit déjà écartelé dans le chaos.

— Je suis désolé, bébé, murmure-t-il en effleurant des lèvres ma joue mouillée de larmes. Ça n'était pas censé se passer comme ça. Je devais te protéger et j'ai merdé. Putain, j'ai merdé grave… Il soupire doucement. Je ne voulais pas te laisser, je ne voulais pas te laisser partir…

— Mais c'est ce qui est arrivé. Je parle d'une petite voix malheureuse comme un enfant blessé. Tu m'as laissé croire que tu étais mort.

— Non ! Il me lâche les poignets et s'appuie sur les coudes en me prenant le visage dans ses grandes mains. Son regard brûlant me fixe avec une intensité telle que j'ai l'impression d'être consumée par son regard. Ce n'est pas ce qui s'est passé. Ce n'est pas du tout ce qui s'est passé.

Mes mains descendent lentement le long de ses épaules.

— Alors qu'est-ce qui s'est passé ? lui ai-je demandé avec amertume. Comment a-t-il pu me faire ça ? Comment a-t-il pu m'enlever, tout me prendre, pour m'abandonner ensuite avec une telle cruauté ?

— Je t'expliquerai tout, promet-il d'une voix grave pleine de désir. La sueur perle sur son front et je sens vibrer sa verge en moi. Il ne se contrôle que par un fil. Mais pour le moment, Nora, j'ai besoin de toi, j'ai besoin de ça… Il avance les hanches et je gémis quand il atteint mon point G en m'envoyant une rafale de sensations dans les terminaisons nerveuses.

— C'est ça, murmure-t-il d'une voix rauque en faisant le même mouvement. Je veux te baiser, putain, je veux te dévorer. J'ai besoin de ça. Je veux sentir ton petit minou bien serré m'épouser comme un gant. Je veux te baiser, putain, je veux te dévorer. Chaque centimètre de ton corps est à moi, Nora, à moi seul… De nouveau, il baisse la tête et prend ma bouche dans un baiser profond et dévorant tout en continuant à se mouvoir en moi à un rythme impitoyablement lent.

Ma respiration s'est accélérée, une vague de chaleur m'a envahi le corps. Mes doigts s'agrippent à ses épaules et mes jambes se replient autour de ses cuisses musclées pour le prendre encore plus profondément en moi.

Après des mois d'abstinence, c'est presque trop, mais la légère brûlure est la bienvenue, ainsi que la douleur délicieuse du plaisir d'être possédée par lui. Je sens la tension monter en moi, le chatouillement exquis du ravissement qui précède l'orgasme, et puis j'explose avec un cri étranglé et mes muscles intimes se resserrent autour de sa grosse verge.

— Oui, bébé, tu y es, gronde-t-il d'une voix enrouée en accélérant son rythme, puis avec un dernier coup puissant il atteint son propre plaisir et sa verge vibre au plus profond de moi. Je sens la chaleur de sa semence se libérer en moi et je m'agrippe à lui quand il retombe sur moi de tout son poids, son grand corps est baigné de sueur.

* * *

— Préfères-tu du café ou du thé ? Je lui demande en jetant un coup d'œil à Julian tout en m'affairant dans la minuscule cuisine qui se trouve dans un coin de mon studio. Il s'est attablé vers le mur, il porte un jean, la seule chose qu'il ait daigné mettre après avoir pris une douche. Son torse bronzé et musclé m'attire le regard et ma main tremble légèrement quand je la tends pour prendre une tasse. Avec ses cheveux coupés courts, ses pommettes sont plus saillantes, ses traits encore plus accusés qu'avant. En fronçant les sourcils, je le regarde plus attentivement. Il semble aussi plus mince qu'avant, comme s'il avait maigri.

Sans prendre garde à mes regards insistants, Julian s'adosse à la chaise peu solide que j'ai achetée chez IKEA et allonge les jambes. Il a les pieds nus, des pieds remarquablement virils.

— Du café, ça serait parfait, dit-il d'une voix paresseuse en me regardant sous de lourdes paupières.

Il me fait penser à une panthère épiant patiemment sa proie.

J'avale ma salive, je pose la tasse sur le plan de travail et j'attrape la cafetière. Contrairement à lui, j'ai mis un jean, de grosses chaussettes et un sweat-shirt en polaire. M'habiller complètement me donne l'impression d'être moins vulnérable, de mieux pouvoir contrôler la situation.

Une situation qui ne me semble pas pouvoir être réelle. Seule la légère gêne que je sens entre les jambes m'empêche de croire que c'est une hallucination. Mais non, mon ravisseur, celui qui a été si longtemps au centre de mon existence, est bien ici, dans mon minuscule appartement qu'il domine de sa présence impérieuse.

Quand le café est prêt, je nous sers une tasse chacun et je m'assieds avec lui. J'ai perdu mon équilibre, j'ai l'impression d'être sur la corde raide. J'ai envie de crier ma joie de le savoir en vie, et la seconde suivante, j'ai envie de le tuer de m'avoir fait subir une telle torture. Et pendant tout ce temps, inconsciemment je sais qu'aucune de ces deux réactions ne convient à la situation. Il est évident que je devrais essayer de m'enfuir et d'appeler la police.

Julian ne semble absolument pas redouter cette éventualité. Il est aussi à l'aise et aussi sûr de lui dans mon studio qu'il l'était sur l'île. Il prend sa tasse et boit une gorgée de café, tout en me regardant, un demi-sourire irrésistible apparaît sur ses belles lèvres.

Je prends ma tasse dans la main, sa chaleur sur mes paumes me fait du bien.

— Comment as-tu réussi à survivre à l'explosion ? Je demande à voix basse en soutenant son regard.

Il fait une légère grimace.

— J'ai bien failli ne pas en réchapper. Quand ils se sont aperçus qu'ils ne pouvaient pas l'emporter, un de ces salauds suicidaires a fait exploser une bombe. Avec deux de mes hommes, je me trouvais près de l'échelle qui conduisait au sous-sol et à la dernière minute nous avons plongé dans le trou. Une partie du sol s'est effondrée sur moi, je me suis évanoui et l'un de mes hommes a été tué. Heureusement pour moi, l'autre, Lucas, avait survécu et était resté conscient. Il a réussi à me traîner avec lui dans le conduit de vidange où il y avait assez d'air venant de l'extérieur pour que nous ne soyons pas asphyxiés par la fumée.

Je respire en tremblant. Le conduit… C'était le seul endroit où je n'avais pas regardé pendant cette horrible journée où j'avais passé des heures à passer au peigne fin les ruines du bâtiment en feu. J'étais tellement hébétée, tellement traumatisée, qu'il ne m'était même pas venu à l'esprit de chercher des survivants à cet endroit.

— Quand Lucas m'a conduit à l'hôpital, j'étais très mal en point, continue Julian en me regardant. J'avais une fracture du crâne et d'autres fractures. Les médecins ont provoqué un coma artificiel pour soigner mon œdème cérébral et je n'ai repris connaissance qu'il y a quelques semaines. Il lève la main, touche ses cheveux courts et je comprends pourquoi il a cette nouvelle coupe. Les médecins ont dû lui raser la tête quand il était à l'hôpital.

Quand je prends ma tasse pour boire une gorgée de café j'ai la main qui tremble. Après tout, il a failli mourir, même si ça ne rend pas plus pardonnable son absence pendant ces dernières semaines.

— Pourquoi ne pas m'avoir contactée à ce moment-là ? Pourquoi ne pas m'avoir fait savoir que tu étais en vie ? Comment as-tu pu me torturer un jour de plus ?

Il penche la tête de côté.

— Et qu'est-ce qui se serait passé ? demande-t-il d'une voix dangereusement mélodieuse. Et qu'aurais-tu fait mon chat ? Tu te serais précipitée en Thaïlande pour être à mon chevet ? Tu aurais dit à tes amis du FBI où me retrouver pour qu'ils puissent m'arrêter quand j'étais sans défense et à leur merci ?

Je respire d'un coup.

— Je ne leur aurais rien dit…

— Ah bon ? Il me jette un regard sardonique. Tu crois que je ne sais pas que tu leur as parlé ? Que maintenant ils connaissent mon nom et qu'ils ont un portrait-robot ?

— La seule raison pour laquelle je leur ai parlé c'est que je croyais que tu étais mort ! Je me lève d'un bond en renversant presque ma tasse de café. Tout à coup, ma colère a repris le dessus. Je m'agrippe au bord de la table et je le regarde d'un air furieux.

— Je ne t'ai jamais trahi et pourtant j'aurais dû…

Il se lève aussi, son grand corps musclé est plein d'une grâce athlétique.

— C'est vrai, tu aurais sans doute dû le faire, en convient-il doucement, et son regard s'assombrit alors que nous nous fixons des yeux. C'est à la clinique des Philippines que tu aurais dû me trahir et t'enfuir aussi vite que possible, mon chat.

Je passe la langue sur mes lèvres sèches.

— À quoi ça aurait servi ?

— À rien, où que tu sois je t'aurais retrouvée.

Un mélange d'excitation et de peur me donne la nausée. Il ne plaisante pas. Je le vois sur son visage. Il m'aurait retrouvée et rien n'aurait pu l'en empêcher.

— Mais qui es-tu ? Je respire en le regardant avec incrédulité. Pourquoi n'a-t-on pas retrouvé tes traces dans aucune des banques de données du gouvernement ? Si tu es un trafiquant d'armes de grande envergure, comment se fait-il que le FBI n'ait jamais entendu parler de toi ?

Il me regarde, ses yeux sont remarquablement bleus dans son visage très bronzé.

— Parce que mon réseau de relations est très étendu, Nora, dit-il à voix basse. Et parce qu'en traitant avec mes clients il m'arrive de tomber sur des informations utiles pour le gouvernement des États-Unis, des informations concernant la sécurité du peuple américain.

J'en reste bouche bée.

— Tu es un espion ?

— Mais non ! Il se met à rire. En tout cas, pas au sens habituel du terme. Je ne reçois d'argent de personne, c'est seulement un échange de bons procédés. J'aide ton gouvernement, et en échange il me rend invisible aux yeux de tous. Seuls les plus hauts responsables de la CIA connaissent mon existence. Il s'arrête, puis ajoute doucement : ou du moins il en était ainsi jusqu'à ce que le FBI s'empare de toi, mon chat. Maintenant, c'est un petit peu plus compliqué et j'ai dû demander qu'on efface certaines informations pour me rendre service.

— Je vois, ai-je dit calmement. La tête me tourne. L'homme qui m'a enlevée travaille avec le gouvernement de mon pays. Une telle révélation me dépasse presque pour le moment.

Il sourit, visiblement ma confusion lui fait plaisir.

— Ce n'est pas la peine de t'appesantir sur le sujet, mon chat, me conseille-t-il, les yeux brillants d'amusement. Ce n'est pas parce qu'il m'est arrivé de temps en temps d'empêcher une attaque terroriste que je suis un gentil.

— Non, en ai-je convenu, c'est vrai. En me retournant, je vais vers la petite fenêtre et je regarde au-dehors. Le soleil commence à se lever et il y a une fine pellicule de neige sur le sol.

La première neige de l'année, elle a dû tomber pendant la nuit.

Je n'entends pas bouger Julian, mais tout à coup il est derrière moi, ses grandes mains m'enveloppent et me serrent contre lui. Je peux sentir la fraîche odeur virile de sa peau, et une partie de la tension que je ressens encore s'évanouit. *Julian est vivant.*

— Et maintenant, qu'est-ce qu'on fait ? Tu me ramènes dans l'île ?

Il reste un instant silencieux.

— Non, dit-il finalement. Je ne peux pas. Sans Beth, ce n'est pas possible. Sa voix est légèrement tendue et je me rends compte qu'elle lui manque à lui aussi, qu'il ressent sa perte aussi douloureusement que moi.

Je me retourne entre ses bras et je lève les yeux vers lui en mettant les mains sur sa poitrine.

— Je suis contente que tous ces salauds soient morts. Ces mots ont été prononcés à voix basse, dans un sifflement farouche. Je suis contente que tu les aies tous tués.

— Oui, dit-il et je vois ma rage et ma douleur se refléter dans la lueur sombre de ses yeux. Les hommes qui l'ont fait souffrir sont morts et je vais faire en sorte d'anéantir toute leur organisation. Quand j'en aurai terminé, Al-Quadar ne sera plus qu'un dossier dans les archives du gouvernement.

Je soutiens son regard sans broncher.

— Bien.

Je veux qu'ils disparaissent tous. Je veux que Julian les mette en pièces et qu'ils souffrent comme ils ont fait souffrir Beth.

À cet instant, nous nous comprenons parfaitement. C'est un tueur et c'est ce dont j'ai besoin. Je ne veux pas d'un homme doux et gentil avec une conscience morale, je veux un monstre qui nous vengera brutalement de la mort de Beth.

Un léger sourire apparaît sur ses lèvres. Il se penche et m'effleure le front des lèvres puis me lâche pour retourner vers le lit où sont ses autres vêtements.

En fronçant les sourcils, je le regarde mettre un tee-shirt à manches longues, des chaussettes et des boots.

— Tu pars ? Je demande, mon cœur est comme pris dans un étau à cette pensée.

— Non, répond-il en mettant un blouson de cuir et en s'approchant de mon armoire. *Nous* partons. Il ouvre la porte de l'armoire, prend mon manteau d'hiver et des bottes fourrées et me les lance.

Sans réfléchir, j'attrape mon manteau et je l'enfile.

— Tu m'enlèves une deuxième fois ? Je demande en mettant mes bottes.

— Je ne sais pas. Il s'approche de moi, prend mon visage dans ses mains, son pouce frotte doucement ma lèvre inférieure. Qu'est-ce que tu en penses ?

Je ne le sais pas non plus. Pour la première fois depuis des mois je me sens vivre. Je retrouve des émotions intenses et claires. La peur, l'excitation, la joie.

L'amour.

Ce n'est pas un amour doux et tendre comme j'en ai toujours rêvé, mais c'est l'amour. Un amour sombre, pervers, obsessionnel, qui est à la fois compulsif et addictif. Je sais que tout le monde condamnera mon choix, mais j'ai besoin de Julian autant qu'il a besoin de moi.

— Et si je refuse de venir avec toi ? Je ne sais pas pourquoi j'ai besoin de poser cette question. J'en connais déjà la réponse.

Il sourit. Il me lâche le visage, met la main dans la poche de son blouson et en ressort une petite seringue qu'il me montre.

— Je vois, je fais calmement. Il est donc prêt à toute éventualité.

Il remet la seringue dans sa poche et me tend la main. J'hésite un instant puis je mets la main dans sa grande paume. Il referme les doigts et à cet instant ses yeux sont d'un bleu extraordinaire, presque radieux.

Nous sortons ensemble du studio en nous tenant par la main comme deux amoureux. Il me mène vers une voiture qui nous attendait, une voiture noire dont les vitres semblent particulièrement épaisses. Comme si elles étaient blindées.

Il m'ouvre la portière, et je monte à l'intérieur.

Quand la voiture démarre, il m'attire vers lui et j'enfouis le visage dans le creux de son épaule en respirant son parfum habituel.

Pour la première fois depuis des mois je me sens chez moi.

EN AVANT-PREMIERE

Merci d'avoir lu *Twist Me - L'Enlèvement*. J'espère que ce roman noir vous a plu. Si c'est le cas, je vous remercie de le recommander à vos amis ainsi que sur les réseaux sociaux. Je vous serais aussi très reconnaissante d'aider d'autres lecteurs et d'autres lectrices à découvrir ce roman en postant un compte-rendu sur Amazon, Goodreads ou sur d'autres sites.

Les aventures de Julian et de Nora se poursuivent dans *Keep Me - Garde-moi*, cette suite est écrite du point de vue de chacun d'eux.

Vous êtes le/la bienvenu(e) sur mon site www.annazaires.com/series/francais, inscrivez-vous pour recevoir mon bulletin d'information et connaître la date de mes prochaines parutions.

Et maintenant tournez la page s'il vous plaît pour un avant-goût de *Keep Me - Garde-Moi* et de *Liaisons Intimes* (le début des aventures de Mia et de Korum).

EXTRAIT DE *KEEP ME – GARDE-MOI*

Note de l'Auteur: *Keep Me - Garde-Moi* est la suite de l'histoire de Nora et de Julian. Les trois volumes sont désormais disponibles.

⁎ ⁎ ⁎

Il y a des jours où l'envie de nuire, de tuer est la plus forte. Des jours où le vernis de la civilisation menace de craquer à la moindre provocation pour révéler le monstre qui est dessous.

Mais aujourd'hui n'est pas un de ces jours.

Aujourd'hui, elle est avec moi.

Nous sommes dans la voiture qui nous emmène à l'aéroport. Elle est blottie contre moi, ses bras fins autour de moi, et la tête enfouie dans le creux de mon épaule.

En l'étreignant d'une main, de l'autre je caresse ses

cheveux noirs et je savoure leur texture soyeuse. Ils sont longs maintenant et lui descendent jusqu'à la taille, sa taille si fine. Elle ne s'est pas coupé les cheveux depuis presque deux ans.

Depuis son premier enlèvement.

En respirant, je sens son parfum, léger et fleuri, délicieusement féminin. Il s'y mêle une odeur de shampoing et sa propre odeur, et il me donne l'eau à la bouche. J'ai envie de la déshabiller entièrement et de suivre ce parfum partout sur son corps, d'explorer chaque rondeur et chaque creux.

Ma verge tressaute et je me souviens que je viens juste de la baiser. Mais peu importe. J'ai sans cesse envie d'elle. Ce désir obsédant me gênait, mais maintenant j'y suis habitué. J'ai accepté ma propre folie.

Elle semble calme, satisfaite même. J'en suis content. J'aime la sentir blottie contre moi, elle est la douceur et la confiance même. Elle connait ma véritable nature, et pourtant elle est en sécurité avec moi. Je le lui ai appris.

J'ai réussi à me faire aimer d'elle.

Après deux ou trois minutes, elle se met à bouger tout en restant entre mes bras, elle relève la tête et me regarde.

— Où allons-nous ? demande-t-elle en clignant des yeux, ses longs cils battant comme un éventail. Elle a des yeux à tomber par terre, des yeux doux, sombres, qui me font penser à un lit défait et à son corps nu.

Mais il faut que je me concentre. Rien n'altère ma concentration comme ses yeux.

— Nous allons chez moi, en Colombie, ai-je dit en guise de réponse. Là où j'ai grandi.

Cela fait des années que je n'y suis pas retourné. Pas depuis l'assassinat de mes parents. Mais le domaine de mon père est une véritable forteresse et c'est exactement ce dont nous avons besoin en ce moment. Ces dernières semaines, j'y ai ajouté de nouvelles mesures de sécurité pour la rendre pratiquement imprenable. J'ai fait en sorte que personne ne puisse plus m'enlever Nora.

— Seras-tu avec moi ? J'entends une note d'espoir dans sa voix et je hoche la tête en souriant.

— Oui, mon chat, je serai là. Maintenant que je l'ai retrouvée, le besoin impérieux de la garder près de moi est le plus fort. Autrefois, elle était à l'abri dans l'île, mais plus maintenant. Maintenant qu'ils connaissent son existence et qu'ils savent qu'elle est mon talon d'Achille. Il faut qu'elle soit avec moi, que je la protège.

Elle passe sa langue sur ses lèvres et mes yeux suivent son geste. Je voudrais empoigner ses cheveux et lui mettre la tête entre mes jambes, mais je résiste à mon envie. On aura le temps plus tard, quand nous serons plus en sécurité, et dans un endroit plus intime.

— Vas-tu encore envoyer un million de dollars à mes parents ? Elle me regarde de ses grands yeux candides, mais j'entends une subtile nuance de défi dans sa voix. Elle me met à l'épreuve, elle met à l'épreuve les limites de cette nouvelle étape dans notre relation.

Je lui fais un grand sourire et je tends la main pour lui remettre une boucle de cheveux derrière l'oreille.

— Tu voudrais que je le fasse, mon chat ?

Elle me regarde sans broncher.

— Pas vraiment, dit-elle doucement. J'aimerais bien mieux les appeler à la place.

Je soutiens son regard.

— Entendu. Tu pourras les appeler quand nous serons arrivés là-bas.

Elle écarquille les yeux et je m'aperçois que je viens de la surprendre. Elle s'attendait à ce que je la maintienne de nouveau en captivité, coupée du monde extérieur. Ce qu'elle ne réalise pas, c'est que ce n'est plus nécessaire.

J'ai atteint le but que je m'étais fixé.

Elle m'appartient complètement.

* * *

Les trois volumes de la trilogie L'Enlèvement sont également disponibles. Pour en savoir davantage je vous invite à visiter mon site www.annazaires.com/series/francais et à vous inscrire pour être informé(e) de mes dernières parutions.

EXTRAIT DE *LIAISONS INTIMES*

Remarque : *Liaisons Intimes* est le premier volume de ma série de science-fiction érotique, les Chroniques Krinar. Sans être aussi sombre que *Twist Me - L'Enlèvement, Liaisons Intimes* contient des éléments qui plairont aux amateurs d'érotisme noir.

∗ ∗ ∗

Un romance au charme sombre et audacieux qui séduira les amateurs de liaisons dangereusement érotiques...

Dans un futur proche, la Terre est désormais sous l'emprise des Krinars, une espèce sophistiquée venue d'une autre galaxie. Ils restent un mystère pour nous, et nous sommes totalement à leur merci.

Mia Stalis est une jeune étudiante New Yorkaise, plutôt innocente et timide. Elle mène une vie parfaitement normale. Comme la plupart des êtres humains elle n'a jamais eu de contact avec les envahisseurs, jusqu'au jour où une simple promenade dans Central Park va changer sa vie à jamais. Mia a été remarquée par Korum et elle doit maintenant se confronter à un puissant Krinar, doté de dangereux moyens de séduction, qui veut la posséder corps et âme — et qui ne reculera devant rien pour devenir son maître.

Jusqu'où peut-on aller pour retrouver sa liberté ? Quels sacrifices peut-on consentir pour aider ses semblables ? Quels choix nous reste-t-il quand on s'éprend de son ennemi ?

* * *

L'air était vif et pur tandis que Mia descendait d'un pas rapide un sentier sinueux de Central Park. Partout, on voyait l'approche du printemps, les arbres encore nus avaient de minuscules boutons et les nounous étaient sorties en masse pour profiter de cette première journée de beau temps avec les enfants turbulents qui leur étaient confiés.

Bizarrement, tout avait changé depuis quelques années et pourtant tout était identique. Si dix ans plus tôt on avait demandé à Mia à quoi ressemblerait la vie après une invasion d'extra-terrestres, ce n'est pas du tout ce qu'elle aurait imaginé. Les films 'Independance Day' ou 'La Guerre des Mondes' étaient à des lieux de montrer ce qui se passe réellement quand une civilisation plus sophistiquée prend le dessus. Il n'y avait eu ni combat ni résistance du gouvernement parce qu'*ils* les avaient rendus impossibles. Rétrospectivement, il sautait aux yeux que ces films étaient idiots. Les engins nucléaires, les satellites et les avions de combat étaient aussi primitifs que des pierres et des bouts de bois. Mia aperçut un banc vide près du lac et s'y dirigea avec plaisir, ses épaules se ressentaient du poids de son sac à dos où elle avait mis son volumineux ordinateur portable — elle l'avait depuis 12 ans — ainsi que ses livres, imprimés sur papier comme autrefois. Elle avait beau avoir 20 ans, parfois elle se sentait déjà vieille, et comme dépassée par un monde nouveau sans cesse en évolution, un monde de tablettes fines comme du papier à cigarette et de montres qui servaient de téléphones portables. Depuis le jour K, le rythme des progrès technologiques ne s'était pas ralenti ; en fait de nombreux nouveaux gadgets avaient été influencés par ceux des Krinars. Non pas que les Krinars partageaient allègrement leur précieux savoir technologique ; de leur point de vue, leur petite expérience devait se poursuivre sans la moindre interruption.

Mia ouvrit la fermeture éclair de son sac et en sortit son vieux Mac. Il était lourd et lent, mais il fonctionnait encore et Mia, comme tous les étudiants désargentés, ne pouvait rien s'offrir de mieux. Une fois en ligne elle ouvrit une page vierge sur Word et se prépara à rédiger sa dissertation de sociologie, une véritable torture.

Après 10 minutes sans avoir écrit un seul mot elle s'arrêta. De qui se moquait-elle ? Si elle voulait vraiment s'y mettre, il ne fallait pas venir au parc ; évidemment c'était tentant de se donner l'illusion de pouvoir profiter du grand air et travailler, mais elle n'avait jamais été capable de faire les deux en même temps. Pour ce genre d'effort intellectuel, une vieille bibliothèque poussiéreuse lui convenait bien mieux.

En son for intérieur Mia se reprocha d'être aussi paresseuse, soupira et commença à regarder autour d'elle au lieu d'essayer de travailler. Elle ne se lassait jamais de regarder les gens à New York.

La scène lui était familière, comme elle s'y attendait il y avait le clochard de service sur un banc voisin (Dieu merci ce n'était pas le banc le plus proche parce qu'il avait l'air de sentir le fauve) et deux nounous bavardaient en espagnol en promenant tranquillement leurs landaus. Un peu plus loin, une jeune fille faisait du jogging, ses reeboks roses offrant un joli contraste avec son survêtement bleu. Mia suivit la joggeuse des yeux avant qu'elle ne disparaisse. Elle admirait sa condition physique. Elle avait un emploi du temps tellement chargé qu'elle n'avait pas beaucoup de temps pour faire du sport et elle se disait qu'elle n'aurait pas pu suivre cette jeune fille à ce rythme pendant plus d'un kilomètre.

À sa droite, elle voyait le Pont Bow au-dessus du lac. Un homme était penché sur le parapet et regardait l'eau. Son visage était tourné de l'autre côté si bien qu'elle ne pouvait voir qu'une partie de son profil. Et pourtant il y avait quelque chose en lui qui attira l'attention de Mia.

Elle n'arrivait pas à savoir de quoi il s'agissait. Il était vraiment grand et semblait costaud sous l'imperméable élégant qu'il portait, mais ce n'était pas ce qui l'intriguait. Les hommes grands, beaux et bien habillés ne manquent pas à New York, la ville regorge de top-modèles. Non, il y avait autre chose. Peut-être son attitude, parfaitement immobile, ne faisant aucun geste inutile. Ses cheveux bruns brillaient dans la vive lumière ensoleillée de l'après-midi, sa frange se soulevait légèrement dans la brise douce du printemps.

Et puis il était seul.

— Eh bien ! voilà, pensa Mia. D'habitude, il y avait toujours du monde sur ce joli pont, mais là, il était seul ; pour une raison qui lui échappait, tous semblaient l'éviter. En fait, à part elle et le clochard qui sentait sans doute mauvais, tous les bancs au bord de l'eau, d'habitude si recherchés, étaient vides.

Comme s'il avait senti qu'elle le regardait, l'homme qui faisait l'objet de son attention tourna lentement la tête et la regarda droit dans les yeux. Avant d'avoir compris ce qui se passait elle sentit son sang se glacer, elle était pétrifiée et incapable de détourner son regard de ce prédateur qui semblait maintenant, lui aussi, la regarder avec intérêt.

* * *

Respire, Mia, respire !

Une voix enfouie en elle, une petite voix raisonnable n'arrêtait pas de le lui répéter. Et cette même part d'elle-même, bizarrement objective, remarquait la symétrie du visage de cet homme, sa peau bronzée tendue sur ses pommettes saillantes et sa mâchoire solide. Elle avait vu des Ks en photo et sur des vidéos, ni les unes ni les autres ne leur rendaient vraiment justice. La créature qui ne se tenait guère qu'à une dizaine de mètres d'elle était tout simplement extraordinaire.

Alors qu'elle continuait de le regarder fixement, toujours pétrifiée, il se redressa et fit quelques pas dans sa direction. Ou plutôt, il bondit vers elle, lui sembla-t-il, ressemblant à un félin qui s'approche légèrement d'une gazelle. Ce faisant, il ne la quittait pas des yeux. Quand il se rapprocha, elle distingua de petits éclats jaunes dans ses yeux d'or pâle ainsi que ses longs cils épais.

Elle s'aperçut avec un mélange d'horreur et d'incrédulité qu'il s'était assis sur le banc à quelques centimètres d'elle et qu'il lui souriait en montrant ses dents blanches. Pas de crocs, lui dit la part de son cerveau qui fonctionnait encore, rien qui puisse y ressembler. Encore un mythe à leur sujet, tout comme leur soi-disant horreur du soleil.

— Comment vous appelez-vous ? La question avait presque été posée comme un ronronnement. Cette créature avait la voix basse et douce, pratiquement sans le moindre accent. Ses narines se soulevaient légèrement comme s'il sentait son parfum.

— Heu… Mia avala sa salive avec nervosité. M-Mia.

— Mia, répéta-t-il lentement, semblant prendre plaisir à dire son nom. Mia comment ?

— Mia Stalis. Merde alors, pourquoi voulait-il savoir son nom ? Et pourquoi était-il là, en train de lui parler ? Et qui plus est, que faisait-il à Central Park, si loin de l'un des Centres K ? *Respire, Mia, respire !*

— Détendez-vous donc Mia Stalis !

Il sourit de toutes ses dents, et une fossette apparut sur sa joue gauche. Une fossette ? Les K avaient donc des fossettes ?

— Vous n'avez donc encore jamais rencontré l'un d'entre nous ?

— Non, jamais Mia poussa un grand soupir et s'aperçut qu'elle avait retenu son souffle. Malgré tout son trouble, sa voix ne tremblait pas trop et elle en fut fière. Devrait-elle l'interroger, souhaitait-elle savoir ? Elle prit son courage à deux mains.

— Et que… — une fois de plus elle avala sa salive — que voulez-vous de moi ?

— Juste parler, pour le moment. Il plissait légèrement ses yeux dorés, elle avait l'impression qu'il était sur le point de se moquer d'elle. Bizarrement, elle en fut assez agacée pour sentir sa peur s'atténuer. S'il y avait une chose à laquelle Mia était très sensible, c'était la moquerie. Mia était de petite taille, très mince, mal à l'aise avec les autres comme toutes les jeunes filles qui ont dû supporter le désagrément d'avoir eu un appareil dentaire, des cheveux frisés et des lunettes pendant leur adolescence. C'était un véritable cauchemar de faire sans cesse l'objet des moqueries des uns et des autres. Elle releva la tête avec agressivité.

— Alors d'accord, comment *vous* appelez-vous ?

— Moi, c'est Korum.

— Korum tout court ?

— Contrairement à vous, nous n'avons pas vraiment de nom de famille. Le mien est tellement long que vous n'arriveriez pas à le prononcer si je vous le disais.

Voilà qui était intéressant. En l'entendant, elle se souvenait avoir lu quelque chose à ce sujet dans le *New York Times*. Jusqu'ici, tout allait bien. Ses jambes ne tremblaient plus, sa respiration s'était calmée. Elle arriverait peut-être à s'en sortir saine et sauve ? Elle se sentait relativement en sécurité en parlant avec lui, bien qu'il ait continué de la dévisager fixement de ses yeux jaunâtres qui la mettaient mal à l'aise.

— Et que faites-vous ici, Korum ?

— Je viens de vous le dire, un brin de causette avec vous, Mia. Il y avait encore un soupçon de moquerie dans sa voix.

Mia se sentit frustrée, elle poussa un nouveau soupir.

— Ou plutôt que faites-vous ici à Central Park ? Et que faites-vous à New York ?

Il sourit une nouvelle fois en penchant la tête légèrement de côté.

— Disons que j'espérais rencontrer une jolie jeune fille aux cheveux bouclés.

Bon, ça suffisait maintenant. Il était clair qu'il se moquait d'elle. Maintenant qu'elle avait un peu repris ses esprits, elle s'aperçut qu'ils étaient là, au beau milieu de Central Park, et devant des millions de témoins. Elle jeta un coup d'œil discret autour d'elle pour en avoir le cœur net. Eh oui, elle avait raison, bien que les gens s'écartent du banc où elle se trouvait avec cet extra-terrestre, plus loin sur le chemin les plus courageux les regardaient fixement. Il y avait même un couple qui les filmait, sans prendre trop de risque, avec la caméra qu'ils avaient au poignet. Si le K devenait trop entreprenant avec elle, en un clin d'œil les images seraient sur YouTube, il le savait bien. Mais comment savoir s'il s'en moquait ou pas ?

Cependant étant donné qu'elle n'avait jamais vu de vidéos où des étudiantes se faisaient agresser par des Ks au beau milieu de Central Park, elle était relativement en sécurité ; Mia prit son ordinateur portable avec précaution et le remit dans son sac à dos.

— Laissez-moi vous aider, Mia.

Avant même qu'elle ne puisse réagir, elle le sentit s'emparer de tout le poids de l'ordinateur, il le prit des mains de Mia devenues inertes et elle sentit alors qu'il lui touchait le bout des doigts. Ce contact provoqua en elle comme une légère décharge électrique et un frémissement nerveux la suivit aussitôt.

ll attrapa son sac à dos et y mit l'ordinateur portable, chacun de ses gestes était précis, doux et d'une grande souplesse.

— Eh bien ! voilà, tout va bien mieux maintenant.

Mon Dieu, il venait de la toucher. Peut-être avait-elle tort de penser qu'on était en sécurité dans les lieux publics. De nouveau, elle sentit sa respiration s'accélérer et son cœur battre la chamade.

— Il faut que j'y aille maintenant, au revoir !

Elle se demanderait toujours comment elle avait réussi à parler sans s'étrangler de terreur. Elle saisit les sangles de son sac à dos qu'il venait de poser par terre et se leva d'un bond, en remarquant au passage qu'elle avait retrouvé l'usage de ses jambes.

— Au revoir, Mia. Et à bientôt !

En partant, elle entendit sa voix légèrement moqueuse qui portait loin — l'air du printemps était si pur —, elle avait tellement hâte d'être loin de lui qu'elle courait presque.

* * *

Si vous souhaitez en savoir plus, veuillez consulter le site internet d'Anna

www.annazaires.com/series/francais.

À PROPOS DE L'AUTEUR

Anna Zaires a découvert son amour des livres à l'âge de cinq ans, quand sa grand-mère lui a appris à lire. Elle a écrit son tout premier livre bientôt après. Depuis elle a toujours vécu en partie dans un monde de fantaisie dont les seules limites sont celles de son imagination. Elle habite actuellement en Floride et vit heureuse avec son mari Dima Zales, qui écrit des romans de science-fiction et des romans fantastiques, et avec qui elle travaille en étroite collaboration pour chacune de leurs œuvres.

Pour en savoir davantage, rendez-vous sur www.annazaires.com/series/francais.

www.ingramcontent.com/pod-product-compliance
Lightning Source LLC
Chambersburg PA
CBHW060933120726
47910CB00002B/308